历代名家精选集

温庭筠 韦庄集

高　峰　编选

凤凰出版传媒集团
凤凰出版社

图书在版编目（CIP）数据

温庭筠韦庄集 / 高峰编选. -- 南京 : 凤凰出版社, 2013.3
（历代名家精选集）
ISBN 978-7-5506-1639-4

Ⅰ. ①温… Ⅱ. ①高… Ⅲ. ①词（文学）—作品集—中国—唐代 Ⅳ. ①I222.842

中国版本图书馆CIP数据核字(2012)第319858号

书　　名	温庭筠韦庄集
编 选 者	高　峰
责任编辑	樊　昕
出版发行	凤凰出版传媒股份有限公司 凤凰出版社(原江苏古籍出版社) 发行部电话025-83223462 南京市湖南路1号A楼,邮编:210009
出版社地址	南京市中央路165号,邮编:210009
出版社网址	http://www.fhcbs.com
经　　销	凤凰出版传媒股份有限公司
照　　排	南京凯建图文制作有限公司
印　　刷	江苏凤凰新华印务有限公司 中国江苏南京经济技术开发区尧新大道399号,邮编:210038
开　　本	890×1240毫米　1/32
印　　张	8.625
字　　数	186千字
版　　次	2013年3月第1版　2013年3月第1次印刷
标准书号	ISBN 978-7-5506-1639-4
定　　价	22.00元

(本书凡印装错误可向承印厂调换,电话:025-68037411)

目 录

温庭筠词选

韦庄诗选

韦庄词选

前 言

温庭筠和韦庄，是晚唐时期的著名文学家。他们的身世、遭际都烙上了晚唐社会的鲜明印迹，其诗歌创作或反映社会动荡，或感慨历史沧桑，或抒写人生悲怆，折射出晚唐时代风貌和精神气韵。作为“花间词”的两大代表词人，温庭筠和韦庄引导了词体整体风格的形成，奠定了词体文学独特的审美境界和艺术风格，分别呈现出“画屏金鹧鸪”的浓妆美态和“弦上黄莺语”的淡妆风神。

一

温庭筠（812？—866），一作庭云、廷筠，本名温岐，字飞卿，太原祁（今山西祁县）人。他是初唐宰相温彦博的裔孙，少年时期客居江南，就显示出过人的才华，“颇有飞翔之志”（《上崔相国启》），希望通过广泛地结交朋友和干谒权贵，来求取功名，但是屡屡遭受挫折。他也曾经怀着强烈的功名之心，从军出塞，游历了大江南北。但风流才子放浪不羁的习气深深地影响着他。据两《唐书》温庭筠传及孙光宪《北梦琐言》、辛文房《唐才子传》等书记载，温庭筠为人恃才傲物，好讥讽权贵，又多狂游狎邪，喜作侧艳小词，因此被加上了“不修边幅”、“士行尘杂”、“有才无行”之类的评语，拒之于仕途之外。最后还是在朋友的提携、帮助之下，才得任协助博士教授经学的国子助教。咸通七年（866）十月，温主秋试，在国子监里把国子监生邵谒、李涛等人讽刺时政、抨击权贵的诗赋作品张榜公示，有意彰明他的执事无私和政治态度，由此触怒了宰相杨收，被罢职放废，当年便含冤抱恨而死。

温庭筠在诗、词、骈文等方面都富有成就。他的诗与李商隐齐名，当时并称为“温李”。他经常跟李商隐诗歌唱和，自许为“双玉剑”。他的骈文，在当时和李商隐、段成式，皆以俪偶相夸，且都排行第十六，因此有“三十六体”的说法。他长相丑陋，人称“温钟馗”；但是文思敏捷，才气过人，下笔即成万言。每次参加科举考试，押官韵作诗赋，凡八叉手而八韵成，时号“温八叉”、“温八吟”。他凭借自己的文才，每岁科考多为人假手。据《唐摭言》记载，大中九年(855)，温庭筠参加科举考试，主考官沈询“特召温飞卿于帘前试之，为飞卿爱救人故也”。即便如此，温庭筠仍然“献启千馀字”，“潜救八人矣”。当然他最为人称道的还是词作成就，著有《握兰集》三卷、《金荃集》十卷，现均已散佚。目前仅存词作六十多首，大多收录在《花间集》当中。他是晚唐时期创作词作最多的作家。

温庭筠诗歌的题材丰富多彩，大多歌咏沉沦闲居的孤寂惆怅，漂泊无依的羁旅愁苦，屡遭摧抑的幽愤怨恨。感伤之中兼含幽怨隐恨，是温诗始终一贯的基本情调。

早年所作《侠客行》刻画仗剑行侠的侠客形象，赞扬慷慨勇武、赴义杀敌的侠士精神，由此抒发作者自身书剑报国的激情。其《赠少年》“酒酣夜别淮阴市，月照高楼一曲歌”，宣泄出豪放不羁的少年气概，以及对于实现人生理想的无限憧憬和激情，其峻拔爽朗的风貌格调，确实令人耳目一新。

但是，诗人的豪壮理想与残酷现实之间形成鲜明的对照，温庭筠大部分诗作表达请缨无路的愤懑、人生失落的郁苦。其《碧涧驿晓思》流露独居孤馆的怀思和惆怅；《弹筝人》

借咏叹弹筝艺人今昔生活的巨变，抒发人生无常、命运多舛的悲哀；《伤温德彝》为边将有功无赏而怨愤，其实也是借此抒发自己怀才不遇、壮志难酬的文人悲愤。他的《过陈琳墓》、《蔡中郎坟》、《过五丈原》、《苏武庙》等咏怀古迹的诗作，总结深沉的历史教训，寄托忠君爱国之心，同时也寄托着作者感怀人生、愤世嫉俗的激楚之情。他的诗歌也真实地反映民生疾苦，抨击社会黑暗，其长诗《烧歌》描写南方山区农民原始耕作方式及其贫苦生活，形象展现出唐代末期我国农村经济的凋敝情况；最后以“谁知苍翠容，尽作官家税”作结，揭露出赋税剥夺的繁苛。由此可见，温庭筠的诗呈现了不同的自然景观和社会现象，描绘了各种复杂的心态，反映出文人理想与现实的矛盾，可以说是晚唐社会的一面真实的镜子。

从艺术风格来说，温庭筠诗歌的风格呈现出多样化的特色。他的近体诗语言清新，不事雕琢，代表作《商山早行》中的名句“鸡声茅店月，人迹板桥霜”，通过一系列凄清冷落意象的叠加，渲染出作者失落凄凉的羁旅愁绪，真正做到了“状难写之景如在目前，含不尽之意见于言外”的境界。他如“数丛沙草群鸥散，万顷江田一鹭飞”（《利州南渡》）、“风翻荷叶一向白，雨湿蓼花千穗红”（《溪上行》），情景有机结合，意蕴悠远深长。温庭筠的古题乐府《鸡鸣埭歌》、《西州词》则有意取法六朝，借鉴李贺浪漫诗风，想象奇特，词藻华美，异彩纷呈，显示出雄奇壮伟的磅礴气势。

王士禛在《花草蒙拾》中指出：“温、李齐名，然温实不及李。李不作词，而温为花间鼻祖，岂亦同能不如独胜之意耶。”温庭筠不仅是“花间鼻祖”，而且为整个词学奏响了正始之音。他以其具有代表性的面目一新的词章，开创了文人词创作的新格局。其词气象富贵、色泽香艳的外在形貌，心绪化、悲怨感的审美追求，以及意象叠印、意境浑融、结构跳跃、音律繁变等内在技巧手段的综合运用，都提高了委婉曲折地表达细腻情感的能力，体现出有别于诗的以艳为美、以悲为美、以婉为美的词体特色，对词学的发展特别是婉约词风的定型都起到了题材规范、审美规范、体式规范的作用，具有积极的导向意义。

二

韦庄(836？—910)，字端己，京兆杜陵(今陕西西安)人。他的远祖韦待价是唐初武则天朝的宰相，四世祖韦应物是中唐代宗朝的著名诗人，后来韦氏家族日渐衰落。韦庄少年生活贫苦，但是他非常好学，文思敏捷，才华过人，从小就树立了高远的政治理想。正当他积极准备参加进士科考试的时候，僖宗广明元年(880)十二月，黄巢农民起义军以迅猛之势一举攻破长安。四十五岁的韦庄身陷重围，大病一场，与亲人朋友失去了联系。直至中和二年(882)春，才得以逃离长安，寓居洛阳。面对天翻地覆的社会巨变，他冷静而深入地进行思考，效法杜甫的《羌村》、“三吏”、“三别”，写下了不少忧国忧民的诗篇；来到洛阳后的第二年，更怀着复杂的情感写成了《秦妇吟》，反映当时动乱纷扰的社会现实，以“内库烧为锦绣灰，天街踏尽公卿骨”一联最为传诵，从此诗名大振，时称“秦妇吟秀才”。正因为韦庄的诗歌敢于直面现实，反映出动荡时代中复杂的社会内容，故而有“诗史”之称。此后的六七年间，他到处流浪，长期淹留于江南一带，直至唐昭宗乾宁元年(894)，五十九岁的韦庄才考中进士，授校书郎之职。此后朝廷党争不断，使得韦庄深感国家前途已无可收拾；并且与他同甘共苦的爱姬不幸病故，使其失意心情更添悲凉。

天复元年(901)韦庄出使西蜀,为蜀主王建所倚重,便羁留于西蜀。天祐四年(907),王建称帝,建立前蜀政权,拜韦庄为散骑常侍,判中书门下事,蜀之开国制度、号令礼乐,多出于韦庄之手。前蜀武成元年(908),韦庄官拜门下侍郎同平章事;次年,又官拜吏部侍郎同平章事。武成三年(910),卒于成都花林坊。

纵观韦庄的一生,他的大部分时间都是在避乱、流离中度过的。动荡的时代、漂泊的经历以及晚年为宦西蜀的复杂心态,无一不在其诗词创作里真切地反映出来。韦庄的人生遭际与杜甫极其相似,他始终对杜甫崇仰备至。他曾把杜诗列为自己所编《又玄集》一百五十名唐代诗人作品的首位;并且也像杜甫生前自称"杜陵野老"一样,常以"杜陵归客"自居。他于天复二年(902)在成都"浣花溪寻得杜工部旧址",就命人稍加整饬,修葺一座房屋,寓居于此,直至离开人世。为了表示对杜甫的由衷景仰,他还将自己的诗作"目之曰《浣花集》,亦杜陵所居之义也"(韦蔼《浣花集序》),甚至于临终之际仍然念念不忘杜甫的诗篇。由此可见,杜甫忧国伤时的人格精神、忠贞不渝的政治情感,对韦庄都有很大的激励作用;杜诗"致君尧舜上,再使风俗淳"的追求与韦庄"平生志业匡尧舜"、"有心重筑太平基"的志向如出一辙。他在前蜀担任宰相,替王建起草文书,总是尽力制止地方官员侵扰百姓,关心广大民众的疾苦。不过,返观韦庄的生平,他虽然"伤时伤事更伤心",却为了避乱而长期寓居江南,后来又依附"伪蜀",这些行为又屡屡遭受后代评论家的指摘。然而正因为这样,在他的身上产生了极端的矛盾:一方面是流离颠沛、苟安偷生;另一方面却始终不能忘怀故国、故君。难以明言的隐衷曲折地表现在其离情别绪的词作当中,表达出向往故乡而又难以归返的惆怅，故而谭献《复堂词语》评韦庄词“亦填词中《古诗十九首》，即以读《十九首》心眼读之”。相对于温庭筠词作应歌佐欢的功用，韦庄的词从时、地、人、事、情等方面，都渗透着词人强烈的主观意绪和人生悲感。刘熙载《艺概·词概》评价韦庄词“留连光景，惆怅自怜”，正是指出其中所蕴含的浓郁的流落天涯的情怀，所特别具备的情真意深的特色。

韦庄的诗歌深受杜甫、白居易现实主义创作风格的影响，真实地反映出唐末社会动乱和民生疾苦，暴露出统治阶级内部矛盾和唐王朝的腐败。其《台城》“无情最是台城柳，依旧烟笼十里堤”，不但伤悼南朝灭亡，同时也谴责晚唐社会纸醉金迷的生活，预感历史的教训将会重演。《秦妇吟》则更加全面深入地展现出唐末时代画卷，揭示出各类阶级矛盾和重大社会问题，总结国运衰颓的本质原因，从而成为记录时代变迁的“诗史”。与此同时，韦庄的诗歌又受到晚唐之际精神气质、审美风尚的影响，通过诸多写景、怀古题材诗歌的创作，渲染出“老木寒云满故城”(《金陵图》)、“石麟无主卧秋风”(《上元县》)、“今日乱离俱是梦，夕阳唯见水东流”(《忆昔》)的萧瑟衰残意象，流露无限凄怆的历史沧桑之感，也体现了晚唐文学空寂衰残、苍茫渺远的艺术特质。

韦庄的词中由于包含着种种人生况味，寄托着难以直接倾吐的沉痛的家国之悲，因而他继承了《古诗十九首》“深衷浅貌，短语长情”的创作传统，以浅近之语写浑厚之情、难状之境，形成了清秀疏淡的艺术风格。情真意深的内容与清秀疏淡的笔触，在韦庄的词中得到了完美的统一，形成了词直意婉、语淡而悲、词短情长的艺术效果，所以况周颐《唐五代词人考略》评价道：“韦庄词尤能运密入疏，寓浓于淡，花间群贤，殆鲜其匹。"韦庄词的贡献在于以诗入词，即以诗歌题材入词、以诗意入词、以诗法入词。他把文人词推向了自我抒情的道路，使词开始脱离音乐而具有了独立的生命，发展成为抒发个人情怀的工具。韦庄与温庭筠几乎同时出现在词坛之上，他在温氏伶工之词奠定了词体题材规范、审美规范和体式规范的同时，更多的为词体增添了属于自己的深挚的情感因素，融入了更为丰厚的精神内蕴。所以说他是中国词史上第一位富有个性的抒情词人，也是由伶工之词转变为士大夫之词的先导词人。

温庭筠诗选

碧涧驿晓思

香灯伴残梦,[①]楚国在天涯。[②]
月落子规歇,[③]满庭山杏花。[④]

【注释】

①香灯:燃香膏的照明灯。 ②楚国:这里指作者的旧乡,今江苏南部一带地区。 ③子规:杜鹃鸟的别名,传说为蜀帝杜宇的魂魄所化。常夜鸣,声音凄切,故借以抒悲苦哀怨之情。唐杜甫《子规》诗:“两边山木合,终日子规啼。” ④山杏:山中野杏。唐白居易《西省对花忆忠州东坡新花树因寄题东楼》诗:“最忆东坡红烂熳,野桃山杏水林檎。”

【品评】

这首诗抒写独居驿馆的诗人清晨梦醒之后的惆怅和怀思。

开头一句描写羁旅行者清晨醒来的迷离情景:残梦醒来,唯见香灯陪伴。这样的环境非常清冷,颇类似其《菩萨蛮》词中所云“花落子规啼,绿窗残梦迷”,映衬着作者梦中欢情顿失的惆怅。因此他接着深情感慨:“楚国在天涯。”它不同于首句的清寂、温婉，而是显得格外沉痛，直接流露出对于远在楚国的美好往事、所爱之人的无限眷恋，以及天涯远隔的无奈和怅恨。

后面两句由远方的怀思转回眼前景物的描摹。“月落子规歇”，选择了表达离别之苦的典型意象：子规。其“不如归去”的叫声牵惹着无数羁旅之人愁绪满怀，李白在《蜀道难》中即以“又闻子规啼夜月，愁空山”来渲染出悲凉的情感氛围。这里，温庭筠却说“子规歇”，似乎暂时营造出清雅静谧的环境氛围，而且“满庭山杏花”，又以春花的开放，渲染出春色的美好。诗人的悲楚至此稍作消解，但是天涯飘零的孤寂、思念远方的愁绪始终难以释怀，而且反而通过明丽之景衬托出来。这种写法在温庭筠词体创作中随处可见，如“心事竟谁知？月明花满枝”、“池上海棠梨，雨晴红满枝”、“雨后却斜阳，杏花零落香”（《菩萨蛮》）等。由此可见，温庭筠的小诗创作有时表现出词化的倾向，显示出柔婉朦胧、妙不可言的艺术魅力。

瑶瑟怨①

冰簟银床梦不成，②碧天如水夜云轻。
雁声远过潇湘去，③十二楼中月自明。④

【注释】

①瑶瑟：用玉装饰的琴瑟。瑟：拨弦乐器。春秋时已流行，常与古琴或笙合奏。形似古琴，但无徽位，有五十弦、二十五弦、十五弦等种类，今瑟有二十五弦、十六弦两种。每弦

有一柱，上下移动，以定声音。 ②冰簟(diàn)：凉席。唐李商隐《可叹》诗："冰簟且眠金镂枕，琼筵不醉玉交杯。"银床：银饰之床。隋江总《东飞伯劳歌》："银床金屋挂流苏，宝镜玉钗横珊瑚。" ③雁声：瑟曲有《归雁操》。潇湘：潇水和湘水的合称，二水在今湖南永州合流，向北入洞庭湖。《山海经·中山经》："帝之二女居之，是常游于江渊，澧、沅之风，交潇、湘之渊。"《文选·谢朓〈新亭渚别范零陵〉诗》："洞庭张乐地，潇湘帝子游。"李善注引王逸曰："娥皇、女英随舜不反，死于湘水。"这里用唐刘禹锡《潇湘神》诗意："楚客欲听瑶瑟怨，潇湘深夜月明时。" ④十二楼：指神话传说中的仙人居处。《史记·封禅书》："方士有言：'黄帝时为五城十二楼，以候神人于执期，命曰迎年。'"《汉书·郊祀志下》："五城十二楼。"颜师古注引应劭曰："昆仑玄圃五城十二楼，仙人之所常居。"唐李白《经乱离后天恩流夜郎忆旧游书怀赠江夏韦太守良宰》诗："天上白玉京，十二楼五城。"

【品评】

在古代乐器中，瑟声凄楚悲怨，常常用来表达别离相思之情。《史记·封禅书》记载："太帝使素女鼓五十弦瑟，悲，帝禁不止，故破其瑟为二十五弦。"这首诗即抒写女子离别的悲怨。

首句描写女主人公躺卧床榻的情状。"冰簟银床"交代环境的富丽豪华，"梦不成"不是夜不能寐，而是寻梦不成，即如白居易《长恨歌》所云"悠悠生死别经年，魂魄不曾来入梦"，流露出与所恋之人会合无期的惆怅。

梦境醒来，再去观看周围的景物，就越发染上了凄寂孤冷的色彩。"碧天如水夜云轻"，是描写窗外秋夜的景致：长空澄碧，月华如水，轻云飘移，显得格外空阔静谧。如此澄澈的夜景，在孤身独处的女主人公眼中，越发增添了“碧海青天夜夜心”的寂寥感触。

“雁声远过潇湘去”，转而描写听觉感受：天上的鸿雁发出嘹唳之声，纷纷向潇湘的方向飞去，渐渐消失在长空之中。这里诗人化用了湘灵鼓瑟的传说，赋予作品丰富的艺术想象和情感内涵。中唐诗人钱起《归雁》诗写道：“潇湘何事等闲回，水碧沙明两岸苔。二十五弦弹夜月，不胜清怨却飞来。”将归雁与湘灵鼓瑟的故事糅合在一起。温庭筠诗显然受到钱起诗歌的启发，却又有新的创造，将深闺之内哀怨的女主人公，与传说当中的鼓瑟神女联成一体，画面更加渺远，意境更加空灵。

最后，诗人以景结情，描摹女主人公伫立高楼的形象。“十二楼”化用《史记》所载仙人居处的典故，点明女主人公的高贵身份。“月自明”的“自”字颇值得玩味，恰恰是以明月的朗照，反衬出楼中离人的孤寂，就像是张若虚《春江花月夜》诗所云“玉户帘中卷不去，捣衣砧上拂还来”，苏轼《水调歌头》词所云“转朱阁，低绮户，照无眠。不应有恨，何事长向别时圆”。女主人公的孤寂、怨思，融化在这如水的月色中，增添了悠远无穷的韵味。

这首诗抒写离别之思，语言精致雅逸，意象清丽朦胧，情调轻柔旖旎，显示出晚唐诗歌的鲜明风格特征。

赠少年

江海相逢客恨多，秋风叶下洞庭波。[①]

酒酣夜别淮阴市，[②]月照高楼一曲歌。[③]

【注释】

①洞庭波：《楚辞·九歌·湘夫人》："袅袅兮秋风，洞庭波兮木叶下。" ②淮阴市：《史记·淮阴侯列传》："淮阴侯韩信者，淮阴人也。始为布衣时，贫无行，不得推择为吏，又不能治生商贾，常从人寄食饮，人多厌之者。……淮阴屠中少年有侮信者，曰：'若虽长大，好带刀剑，中情怯耳。'众辱之，曰：'信能死，刺我；不能死，出我袴下。'于是信孰视之，俯出袴下，蒲伏。一市人皆笑信，以为怯。" ③一曲歌：《史记·刺客列传》："荆轲既至燕，爱燕之狗屠及善击筑者高渐离。荆轲嗜酒，日与狗屠及高渐离饮于燕市。酒酣以往，高渐离击筑，荆轲和而歌于市中，相乐也；已而相泣，旁若无人者。"

【品评】

这首诗描写作者在客途当中与一位少年偶然相遇，旋即分离，抒发了人生失落的感慨以及悲壮爽朗的情怀。

开头两句写相逢。原本是漂泊生涯中的萍水相逢，诗人偏偏择用"江海"二字加以概括，既有浪迹江湖、人生落拓之悲，又有一股豪壮之气充斥其间。作者与少年相遇，互相叙说人生沦落不偶的遭际，倾吐深重的惆怅和怨恨。"秋风叶下洞庭波"，化用《楚辞·九歌·湘夫人》"袅袅兮秋风，洞庭波兮木叶下”，渲染深秋季节萧瑟凄冷的情感氛围，更加映衬出凄怆的飘零之悲。

后面两句写离别。诗人与少年痛饮酣醉，情意深长；夜色苍茫之下，他与朋友凄然分别。这里化用了西汉淮阴侯韩信当年在市中遭受胯下之辱的故事，有感于韩信的忍辱负重，激励自己奋发有为，将来像韩信那样成就一番事业。所以结末一句“月照高楼一曲歌”，全诗境界为之一振，透过分离时刻两人引吭高歌，宣泄出豪放不羁的少年气概，以及对于实现人生理想的无限憧憬和激情。

整首诗歌由悲怨转豪壮，形象展现出浪迹江湖的诗人的人生感触和自我期许，其峻拔爽朗的风貌格调，确实令人耳目一新。

过分水岭①

溪水无情似有情，入山三日得同行。
岭头便是分头处，惜别潺湲一夜声。②

【注释】

①分水岭：河流的分界线，多以山脉为界，故名。北魏郦道元《水经注·漾水》：“嶓冢以东，水皆东流；嶓冢以西，水皆西流。即其地势源流所归，故俗以嶓冢为分水岭。”唐元稹《分水岭》诗：“崔嵬分水岭，高下与云平。上有分流水，东西随势倾。” ②潺湲（chán yuán）：流水声。唐岑参《过缑山王处士黑石谷隐居》诗：“独有南涧水，潺湲如昔闻。”

【品评】

分水岭在今陕西省略阳县东南的嶓冢山，岭下水分东西流，故名。这是秦蜀、秦梁间往来的必经之地，在唐代是著名的交通要道。此诗移情于物，描写了与山间溪水的一段因缘，富有温煦缠绵的诗意。

首句从溪水写起，由“无情”的自然本性引出“有情”的情意感受，也点出全诗的诗眼。接下来交代何以“有情”的原因：“入山三日得同行。”嶓冢山是汉水与嘉陵江的分水岭，因为山深，必须“入山三日”方能到达岭头。在这三日的孤独旅行中，唯有山间的一条溪水始终陪伴而行。诗人采用拟人的手法，赋予溪水温柔体贴的情性，以她的清澈身影和潺潺水声来慰藉作者的羁旅愁情。

经历了三日相依相伴的旅程，诗人与溪水的感情与日俱增，因此当他登上岭头，就要和溪水分头而行的时候，心中便不由自主地产生了依依难舍之情。但是他不是直接来写自己的惜别，而是转而刻画溪水的情态，以临别前的一夜潺湲水声，表达出对于诗人的深情。这脉脉的流水声显得格外多情，引发诗人留恋之意，也为整首诗歌增添了幽雅宁静的情韵。

此诗寓情于景，唯其感情的底色是寂寞。正因为旅途的寂寞，才感受到溪水陪伴的慰藉，进而产生依依难舍的情致。作品平中见奇，构思细腻，化无情为有情，使得平凡的事物充满着诗意的美。

伤温德彝[①]

昔年戎虏犯榆关，[②]一败龙城匹马还。[③]
侯印不闻封李广，[④]他人丘垄似天山。[⑤]

【注释】

①温德彝：《旧唐书》载，唐文宗大和四年（830），兴元军乱，杀节度使李绛。文宗授节度使温造手诏四通，神策行营将董重质、河中都将温德彝、郃阳都将刘士和等，咸令秉造之命。 ②戎虏：古时对西方或北方少数民族的蔑称。汉蔡琰《胡笳十八拍》："天灾国乱兮人无主，唯我薄命兮没戎虏。"榆关：即山海关。古称渝关、临榆关、临渝关，明改为今名。其地古有渝水，县与关都以水得名。在今河北省秦皇岛市。唐于志宁《中书令昭公崔敦礼碑》："奉敕往幽州……建节榆关，尘清柳室。" ③龙城：汉时匈奴地名。为匈奴祭天之处。《史记·匈奴列传》："岁正月，诸长小会单于庭，祠。五月，大会龙城，祭其先、天地、鬼神。"后因借指匈奴。南朝梁简文帝《陇西行》之一："乌孙途更阻，康居路犹涩。月晕抱龙城，星流照马邑。" ④"侯印"句：汉名将李广部下因军功而封侯的人很多，而李广本人抗击匈奴，战功显赫，却不见封侯。后因以"李广未封"、"李广不侯"、"李广难封"慨叹功高不爵，命运乖舛。唐王勃《滕王阁序》："冯唐易老，李广难封。屈贾谊于长沙，非无圣主；窜梁鸿于海曲，岂乏明时。"这里以李广比温德彝，慨叹其怀才不遇。 ⑤丘垄：坟墓。《礼记·月令》："（孟冬之月）茔丘垄之大小高卑厚薄之度，贵贱之等级。"孙

希旦集解:“墓域曰茔,其封土而高者曰丘垄。”按:霍去病与其舅父卫青多次出击匈奴,屡建奇功,死后陪葬茂陵。墓冢高15.5米,封土形似祁连山,冢巅堆放巨石。

【品评】

此诗为感伤边将有功无赏而作。

开头两句首先以夸张的笔墨赞颂边将的卓著功勋:他们面对戎虏的进犯,奋起反击,大获全胜,致使敌军只落得匹马逃归的悲惨下场,字里行间充满着雄豪的气势、强健的精神力度。

然而,建立如此功勋的边将却得不到应有的奖赏。后面两句化用李广不封、霍去病厚葬的典故,形成鲜明的对比,揭露汉朝统治者厚此薄彼的做法。同时这里又采取了以汉喻唐的手法,实际上就是谴责唐朝统治者对于像温德彝那样在第一线冲锋陷阵的将领刻薄寡恩,怨愤不平之气溢于言表。

作者温庭筠为温德彝等边将有功无赏而怨愤,其实也是借此抒发自己怀才不遇、壮志难酬的文人悲愤。他的《赠蜀将》诗云:“心气已曾明汉节,功名犹自滞吴钩。……今日逢君倍惆怅,灌婴韩信尽封侯。”《苏武庙》诗亦称:“茂陵不见封侯印,空向秋波哭逝川。”也都通过历史往事的咏怀,表达出人生理想无由实现的悲哀。

咸阳值雨[①]

咸阳桥上雨如悬,[②]万点空濛隔钓船。[③]
还似洞庭春水色,晓云将入岳阳天。[④]

【注释】

①值:遇到,碰上。《庄子·知北游》:“明见无值。”成玄英疏:“值,会遇也。”王先谦集解:“虽明见之而无所值。” ②咸阳桥:即西渭桥。西汉建元三年(前138)始建,因与长安城便门相对,也称便桥或便门桥。故址在今咸阳市南。唐代称咸阳桥,当时送人西行多于此相别。唐杜甫《兵车行》:“车辚辚,马萧萧,行人弓箭各在腰。耶娘妻子走相送,尘埃不见咸阳桥。” ③空濛:迷茫貌,缥缈貌。南朝齐谢朓《观朝雨》诗:“空濛如薄雾,散漫似轻埃。” ④晓云:早晨的云气。将:携带。《左传·桓公九年》:“楚子使道朔将巴客以聘于邓。”岳阳:即岳阳楼。湖南省岳阳市西门古城楼。相传三国吴鲁肃在此建阅兵台,唐开元四年(716)中书令张说谪守巴陵(即今岳阳市)时在旧阅兵台基础上兴建此楼。主楼三层,巍峨雄壮。登楼远眺,八百里洞庭尽收眼底,为古今著名风景名胜。

【品评】

这是一首对雨即景之作,作者观赏咸阳桥畔雨丝风片的景象,联想烟雨朦胧的洞庭春色,渲染出一派清旷悠远的山水图景。

首句紧扣诗题,交代地点和景物。一个“悬”字,生动勾勒出雨脚绵密,天地之间好像织起一幅无边的密密的珠帘,与杜甫诗句“风起春灯乱,江鸣夜雨悬”(《船下夔州郭宿雨湿不得上岸别王十二判官》)有异曲同工之妙。次句进一步描摹水中的景象:雨点滴打在水面上,激起万点水波,足见雨势之强、雨阵之密。整个河面上水气蒸腾,形成了烟雨空濛的特殊氛围。在这样的画面中,远处的钓船被浓密的雨幕所遮掩，显得若隐若现，缥缈朦胧。这就营造出类似江南烟雨水墨画的超于象外的风神和远韵。

后两句诗人由眼前的景物生发，联想到遥远的洞庭春色。作者寻找到两者之间的共同之处，都是烟雨空濛、朦胧渺远，而且由实入虚，“气蒸云梦泽，波撼岳阳城”（孟浩然《望洞庭湖赠张丞相》）的洞庭景象更加壮观，意境更加广远，“还似”、“将入”词汇的运用饶富气势和力度，体现出诗人雄阔爽朗的精神追求。

弹筝人①

天宝年中事玉皇，②曾将新曲教宁王。③
钿蝉金雁今零落，④一曲《伊州》泪万行。⑤

【注释】

①筝：拨弦乐器。形似瑟。传为秦时蒙恬所作。其弦数历代由五弦增至十二弦、十三弦、十六弦，现经改革，增至十八弦、二十一弦、二十五弦等。　②天宝：唐玄宗李隆基的年号（742—756）。玉皇：道教称天帝曰玉皇大帝，简称玉帝、玉皇。这里借指唐玄宗。唐僧无本《马嵬》诗：“一自玉皇惆怅后，至今来往马蹄腥。”　③宁王：指唐李宪。睿宗长子，封宁王。善音律。死后，玄宗封为让皇帝。唐王仁裕《开元天宝遗事》卷上：“天宝初，宁王日侍，好声乐，风流蕴藉，诸王弗如也。”　④钿蝉：筝饰，蝉形金花。亦借指筝。金雁：对筝柱的美称。筝柱斜列有如雁行，故名。　⑤《伊州》：曲调名。商调大曲。《新唐书·礼乐志十二》：“天宝乐曲，皆以边地名，若

《凉州》、《伊州》、《甘州》之类。”唐白居易《伊州》诗：“老去将何散老愁，新教小玉唱《伊州》。”

【品评】

这首诗借咏叹弹筝艺人今昔生活的巨变，抒发人生无常、命运多舛的悲哀。

开头追述往日的风光。弹筝艺人往昔天宝年间曾凭藉技艺供奉玄宗，又教过宁王度新曲。玄宗、宁王兄弟皆精通音律，玄宗“洞晓音律，由之天纵，凡是管弦，必造其妙，……虽古之夔旷，不能过也”(《羯鼓录》)，宁王亦以“审辨音之妙”而著称于世。弹筝人能于长安如云高手中，独得玄宗、宁王的青睐，足见其技艺之精湛，从中也渗透着作者对非凡宠遇的由衷羡慕。

后面两句陡然转入对今日命运的嗟叹。如今她妆饰凋零，筝柱颓损，身世漂泊，老境凄凉，旧曲重弹，泪下滂沱。由此通过今昔强烈的对照，表达出世事沧桑之悲、世态炎凉之愤、人生遭际之苦。杜甫《江南逢李龟年》诗写道：“岐王宅里寻常见，崔九堂前几度闻。正是江南好风景，落花时节又逢君。”同样通过对著名歌唱家李龟年安史之乱前后命运的巨大落差，抒发出时代变幻的无限感慨，两首诗歌具有异曲同工之妙。温庭筠生活年代已距天宝年间较远，似乎难以再与天宝年间的弹筝艺人有所接触，此诗其实是借助典型历史事件来加以虚构，抒发人生感受。正如沈祖棻《唐人七绝诗浅释》所云：“温庭筠出生于天宝乱后五十多年，与诗所写弹筝人的时代不相及，所以此诗所咏天宝遗事，乃是依托之词，不可摭实。”如果我们再联系作者原本宰相温彦博之裔孙的家世背景，更可洞见其感怀时世动荡、怀才不遇、命运多艰的创作意旨，作品也便具备了更为深厚的情感表达空间。

蔡中郎坟[1]

古坟零落野花春，闻说中郎有后身。[2]
今日爱才非昔日，莫抛心力作词人。[3]

【注释】

①蔡中郎：指东汉文人蔡邕。蔡邕（133—192），字伯喈，陈留人。汉献帝时曾拜左中郎将。王允收付廷尉，死狱中。死后葬在今河南省禹州市逍遥岭。 ②后身：佛教有“三世”的说法。谓转世之身为“后身”。《太平御览》卷三六〇引《裴子语林》：“张衡之初死，蔡邕母始孕。此二人才貌相类，时人云邕是衡之后身。”这句意即，听说如今蔡中郎又有后身。 ③词人：擅长文辞的人。南朝梁刘勰《文心雕龙·诠赋》：“汉初词人，顺流而作，陆贾扣其端，贾谊振其绪。”

【品评】

这首“借题发挥”的诗作，通过对于东汉文学家蔡邕身世的追怀，表达出作者自己的人生悲慨。

首句正面描写蔡中郎坟。作者写作这首诗时，蔡邕已经去世六百多年，如今他的坟头早已荒凉破败不堪。此时正值春季，野花丛生，更加衬托出坟墓环境的荒寂冷落，引发人们产生如同“朱雀桥边野草花”（刘禹锡《乌衣巷》）那样的沧桑之感。

次句转而叙述关于蔡邕身世的一段传说。据殷芸《小说》记载，东汉文豪张衡病卒的那一天，蔡邕的母亲刚好怀孕。张、蔡二人才貌非常相似,因此人们都说蔡邕是张衡的后身。按照这样的传说,诗句应该写成“闻说张衡有后身”或“闻说中郎是后身”,然而作者却在此传说的基础上进行了合理的推想:既然张衡死后有蔡邕作他的后身,那么蔡邕死后想必也会有后身了。这就形成了历史线索的延展性,似乎带有温庭筠本人以蔡邕后身自居的味道,但是作者并没有明言,故而显得含蓄蕴藉,意在言外。

后面两句转而感慨怀才不遇。蔡邕生当东汉末年政治黑暗统治的时代,曾因上书议论朝政阙失而横遭诬陷,被流放到朔方;后又因宦官仇视,而亡命江湖;董卓专权,被迫任侍御史;卓被诛后,蔡邕也瘐死狱中。其一生遭遇是非常悲惨的。但是之所以董卓逼他做官,也还是因为欣赏他的文才。而今天的文士,即便像蔡邕那样的待遇也可望而不可即。温庭筠自负才华,尤长于诗赋,却长年科举不第,遭到世人的鄙薄和嘲笑。所以说,今日之“爱才”远远比不上蔡邕那个时代,可见人才在唐末的遭遇更加可悲。于是作者最后发出了劝告:千万不要枉费心力花在文学上面了,所有的努力都是不合时宜、徒劳无益的!这是诗人出离愤怒的绝望慨叹,宣泄出糟践人才的时代中广大文士愤激不平的心声。

侠客行[1]

欲出鸿都门,[2]阴云蔽城阙。[3]
宝剑黯如水,[4]微红湿馀血。
白马夜频惊,[5]三更灞陵雪。[6]

【注释】

①侠客：旧称急人之难、出言必信、抑弱扶强的豪侠之士。《史记·游侠列传》："要以功见言信，侠客之义又曷可少哉!" ②鸿都门：故址在今河南省洛阳市。东汉灵帝光和元年(178)在鸿都门设立学校，专习辞赋书画。学生由州、郡、三公举送，学成后多授予高级官职。史称"鸿都门学"。③城阙：城门两边的望楼。《诗·郑风·子衿》："挑兮达兮，在城阙兮。"孔颖达疏："谓城之上别有高阙，非宫阙也。" ④黯：深黑，昏暗。汉蔡邕《述行赋》："玄云黯以凝结兮，集零雨之溱溱。" ⑤白马：这里化用了三国魏曹植《白马篇》："白马饰金羁，连翩西北驰。借问谁家子，幽并游侠儿。" ⑥灞陵：古地名，本作霸陵，故址在今陕西省西安市东。汉文帝葬于此，故称。三国魏改名霸城，北周建德二年废。北周庾信《哀江南赋》："岂知灞陵夜猎，犹是故时将军。"

【品评】

此诗刻画仗剑行侠的侠客形象，赞扬了慷慨勇武、赴义杀敌的侠士精神。

诗歌从其杀人后出城情景写起。"阴云蔽城阙"，渲染出阴寒惨淡与危急氛围。在如此恶劣的环境当中，侠客义无反顾的果敢坚毅表现得更加鲜明。

"宝剑"二句专写宝剑，突出其锋利无比，寒光四射，暗示侠客先前杀人报仇之事。"微红湿馀血"一句极其精警而蕴含丰厚，虽然没有正面描写日间杀人情状，但是能够引发读者的丰富想象，具有生动的现场感，仗剑游侠的飒爽气魄跃然纸上。

最后两句，由侠客胯下的飞马来交代其行踪。白马在茫茫的黑夜里飞奔，频频的马嘶，划破了寒夜的寂静，烘托出天寒地冻环境中侠客英勇无畏的精神气质。飞马从洛阳夜出，三更已踏灞陵雪，可谓千里不留行，更显神骏英姿。

沈德潜《唐诗别裁集》评述此诗曰："温诗风秀工整，俱在七言。此篇独见警绝。"的确，此诗风骨遒劲，格调豪壮，与温诗整体风格的秾艳纤丽颇不相类。在这篇作品中，作者也通过对游侠精神的欣羡和赞美，寄寓了自己终身坎坷、壮志难酬的感喟。

商山早行[①]

晨起动征铎，[②]客行悲故乡。
鸡声茅店月，[③]人迹板桥霜。[④]
槲叶落山路，[⑤]枳花明驿墙。[⑥]
因思杜陵梦，[⑦]凫雁满回塘。[⑧]

【注释】

①商山：山名，在今陕西省商州东南，亦名商岭、商阪、地肺山、楚山。地形险阻，景色幽胜，秦末汉初四皓(东园公、绮里季、夏黄公、角里先生)曾在此隐居。晋陶潜《桃花源诗》："黄绮之商山，伊人亦云逝。" ②征铎：远行车马所挂的铃。③茅店：用茅草盖成的旅舍。言其简陋。 ④板桥：木板架设的桥。《墨子·备城门》："为斩县梁，令穿，断城以板桥。"孙诒让间诂："连板为桥，架之城堑以便往来。" ⑤槲(jiě)：木名。唐元稹《痁卧闻幕中诸公征乐会饮因有戏呈三十韵》："夜灯燃槲叶，冻雪堕砖阶。" ⑥枳(zhǐ)：木名。也称枸橘、臭橘。落叶灌木或小乔木。木似橘而小，茎上有刺，春生白

花，至秋成实，果小，味酸苦不能食，可入药。成条种植可作篱笆。《周礼·考工记序》："橘逾淮北而为枳。"《后汉书·冯衍传下》："揵六枳而为篱兮，筑蕙若而为室。"李贤注："枳，芬木也。……枳之为木，芳而多刺，可以为篱。"驿墙：驿舍的围墙。 ⑦杜陵：地名。在今陕西省西安市东南。古为杜伯国。秦置杜县，汉宣帝筑陵于东原上，因名杜陵。《汉书·元帝纪》："初元元年春正月辛丑，孝宣皇帝葬杜陵。"《三辅黄图·陵墓》："宣帝杜陵，在长安城南。帝在民间时，好游鄠、杜间，故葬此。"汉代以来，杜陵一直是长安的游览胜地。文人学者常会集于此，登高览胜，吟咏不辍。唐卢照邻《长安古意》诗："挟弹飞鹰杜陵北，探丸借客渭桥西。"李白《杜陵绝句》："南登杜陵上，北望五陵间。秋水明落日，流光灭远山。" ⑧凫雁：鸭与鹅。《晏子春秋·外篇上八》："景公赏赐及后宫，文绣被台榭，菽粟食凫雁。"吴则虞集释："王引之云：'凫，鸭也；雁，鹅也。此云菽粟食凫雁，下云君之凫雁，食以菽粟，则凫雁乃家畜，非野鸟也。'"回塘：回曲的水池。南朝梁简文帝《入溆浦》诗："泛水入回塘，空枝度日光。"

【品评】

这首诗大概是作者离开长安赴襄阳投靠徐商，在商山旅途所作。全诗紧扣诗题中的"早行"二字，描写早行的气氛、景物，以及作者的独特感受。

首联表现早行的典型情境。清晨时分，旅人上路，在漫长的山路上，传来悬在马身上铃铛清脆而有节奏的叮当响声。这样的响声不仅衬托出晨起路途的清冷寂静，而且也给天涯游子带来了"古道西风瘦马"的荒寒孤寂之感。于是，诗人抒发了"客行悲故乡"的深情感慨。这里的"悲"，不仅表露出背井离乡的无奈、悲楚，更包含了对于故乡的无限眷恋不舍之情。所以说，这个“悲”字是贯串全诗的感情主线。

颔联是脍炙人口的名句，欧阳修曾效其体作“鸟声梅店雨，野色柳桥春”(《过张至秘校庄》)。但是两者稍作比较，高下立判，温诗天然浑朴，欧作矫揉造作。明人胡应麟《诗薮》指出：“盛唐句如‘海日生残夜，江春入旧年’；中唐句如‘风兼残雪起，河带断冰流’；晚唐句如‘鸡声茅店月，人迹板桥霜’，皆形容景物，妙绝千古。”梅尧臣赞美这两句的妙处在于：“状难写之景如在目前，含不尽之意见于言外”、“道路辛苦，羁旅愁思，岂不见于言外乎？”(欧阳修《六一诗话》)这两句诗，由十个名词组合成六个平列的意象：鸡声、茅店、月、人迹、板桥、霜，营构出一幅色泽清冷、情调悲凉的荒山早行图。茅店喻示流落，板桥交代客途；残月冷照令人心酸，鸡声悠长遣人忧伤，遍地白霜引人悲怆。从另一个角度来看，“茅店”、“板桥”是早晨静景，“鸡声”、“人迹”则是动态视觉、听觉意象，而“月”烘托清冷的环境，“霜”突显寒苦的氛围，由此融入了深切酸楚的羁旅愁苦之情。上、下句各由三组名词性意象组接而成，依托意象自身的感情张力，形成了加倍的抒情效果。明代李东阳分析这两个佳句的艺术构思特点，指出：

> “鸡声茅店月，人迹板桥霜。”人但知其能道羁愁野况于言意之表，不知二句中不用一二闲字，止提掇出紧关物色字样，而音韵铿锵，意象具足，始为难得。若强排硬叠，不论其字面之清浊，音韵之谐舛，而云我能写景用事，岂可哉！(《怀麓堂诗话》)

正是由于温庭筠成功运用了名词性典型意象的叠加和

组合，不但展现了具体可感的艺术画面，更加传达出内涵丰沛的言外之意。

颔联描绘早行途中所见之景。商县一带多槲树和枳树。槲树的叶子很大，冬天存留在枝上，到第二年早春，树枝将发嫩芽时才脱落。与此同时，枳树的白花也已开放。这里描写槲叶落满山路，而枳树的白花被残月映照在驿墙之上，一个“明”字显出早晨亮色的鲜明。

末联写在早春的景色中，作者想起了昨晚的梦境。他梦到了故乡杜陵，那里已是春暖花开，风景宜人，凫鸟在曲折的池塘里自由自在地戏水游乐。这里的故乡画面回应了首联“悲故乡”的慨叹，使得开头的抒情更加落到实处；而且通过对故乡美好景象的想象，越发反衬出此刻“断肠人在天涯”的游子之悲。

概括地讲，这首诗歌紧扣“早行”这一主题，于旅途艰辛之外，抒发羁旅怀乡之情。作品寓意深曲，情景交融，语言明净，结构严密，显示出独特的艺术魅力。

观舞妓

朔音悲嘒管，① 瑶踏动芳尘。②
总袖时增怨，③ 听破复含颦。④
凝腰倚风软，⑤ 花题照锦春。⑥
朱弦固凄紧，⑦ 琼树亦迷人。⑧

【注释】

①朔音：北方的音乐。嘒(huì)：象声词。《说文·口部》：

“嘒，小声也。”南朝梁江淹《横吹赋》：“啾寥亮于前衡，嘒陆离于后阵。”这里形容清亮的管乐声。《诗·商颂·那》：“鼗鼓渊渊，嘒嘒管声。”孔颖达疏：“嘒嘒然而清烈者，是其管籥之声。” ②瑶踏：华美的鞋子，借指舞步。动芳尘：化用三国魏曹植《洛神赋》“凌波微步，罗袜生尘”语意。 ③总袖：卷束舞袖，形容舞袖飘转时卷束之状。 ④破：唐宋舞乐大曲第三段。其乐歌舞并作，繁声促节，破其悠长，转入繁碎，故名。唐白居易《卧听法曲〈霓裳〉》诗：“朦胧闲梦初成后，宛转柔声入破时。”含颦：皱眉。 ⑤凝腰：指舞者停止旋转时的舞姿。倚风软：形容舞妓腰肢细软，弱不禁风之状。 ⑥花题：指舞妓以绣花的锦缎饰额。 ⑦朱弦：用熟丝制的琴弦。《礼记·乐记》：“《清庙》之瑟，朱弦而疏越。”郑玄注：“朱弦，练朱弦。练则声浊。”孔颖达疏：“案《虞书》传云：古者帝王升歌《清庙》之乐，大瑟练弦。此云朱弦者，明练之可知也。云练则声浊者，不练则体劲而声清，练则丝熟而弦浊。”亦泛指琴瑟类弦乐器。凄紧：形容弦声悲凄而急促。 ⑧琼树：即玉树，《玉树后庭花》之省称，又兼喻舞者如玉树临风的身姿。这里化用了南朝陈后主、张贵妃的典故。《南史·张贵妃传》：“后主每引宾客对贵妃等游宴，则使诸贵人及女学士与狎客共赋新诗，互相赠答。采其尤艳丽者，以为曲调，被以新声。选宫女有容色者以千百数，令习而歌之，分部迭进，持以相乐。其曲有《玉树后庭花》、《临春乐》等。其略云：‘璧月夜夜满，琼树朝朝新。’大抵所归，皆美张贵妃、孔贵嫔之容色。”

【品评】

这首诗乃观赏舞妓的精彩表演而作。

首联由乐而及人。先描写宴会之上管乐器吹奏出清亮悲凉的北方之乐，继而出现了一位踏乐而舞的女子形象。“动芳尘”正表现其体态之婀娜、舞步之轻盈。

颔联着重描摹女子舞蹈急曲子时的情态。她随着音乐的伴奏疾速转动腰肢，飘翻舞袖；然而即便表演急曲子，她也总是“时增怨”、“复含颦”，似乎内心充满着悲绪。这就从简单的艺术观赏的层面，深入到女子情意世界的揭示，增添了诗歌的情感内涵。

颈联转而描摹女子舞蹈舒缓曲调时的动人姿态。她腰肢柔软，弱不禁风，还以绣花的锦缎饰额，显得更加标致玲珑，惹人怜爱。

结尾两句同样是由乐及人，不过音乐改换成琴瑟类弦乐器，弹奏出悲凄之音，但是所奏之曲《玉树后庭花》却让人陶醉沉迷。同时，这里的“琼树”又兼喻舞者如玉树临风的身姿，使得作者为之神魂颠倒、意乱情迷。

这首诗写舞妓，既状其舞姿，又刻画她的妆束情态，还兼写了不同种类的伴奏音乐，乐、舞、姿、容融为一体，既琳琅满目，又结构井然，显示出作者高超的艺术功力。

湘宫人歌[1]

池塘芳草湿，夜半东风起。
生绿画罗屏，[2]金壶贮春水。[3]
黄粉楚宫人，[4]芳花玉刻鳞。[5]
娟娟照棋烛，[6]不语两含颦。

【注释】

①宫人:妃嫔、宫女的通称。 ②生绿:翠绿色。罗屏:用丝织品装饰的屏风。 ③金壶:即铜壶滴漏,古时计时器。唐崔液《踏歌词》:"金壶催夜尽,罗袖舞寒轻。" ④黄粉:用于装饰的黄色烟粉。 ⑤芳花:香花。南朝梁简文帝《梅花赋》:"折此芳花,举兹轻袖。"玉刻鳞:用玉石雕刻的鱼,女子佩饰。 ⑥娟娟:明媚貌。宋司马光《和杨卿中秋月》:"嘉宾勿轻去,桂影正娟娟。"

【品评】

这首诗抒写湘东王宫人的怨思。

开头四句写宫人所处的环境:春天空气湿润,池塘上草木饱含水分;夜半东风吹拂,送来春天的气息。宫闺之内,陈列着翠绿色的画屏、滴漏报时的铜壶。这样的写景表现出宫人的典型生活环境,而且在一片宁静之中也蕴含着春天到来的生机。

然而面对着大好春光,宫人却深闭闺房,独自感受到深重的孤寂。颈联着重刻画宫人妆饰的华艳,佩饰的精美;可是女主人公却始终无法得到主上的恩宠,惟有形单影只,茕茕孑立。结尾两句细笔描摹她颦眉独坐,凝视棋盘,与默然相对的蜡烛两相含愁不语。这里将蜡烛拟人化,营造出格外孤冷凄寂的情意空间。

此首宫怨诗的句法、结构、神情、面目,颇具李贺诗歌的特征,因此王闿运评之曰:"李贺一派。"(《手批唐诗选》卷二)

初秋寄友人

闲梦正悠悠，凉风生竹楼。
夜琴知欲雨，晓簟觉新秋。
独鸟楚山远，①一蝉关树愁。②
凭将离别恨，江外问同游。

【注释】

①楚山：泛指楚地之山。唐张说《对酒行巴陵作》诗："鸟哭楚山外，猿啼湘水阴。" ②关：关联，涉及。唐杜甫《归雁》诗："是物关兵气，何时免客愁？"

【品评】

这首诗抒写初秋时节对远在楚地友人的深切思念。

首联交代诗人闲梦悠悠，风生竹楼，点明初秋的季节特征，以及作者看似闲逸实则孤寂的心境。

颔联侧重从听觉和触觉表现初秋之际的独特感受。他清夜抚琴，其声如秋雨般萧瑟；晓卧竹席，顿觉阵阵秋凉。通过这些凄冷景象的细致刻画，更加突显出作者孤寂难耐的秋情秋怨。

颈联运用比喻手法，以鸟远楚山、蝉愁关树的典型意象，渲染出浓郁的秋日悲愁。"楚山远"、"关树愁"，说明自己身在关中，而友人则远在江外楚山，由此表达了对远方友人的深切怀思。

以上六句从不同角度情景交融，层层渲染怀友深情，所以结尾两句直抒胸臆，“离别恨”三字画龙点睛，揭橥题旨。他要凭藉这首诗作将自己的离别之恨，寄给远在江外的挚友，送去深情的牵挂与问候。

送人东归

荒戍落黄叶，①浩然离故关。②
高风汉阳渡，③初日郢门山。④
江上几人在，天涯孤棹还。⑤
何当重相见，尊酒慰离颜。

【注释】

①荒戍：荒凉的边防城堡、营垒。黄叶：枯黄的树叶。南朝梁丘迟《赠何郎》诗：“檐际落黄叶，阶前网绿苔。” ②浩然：不可阻遏、无所留恋的样子。《孟子·公孙丑下》：“夫出昼，而王不予追也，予然后浩然有归志。”朱熹集注：“浩然，如水之流不可止也。”故关：古代的关隘。北周庾信《别周尚书弘正》诗：“扶风石桥北，函谷故关前。” ③高风：指秋风。《太平御览》卷二五引南朝梁元帝《纂要》：“风（秋风）曰商风、素风、凄风、高风、凉风、激风、悲风。”唐杜甫《奉送郭中丞兼太仆卿充陇右节度使三十韵》：“斜日当轩盖，高风卷旆旌。”师尹注：“高风，八月也。”汉阳：汉水之北，唐时为沔州汉阳郡，今湖北汉口。 ④郢门：即郢都。春秋战国时楚国都，故址在今湖北省荆州市。 ⑤孤棹：独桨。借指孤舟。唐长孙佐辅《杭州秋日别故友》诗：“独随孤棹去，何处更同衾。”

【品评】

这首诗送别友人归返故乡，流露出深厚的情谊。

诗歌发端，“起调最高”（沈德潜《唐诗别裁集》）。荒凉冷落的古堡，落叶萧萧的寒秋，渲染出凄恻的离别环境，诗人于此时此地送友人远行，自然是黯然销魂，情何以堪！“浩然离故关”，笔势一振，气度不凡，也表明友人返回故乡的心意坚决。

颔联交代送别的地点，“汉阳渡”、“郢门山”远隔千里，诗人却将其粘合一处，统指荆山楚水，展现出辽阔雄奇的境界。

颈联仿效李白“孤帆远影碧空尽，唯见长江天际流”（《黄鹤楼送孟浩然之广陵》），而赋予了多重意旨：一方面是诗人深情地凝眺友人的归舟逐渐消逝在天际，另一方面则是遥想其江东亲友正翘首盼望归舟从天际出现。“几人在”，又隐含着对其亲友凋零的悬揣，从中体现出作者对友人回归家乡的丰富想象和深切关心。

尾联写送行之际，开怀畅饮，期待他日重逢，更见惜别之意。

诗歌写送别，情景交融，想象丰富，结构井然，格调高远，周咏棠评之曰：“高朗明健，居然盛唐格调。”（《唐贤小三昧集续集》）

春日野行

骑马踏烟莎，[1]青春奈怨何。[2]
蝶翎朝粉尽，[3]鸦背夕阳多。
柳艳欺芳带，[4]山愁萦翠蛾。[5]
别情无处说，方寸是星河。[6]

【注释】

①烟莎(suō):碧莎如烟的草地。莎,草名,即莎草,多年生草本植物。多生于潮湿地区或河边沙地;茎直立,三棱形;叶细长,深绿色,质硬有光泽;夏季开穗状小花。唐李白《忆旧游寄谯郡元参军》诗:“浮舟弄水箫鼓鸣,微波龙鳞莎草绿。” ②青春:兼指春天与青春年华。奈怨何:谓愁怨无法排遣。 ③蝶翎:蝶翅。朝粉尽:指时近黄昏,早晨蝴蝶翅上的蝶粉已渐次褪尽。 ④欺:压倒,胜过。元李寿卿《伍员吹箫》第一折:“文欺百里奚,武胜秦姬辇。”句意谓鲜艳的柳丝胜过华美的香带。 ⑤翠蛾:妇女细而长曲的黛眉。唐薛逢《夜宴观妓》诗:“愁傍翠蛾深八字,笑回丹脸利双刀。”句意谓远山如美人翠眉萦绕,含愁脉脉。 ⑥方寸:指心。唐刘知幾《史通·自叙》:“始知流俗之士,难与之言。凡有异同,蓄诸方寸。”星河:银河。二句谓别情无处诉说,人心相隔,邈若银河。

【品评】

这首诗描写作者春日野行,目睹春色而兴起怨别之情。

开头两句叙述诗人骑马踏春,面对萋萋芳草,却陡然产生青春易逝的怨叹。“蝶翎”两句刻画傍晚时分蝴蝶翅膀上的蝶粉渐次褪尽,飞翔的鸿雁背负夕阳的余晖。这样的景致观察细致,同时也渲染了衰残、凋零的色调,流露出作者惆怅难言的心绪。“柳艳”两句笔法俏丽,比喻新颖,但是“山愁萦翠蛾”,仍然加重了暮色苍茫中的悲愁氛围。

在以上种种景象的渲染烘托下,诗人最后直抒别情。“方寸是星河”,体验深刻,造语奇特,不说之说,将离别的酸楚表达到极致。黄周星《唐诗快》评之曰:“奇峭语,从无人道。”

早秋山居

山近觉寒早，草堂霜气晴。①
树凋窗有日，池满水无声。
果落见猿过，叶干闻鹿行。
素琴机虑静，②空伴夜泉清。

【注释】

①草堂：茅草盖的堂屋。旧时文人常以“草堂”名其所居，以标风操之高雅。南朝齐孔稚珪《北山移文》：“钟山之英，草堂之灵，驰烟驿路，勒移山庭。”霜气：刺骨的寒气。汉刘桢《赠五官中郎将四首》其四：“凉风吹沙砾，霜气何皑皑。” ②素琴：不加装饰的琴。《礼记·丧服》：“祥之日，鼓素琴，告民有终也，以节制者也。”汉秦嘉《赠妇诗》之三：“芳香去垢秽，素琴有清声。”机虑：犹思虑。

【品评】

这首诗通过对早秋山居气候景物的描写，反映诗人恬淡自适的心境。

秋天刚到，山居之内便觉凉意袭人；清晨时分，分明能够感受阵阵霜气。这就交代了山居早秋的气候特征，同时也体现出作者心细如发的艺术感知。

次联“树凋窗有日，池满水无声”为白描佳句。上句尤能传出一种意外的欣悦，下句则非细致体察不能道，故而明人钟惺《唐诗归》卷三三评此五字曰：“五字虽小景，却是深思实见中出。”歌德曾经指出：“诗人的本领，在于他有足够的智慧，能从惯见的事物中看出引人入胜的侧面。”（《歌德对话录》）温庭筠静观山间景色，从最平常的树木、池水中酝酿出了浓郁的诗意。

颈联紧扣秋天的季节特点，表现作者所见所感的景象。“果落见猿过”，是从视觉角度反映秋天野外视野开阔，与梅尧臣《鲁山山行》“霜落熊升树，林空鹿饮溪”如出一辙。“叶干闻鹿行”，则从听觉角度反映秋天落叶干燥，鹿行其上，发出沙沙的响声。这里其实又巧妙运用了相反相成的艺术规律，以“猿过”之动、“鹿行”之有声，反衬出山间的静谧，同时也增添了无限野趣。

最后出现诗人的自身形象：在如此幽静绝尘的山林里，诗人抚琴自乐，满怀的私心杂念完全抛却。澄澈的心境，伴着窗外夜泉的清音交响，人与自然融为一体，实现了心灵的净化和洗礼，进入一种纯净空明的高妙境界。

处士卢岵山居①

西溪问樵客，②遥识楚人家。
古树老连石，急泉清露沙。
千峰随雨暗，一径入云斜。
日暮鸟飞散，满山荞麦花。③

【注释】

①处士：本指有才德而隐居不仕的人，后亦泛指未做过官的人。《孟子·滕文公下》：“圣王不作，诸侯放恣，处士横议，杨朱、墨翟之言盈天下。”　②樵客：出门采薪的人。南朝梁王僧

孺《答江琰书》:“或蹲林卧石,藉卉班荆,不过田畯野老,渔父樵客。” ③荞麦:一年生草本植物。茎赤质柔;叶互生,呈心脏形,有长柄;花色白或淡红;果瘦三角形,有棱;子实磨成粉可制面食,通常亦称其子实为荞麦。唐白居易《村夜》诗:“独出前门望野田,月明荞麦花如雪。”

【品评】

这首诗描写作者寻访友人卢处士沿途所见山居景色。

首联交代作者向砍柴的樵夫打听卢岵山居之地,“遥识”二句点出卢岵山居的幽僻遥远。

接下来三联分别从不同角度描绘沿途所见景色。“古树”两句细描山径边的一组近景:古树临水傍崖,老根盘错,仿佛它天生就是连着石头长起来的。湍急清澈的泉水,冲刷去败叶浮土,唯有沙砾护拥在树石之间,更显得水明沙净。这里的景致带有时间的久远感,使得周围环境增添了高古、清幽的气氛。

“千峰”两句则描写远望之景:千峰连雨,高峻幽深,一条小路曲曲折折地通向白云深处。这就造成了一种缥缈空濛的感受,表现出卢岵处士与世隔绝、孤高不群的空寂生活。

最后两句写傍晚时分的山色。“日暮鸟飞散”既是实际写景,同时也如陶渊明《饮酒》诗所云“山气日夕佳,飞鸟相与还”,流露出隐士返璞归真的精神追求。“满山荞麦花”,描写满山遍野的荞麦花如同白雪一般,开放在暮色苍茫之中,显得格外质朴而富有野趣,由此折射出卢处士朴素、清远的人性之真,同时,也为整首诗歌增添了野逸淡雅的生活情趣。

过陈琳墓[1]

曾于青史见遗文，[2]今日飘蓬过古坟。[3]
词客有灵应识我，[4]霸才无主始怜君。[5]
石麟埋没藏春草，[6]铜雀荒凉对暮云。[7]
莫怪临风倍惆怅，欲将书剑学从军。[8]

【注释】

①陈琳：东汉广陵射阳（今属江苏）人，字孔璋。初为何进主簿，后归袁绍，尝为绍作檄文，数曹操罪状。绍败归操，操爱其才而不咎，以为记室。病卒。《南畿志》载，墓在淮安邳州。 ②青史：古代以竹简记事，故称史籍为“青史”。南朝梁江淹《诣建平王上书》：“俱启丹册，并图青史。”遗文：此指陈琳所作书檄。《三国志·魏书·王粲传》：“军国书檄，多琳、瑀所作也。”裴松之注引三国魏鱼豢《典略》：“琳作诸书及檄，草成呈太祖（指曹操）。太祖先苦头风，是日疾发，卧读琳所作，翕然而起曰：‘此愈我病。’数加厚赐。” ③飘蓬：比喻漂泊无定。南朝梁刘孝绰《答何记室》诗：“游子倦飘蓬，瞻途杳未穷。” ④词客：擅长文词的人，这里指陈琳。 ⑤霸才：谓能辅佐明主成霸业之才，这里指诗人自己。无主：意即没有礼贤下士的贤明君主。 ⑥石麟：即“石麒麟”。古代帝王陵前的石雕麒麟。《西京杂记》卷三：“观前有三梧桐树，树下有石麒麟二枚，刊其胁为文字，是秦始皇骊山墓上物也。”这里当指想象中曹操陵墓前的石麒麟。 ⑦铜雀：指铜雀台。汉末建安十五年（210）冬曹操所建。周围殿屋一百二十间，

连接榱栋，侵彻云汉。铸大孔雀置于楼顶，舒翼奋尾，势若飞动，故名铜雀台。故址在今河北省临漳县西南古邺城的西北隅，与金虎、冰井合称三台。南朝陈张正见《铜雀台》诗："凄凉铜雀晚，摇落墓田通。" ⑧书剑：书和剑。唐许浑《别刘秀才》诗："三献无功玉有瑕，更携书剑客天涯。"

【品评】

这首怀古诗，借对古人的凭吊，自抒作者身世飘零的不幸、怀才不遇的感慨。

开头两句紧扣诗题，交代诗人对陈琳的景仰，以及拜谒陈琳墓的经过，表明自己过去曾在史书上拜读过陈琳的文章，今天在人生漂泊中正好经过陈琳的坟墓。这里"飘蓬"二字点出了作者身不由己、天涯沦落的不幸命运，渗透着人生无奈的悲楚。

颔联是诗歌的关键。"词客"当指以文章闻名的陈琳。意谓：陈琳灵魂有知，必定会真正了解我的才华。这就设想出跨越历史时空的对话，包含着文人才士灵犀相通、惺惺相惜的精神共契。"应"字下得极为兀傲，展现出诗人自信、自负的性格特征。然而，相比于陈琳的人生遭遇，作者虽然满腹才华，却始终壮志难酬，故而无限感伤。作为"建安七子"之一的陈琳，身处东汉末年的社会动荡之中，初为大将军何进主簿，曾向何进献计诛灭宦官，不被采纳；后避难冀州，依附袁绍。袁绍让他典文章，曾为绍起草讨伐曹操的檄文，辱骂曹操家世。袁绍败亡后，归附曹操。操不计前嫌，任命他为司空军谋祭酒、典书记。陈琳深感曹操爱惜人才、豁达大度，找到了可以依靠的雄主。由此看来，他是"霸才有主"。与之相比，温庭筠同样身处晚唐乱世，却处处遭受冷眼和打击，因此通过对陈琳的羡慕，越发感受到“霸才无主”、怀才不遇的悲哀。

颈联承接第四句所写，进一步想象曹操墓的荒凉冷落。通过对萧瑟景物的渲染，寄托对前贤的追思缅怀，悲叹贤明的君主一去不返，由此流露出作者生不逢时的慨叹。

最后两句，诗人直抒胸臆，既然自己霸才无主，怀才不遇，不如效仿当年的陈琳携带书剑去从军，建立一番功勋。这与其《蔡中郎坟》诗中“今日爱才非昔日，莫抛心力作词人”一样，都表现了作者愤世嫉俗的激楚之情。但是世易时移，人生难测，今后的命运又将如何？作者无限彷徨，只得临风惆怅，黯然神伤。

此诗通过今昔对照，抒写人生不遇之悲，感愤抑扬，寄托遥深。张世炜《唐七律隽》评之曰：“飞卿负才不遇，一尉终身。此诗借他人杯酒，浇自己块垒，读之堕千古才人之泪。”

赠蜀将蛮入成都，颇著功劳①

十年分散剑关秋，②万事皆随锦水流。③
心气已曾明汉节，④功名犹自滞吴钩。⑤
雕边认箭寒云重，⑥马上听笳塞草愁。
今日逢君倍惆怅，灌婴韩信尽封侯。⑦

【注释】

①蛮入成都：当指唐文宗大和三年(829)冬南诏入侵成都事。宋司马光《资治通鉴·文宗大和三年》：十一月，丙申，“西川节度使杜元颖奏南诏入寇。元颖以旧相，文雅自高，不

晓军事,专务蓄积,减削士卒衣粮。西南戍边之卒,衣食不足,皆入蛮境钞盗以自给,蛮人反以衣食资之;由是蜀中虚实动静,蛮皆知之。南诏自嵯巅谋大举入寇,边州屡以告,元颖不之信;嵯巅兵至边城,一无备御。蛮以蜀卒为向导,袭陷嶲、戎二州。甲辰,元颖遣兵与战于邛州南,蜀兵大败,蛮遂陷邛州。……嵯巅自邛州引兵径抵成都,庚戌,陷其外郭。……蛮留成都西郭十日,其始慰抚蜀人,市肆安堵。将行,乃大掠子女、百工数万人及珍货而去。蜀人恐惧,往往赴江,流尸塞江而下。” ②剑关:北魏郦道元《水经注》卷二十《漾水》:“又东南径小剑戍北,西去大剑三十里,连山绝险,飞阁通衢,故谓之剑阁也。”唐置剑门县,境内有剑门山,峭壁中断,两崖相嵌,形似剑门。 ③锦水:即锦江。岷江分支之一,在今四川成都平原。传说蜀人织锦濯其中则锦色鲜艳,濯于他水,则锦色暗淡,故称。唐杜甫《短歌行赠王郎司直》:“西得诸侯棹锦水,欲向何门趿珠履。” ④心气:志气,正气。唐韩愈《送侯参谋赴河中幕》诗:“尔时心气壮,百事谓己能。”句意谓蜀将在南诏入侵时已经表明了忠于唐王朝的志节。⑤犹自:尚,尚自。唐许浑《塞下曲》:“朝来有乡信,犹自寄征衣。”滞:废置不用。《国语·楚语下》:“夫民气纵则底,底则滞,滞久而不振,生乃不殖。”韦昭注:“滞,废也。”吴钩:钩,兵器,形似剑而曲。春秋吴人善铸钩,故称。后也泛指利剑。晋左思《吴都赋》:“军容蓄用,器械兼储;吴钩越棘,纯钧湛卢。”句意谓蜀将虽颇著战功,却始终未得封赏。 ⑥寒云:寒天的云。晋陶潜《岁暮和张常侍》诗:“向夕长风起,寒云没西山。”唐王维《观猎》诗:“回看射雕处,千里暮云平。”此诗化用前人诗意,表现蜀将空负英雄才干,却壮志难酬的苦境。⑦灌婴、韩信:据《史记·樊郦滕灌列传》,灌婴本为“睢阳贩缯者”;《淮阴侯列传》,韩信“始为布衣时,贫无行,不得推择为吏,又不能治生商贾,常从人寄食饮,人多厌之者”,出身地位均较低贱。此用以借指那些功绩、才干不如蜀将的将领。

【品评】

此诗为蜀将功劳卓著却沉沦无封而抒发不平之气。

首联起调雄壮,点明作者与蜀将十年前剑关分别,“万事”句写十年中世事变迁,浪迹天涯,各自的命运如同流水,载沉载浮,无法自己掌握。

颔联为一篇之主。谓其十年前在南诏入侵时已用“颇著功劳”之举表明了忠于朝廷的志气节概;然而直到如今,他仍投闲置散、百无聊赖,始终得不到朝廷应有的封赏。“已曾”、“犹自”的连接富有顿挫的力度,显露出作者对蜀将悲惨命运的愤愤不平。

颈联上承“滞吴钩”之意,通过生动可感的画面,申述蜀将英雄无用武之地的无奈和悲凉。

所以,作者十年后与之相逢,倍感惆怅,并以“李广不封”为喻,慨叹他人才能功绩不及蜀将者均得封官晋爵,惟独这位像李广那样富有才华的英雄却遭逢不偶、壮志难酬!

全诗格调沉雄,境界悲壮,具有深广的抒情力度。延君寿评之曰:“温飞卿七律,如《赠蜀将》、《马嵬》、《陈琳墓》、《五丈原》、《苏武庙》诸作,能与义山分驾,永宜楷式。”(《老生常谈》)

春日偶作

西园一曲艳阳歌，① 扰扰车尘负薜萝。②
自欲放怀犹未得，③ 不知经世竟如何。④
夜闻猛雨判花尽，⑤ 寒恋重衾觉梦多。
钓渚别来应更好，⑥ 春风还为起微波。

【注释】

①西园：泛指园林。艳阳歌：似指古乐府《艳歌行》。《文选·江淹〈望荆山〉诗》："一闻《苦寒》奏，再使《艳歌》伤。"张铣注："《苦寒》、《艳歌》皆古歌曲。" ②扰扰：纷乱貌。《国语·晋语六》："唯有诸侯，故扰扰焉。凡诸侯，难之本也。"车尘：车行扬起的尘埃。喻人世俗事。温庭筠《秋日》诗："天籁思林岭，车尘倦都邑。"薜萝：薜荔和女萝。两者皆野生植物，常攀缘于山野林木或屋壁之上。《楚辞·九歌·山鬼》："若有人兮山之阿，被薜荔兮带女萝。"后借以指隐者或高士的衣服。《南齐书·高逸传·宗测》："量腹而进松术，度形而衣薜萝。"亦借指隐者或高士的住所。南朝梁吴均《与顾章书》："仆去月谢病，还觅薜萝。"负薜萝，指有负于隐逸山林的志愿。 ③放怀：开怀，放宽心怀。 ④经世：治理国事。晋葛洪《抱朴子·审举》："故披《洪范》而知箕子有经世之器，览《九术》而见范生怀治国之略。" ⑤判：断定。唐王勃《河阳桥代窦郎中佳人答杨中舍》诗："判知秋夕带啼还，那及春朝携手度。" ⑥钓渚：当指作者鄠杜郊居旁的垂钓处。

【品评】

这首诗抒写作者人生失意、怀归思乡的郁苦之情。

首联点明地点、季节和作者生活的纷扰环境。三春时节，作者闻西园艳阳之歌，深感春光烂熳，本当尽情享受。怎奈由于长期困居长安，功名无望，目睹车尘扰攘，达官贵人盛装游春，他的内心极其酸楚，既为自己人生的失落而感伤，也因混迹于此而有负山林隐逸而深感愧疚。

颔联承接第二句之意，慨叹自己既不能做到放达心胸、忘怀名利得失，大济苍生的治国抱负也始终难以实现，表达出作者进退失据、两头落空的无奈和悲怨。

颈联再度写景。作者独卧室内，耳闻春夜猛雨，断定春花必被风雨摧残而全部凋零，由此感发出深重的伤春意绪；长夜漫漫，他身裹重衾，梦境连连，更显出形单影只的孤寂凄凉。这两句极写作者困居长安的苦闷无聊情态，笔法细腻，情意深浓，“读之不觉泪下沾襟”（薛雪《一瓢诗话》）。

结尾两句，作者追念归隐之地的景象，流露出远离尘嚣、隐逸山林的心愿；语言淡荡自然，造成悠远无穷的远韵。因此，吴乔《围炉诗话》评论道：“义山诗思深而大，温断不及。而温之‘钓渚别来应更好，春风还为起微波’，宁不淡远！大抵古人难以一语断尽。”

知道溪居别业

积润初销碧草新，①凤阳晴日带雕轮。②
风飘弱柳平桥晚，③雪点寒梅小苑春。④

屏上楼台陈后主，⑤镜中金翠李夫人。⑥
花房透露红珠落，⑦蛱蝶双飞护粉尘。⑧

【注释】

①积润：积久湿润。《文苑英华》卷五六一引唐常衮《中书门下贺雪表》："重阴益固，应水泽腹坚之时；积润潜通，迎土膏脉起之候。" ②凤阳：《诗·大雅·卷阿》："凤皇鸣矣，于彼高冈。梧桐生矣，于彼朝阳。"后用"凤阳"指朝阳。雕轮：指雕花彩饰的车。 ③平桥：没有弧度的桥。温庭筠《春洲曲》："门外平桥连柳堤，归来晚树黄莺啼。" ④雪点寒梅：指梅花点缀枝头如朵朵雪花。 ⑤陈后主：陈叔宝，南朝陈代末代君王。句意谓别业中的楼台如同画屏所绘陈后主的别殿楼台，金碧辉煌。 ⑥金翠：黄金和翠玉制成的饰物。《文选·曹植〈洛神赋〉》："戴金翠之首饰，缀明珠以耀躯。"李善注引司马彪《续汉书》："太皇后花胜上为金凤，以翡翠为毛羽，步摇贯白珠八。"李夫人：指西汉武帝时宠妃。《汉书·外戚传上》："初，(李)夫人兄延年……侍上起舞，歌曰：'北方有佳人，绝世而独立。一顾倾人城，再顾倾人国。宁不知倾城与倾国，佳人难再得！'上叹息曰：'善！世岂有此人乎？'平阳主因言延年有女弟，上乃召见之，实妙丽善舞。由是得幸。"句意谓溪中繁花的倒影，如同镜中映现的金翠满头的李夫人。 ⑦花房：即花冠。花瓣的总称。唐白居易《画木莲花图寄元郎中》诗："花房腻似红莲朵，艳色鲜如紫牡丹。"透露：指花上的露水晶莹透亮。红珠：比喻红色果实。唐王建《题江寺兼求药子》诗："红珠落地求谁与，青角垂阶自不收。" ⑧蛱蝶：蝴蝶。南朝梁何逊《石头答庾郎丹》诗："黄鹂隐叶飞，蛱蝶萦空戏。"粉尘：指蝴蝶翅上的粉。

【品评】

这首诗咏友人别业风景之胜。

首联交代季节特征和气候环境。早春时分，积久湿润之气渐渐散去，碧草如茵，鲜妍亮丽；朝阳初升，光芒四射，作者乘车而游，前往好友别业。

颔联细描别业内外的春景：院外平桥弱柳随风飘摆，院内梅花点缀枝头如朵朵白雪。这样的写景不事雕琢，而风致如画，特具早春景物的神韵。

颈联写别业中的楼台、花木的全景：别业中的楼台如同画屏所绘陈后主的别殿楼台，显得巍峨精巧、金碧辉煌；池苑中繁花的倒影，如同镜中映现的金翠满头的李夫人。这里将“陈后主”、“李夫人”两个典故嵌入其中，构思新巧，繁丽美艳。

尾联更进一步捕捉别业内的特写镜头：花房透露，红珠滴落，蛱蝶双飞，轻护粉尘。如此细腻的景物描写，充分显露出别业环境的清幽闲雅，也表现了寓居其间的文人雅士意态闲淡、格调超远的独特风神。

赠知音

翠羽花冠碧树鸡，①未明先向短墙啼。
窗间谢女青蛾敛，②门外萧郎白马嘶。③
星汉渐移庭竹影，④露珠犹缀野花迷。
景阳宫里钟初动，⑤不语垂鞭上柳堤。

【注释】

①碧树鸡:指栖息树上报晓的公鸡。 ②谢女:泛指女郎或才女。青蛾:青黛画的眉毛,美人的眉毛。南朝宋刘铄《白纻曲》:“佳人举袖耀青蛾,掺掺擢手映鲜罗。” ③萧郎:唐崔郊之姑有一婢女,后卖给连帅,郊十分思慕她,因赠之以诗曰:“公子王孙逐后尘,绿珠垂泪滴罗巾。侯门一入深如海,从此萧郎是路人。”见旧题宋尤袤《全唐诗话·崔郊》。后因以“萧郎”指美好的男子或女子爱恋的男子。 ④星汉:天河,银河。 ⑤景阳钟:参见《马嵬驿》注释⑦。

【品评】

此诗咏情人侵晓别离之情。

首联怨叹天未明而鸡先啼。在中国古代文化中,存在非常普遍的鸡鸣情结。对陶醉在爱情幸福中的恋人来说,报晓的雄鸡或乌臼鸟,自然都成了可憎的对象。例如南朝乐府民歌《吴声歌曲·读曲歌》:“打杀长鸣鸡,弹去乌臼鸟。愿得连冥不复曙,一年都一晓。”这是美好而天真的愿望:天永远不要亮,那么幽会的情人就可以永远停留在自己身边。这里雄鸡的啼鸣,迫使相爱的男女即将分离,引起了无限怨苦之意。

所以颔联刻画女子眉头紧蹙,而情郎的白马却在门外嘶鸣,更加重了离别的凄惨气氛。这里所写即如温庭筠《菩萨蛮》词所云:“门外草萋萋,送君闻马嘶。”

颈联宕开一笔,转而描摹破晓时分的花草景物:竹影婆娑,野花缀露,清冷之景蕴含黯然销魂的伤离之情。

结尾两句描写男女离别之后,游子在熹微的晨光中渐行渐远,耳听高楼之上清寒的晨钟之声,自己默默地踏上征程,“不语垂鞭”四字,尽显行人无聊失落的意绪。这样的画面颇似王实甫《西厢记》中张生与崔莺莺长亭相别后，上京途中的愁苦情境，渲染出浓重的离别之苦。

全诗情景交融，结构井然，层次清晰地描写了离别前、离别时、离别后的种种情态，情意感人，韵味深长，已经非常接近温庭筠的词体写作风格。

利州南渡①

澹然空水对斜晖，②曲岛苍茫接翠微。③
波上马嘶看棹去，④柳边人歇待船归。
数丛沙草群鸥散，万顷江田一鹭飞。⑤
谁解乘舟寻范蠡，五湖烟水独忘机。⑥

【注释】

①利州：州名。汉广汉郡葭萌县地，唐武德八年(625)置利州。州治在今四川省广元市。 ②澹然：安静貌。空水：天空和水色。南朝宋谢灵运《登江中孤屿》诗："云日相辉映，空水共澄鲜。" ③曲岛：指江中岸边曲折的洲渚。翠微：形容山光水色青翠缥缈。《文选·左思〈蜀都赋〉》："郁葐蒕以翠微，崛巍巍以峨峨。"刘逵注："翠微，山气之轻缥也。" ④波上：指江边。 ⑤鸥、鹭：化用了"鸥鹭忘机"的典故。《列子·黄帝》："海上之人有好沤鸟者，每旦之海上，从沤鸟游，沤鸟之至者百住而不止。其父曰：'吾闻沤鸟皆从汝游，汝取来，吾玩之。'明日之海上，沤鸟舞而不下也。"指人无巧诈之心，异类可以亲近。后以此比喻淡泊隐居，不以世事为怀。 ⑥范蠡：春秋楚宛人，字少伯。仕越为大夫，辅佐越王

勾践刻苦图强，卒灭吴国。以勾践为人可与同患难，不能共安乐，去越入齐，改名鸱夷子皮。到陶称朱公，经商致富。《史记·货殖列传》："范蠡既雪会稽之耻，乃喟然而叹曰：'计然之策七，越用其五而得意。既已施于国，吾欲用之家。'乃乘扁舟浮于江湖。"五湖：喻指隐遁之所。晋葛洪《抱朴子·正郭》："法当仰跻商洛，俯泛五湖，追巢父于峻岭，寻渔父于沧浪。"忘机：消除机巧之心，指甘于淡泊，与世无争。

【品评】

利州在今四川省广元市，位于嘉陵江北岸。这首诗写诗人从利州南渡嘉陵江时的情景。

首联描写江上景色：一道残阳斜铺水中，江水澄净，波光粼粼，水色天光互相辉映。起伏弯曲的江岛和岸上青翠的山岚在斜晖的笼罩下，一片苍茫，显得那样的深邃旷远。如此远观所见的江上风光，色彩鲜明，意境开阔，展现出富有诗情画意的优美画面。

颔联由远及近，描写渡口景象。"波上"句写渡船载着人马远去，烟波之上传来舟马的嘶鸣，这是富有听觉动感的形象。"柳边"句则写诗人在柳下等候船儿归来，"歇"字揭示了待渡之人闲适安恬的意态。两句所写有声有色，动静结合，富于生活气息，也映衬出诗人宁静淡泊的心情。

颔联描写诗人南渡江中所见的画面：船过沙滩，惊散了沙丛中成群的鸥鸟；回望岸上，江田万顷，一只白鹭在自由自在地飞翔，与王维《积雨辋川庄作》中"漠漠水田飞白鹭"的画面极其相似，营造出悠然空阔的意韵。

前面三联描绘了宁静而又充满生机的利州南渡图，作者置身其间，不能不触景生情，浮想联翩，抒发出超尘脱俗的隐逸情怀。他要像当年功成身退的范蠡那样，泛舟于五湖烟水之上，忘却一切俗世烦恼，遗世独立，尽去机心。温庭筠才华横溢，怀抱大济苍生的理想，曾有“自笑谩怀经济策，不将心事许烟霞”（《郊居秋日有怀一二知己》）的自负、自许，然而经历了屡次应试不第、长期遭受摒弃、多年流落漂泊的不幸命运之后，他却抒写归隐烟霞之志。这是人生失意后的无奈之言，在其背后蕴含着作者的无限悲楚。所以他问“谁解”，也即是点出了范蠡归隐的内在动机，并非一味的潇洒超迈、忘怀世事；在这一点上，他又与当年的范蠡产生了心灵契合，结成了异代知己。

整首诗作紧扣“水”字，层次井然，清新隽永，情景有机结合，意蕴幽远深长，高旷夷犹之致，落落不群。

经五丈原①

铁马云雕久绝尘，②柳阴高压汉营春。③
天晴杀气屯关右，④夜半妖星照渭滨。⑤
下国卧龙空寤主，⑥中原得鹿不由人。⑦
象床宝帐无言语，⑧从此谯周是老臣。⑨

【注释】

①五丈原：古地名。在今陕西省岐山县南，斜谷口西侧，渭水南岸。相传蜀汉诸葛亮六出祁山曾在此驻军。公元234年诸葛亮伐魏，出斜谷，驻军屯田，相持百馀日后，病卒于此。《三国志·蜀书·诸葛亮传》：“（建兴）十二年春，亮悉大众由斜谷出，以流马运，据武功五丈原。” ②铁马：配有铁甲的战

马。《文选·陆倕〈石阙铭〉》："铁马千群，朱旗万里。"李善注："铁马，铁甲之马。"云雕：云中雕鸟。这里形容马之迅疾。绝尘：犹绝迹，不见踪迹。 ③汉营：特指汉朝大将周亚夫驻守的营地细柳营。《史记·绛侯周勃世家》："文帝之后六年，匈奴大入边，乃以宗正刘礼为将军，军霸上；祝兹侯徐厉为将军，军棘门；以河内守亚夫为将军，军细柳，以备胡。上自劳军，至霸上及棘门军，直驰入，将以下骑送迎。已而之细柳军，军士吏被甲，锐兵刃彀弓弩持满。天子先驱至，不得入。先驱曰：'天子且至！'军门都尉曰：'将军令曰：军中闻将军令，不闻天子之诏。'居无何，上至，又不得入。于是上乃使使持节诏将军：'吾欲入劳军。'亚夫乃传言开壁门。壁门士吏谓从属车骑曰：'将军约，军中不得驱驰。'于是天子乃按辔徐行。至营，将军亚夫持兵揖曰：'介胄之士不拜，请以军礼见。'天子为动，改容式车。……文帝曰：'嗟乎，此真将军矣！曩者霸上、棘门军，若儿戏耳。'" ④杀气：杀伐的气氛。借指战事或战斗。唐杜甫《北风》诗："十年杀气盛，六合人烟稀。"关右：指潼关以西。汉王粲《从军诗五首》其一："相公征关右，赫怒震天威。" ⑤妖星：古代指预兆灾祸的星，如彗星等。《左传·昭公十年》："居其维首，而有妖星焉。" ⑥下国：小国，这里指三国时期偏处西南一隅的蜀汉，相对于中原大国魏而言。语含贬意。卧龙：喻隐居或尚未崭露头角的杰出人才。此处特指诸葛亮。《三国志·蜀书·诸葛亮传》："（徐庶）谓先主曰：'诸葛孔明者，卧龙也，将军岂愿见之乎？'"空寤主：谓诸葛亮隆中对策三分天下进而统一中国的谋划未能实现。寤，醒悟、觉醒。 ⑦得鹿：《史记·淮阴侯列传》："秦失其鹿，天下共逐之，于是高材疾足者先得焉。"后以"得鹿"比喻取得天下。 ⑧象床：象牙装饰的床。《战国策·齐策三》:“孟尝君出行国,至楚,献象床。”鲍彪注:“象齿为床。”宝帐:佛家的帷帐。《法华经·信解品》:“覆以宝帐,垂诸华幡。”　⑨谯周(201—270):三国蜀巴西西充国人,字允南。诸葛亮领益州牧,命为劝学从事,后官至光禄大夫。以劝蜀汉后主刘禅降魏,魏封为阳城亭侯。《三国志·蜀书·谯周传》:“景耀六年冬,魏大将军邓艾克江由,长驱而前。……后主使群臣会议,计无所出。……周曰:‘……若陛下降魏,魏不裂土以封陛下者,周请身诣京都,以古义争之。’……于是遂从周策。刘氏无虞,一邦蒙赖,周之谋也。”

【品评】

这首咏史诗是作者经过五丈原,因怀念诸葛亮而作。作品追念诸葛亮“出师未捷身先死”(杜甫《蜀相》),充满了无限敬慕惋惜之情。

首联描写蜀汉军队率军北上的凌厉气势。军容威武整肃,雄师行军神速,以排山倒海之势直扑魏国。“高压”二字表现大军压境,给魏国军队造成的泰山压顶之威力。这里又以西汉将军周亚夫屯兵细柳营来代指蜀汉军营,透露了作者对诸葛亮治军严明的赞誉和敬佩。

颔联描写蜀魏两军对峙百日的情况,时间也由首联的“春”转入了肃杀的秋季。这里战云密布,杀气冲天,蜀汉军队始终未能攻破魏军的防线,劳师远征,人疲马乏,焦躁不安,战斗的锐气和信心受到了很大挫伤,也为诸葛亮病逝五丈原烘染了沉重气氛。恰在此时,某夜大星西降“赤而角芒”,诸葛亮鞠躬尽瘁,陨殁在渭水之滨。作者用“妖星”一词,表达了对诸葛亮赍志以殁的无比痛惜。

后面四句转入议论。颈联感叹诸葛亮当年隆中对策,为刘备谋划三分天下之计，然而事与愿违，出师未捷，一个“空”字包含着壮志未酬的慨叹。由此作者根据当时的现实，总结出深刻的历史教训：“中原得鹿不由人。”蜀汉北伐未成，并非诸葛亮能力所致，而是时势使然；即便诸葛亮鞠躬尽瘁，死而后已，也无力挽回时代发展的客观规律。作者虽然为诸葛亮的陨殁而悲惜，同时也对历史大势进行了客观理性的评判。

最后两句顺势而下，描写诸葛亮死后蜀汉国势江河日下的可悲结局。将星陨落，供奉在祠庙中的诸葛亮雕像已无言可说，无计可施了。蜀汉小朝廷更是乌烟瘴气、一蹶不振，只有像谯周这样的庸碌之臣最终怂恿后主刘禅，归降魏国。“老臣”两字，令人联想到诸葛亮《出师表》的老臣谋国、耿耿忠心，联想到杜甫《蜀相》对诸葛亮的赞颂：“两朝开济老臣心”；然而在这里，却将谯周误国与诸葛亮匡世扶主进行了鲜明的对比，讽刺了后主的昏聩和谯周的卑劣，正如沈德潜评之云：“诮之比于痛骂。”（《唐诗别裁集》）收到了更为强烈的批判效果。

整首诗歌感情沉郁，笔力雄健，议论精警，格调悲凉，通过对历史事件的咏叹，充分体现了作者深刻的史识。因此余成教评曰：“《过陈琳墓》、《经五丈原》、《苏武庙》三诗，手笔不减于义山。温、李齐名，良有以也。”（《石园诗话》）

苏武庙[1]

苏武魂销汉使前，[2]古祠高树两茫然。[3]
云边雁断胡天月，陇上羊归塞草烟。[4]
回日楼台非甲帐，[5]去时冠剑是丁年。[6]
茂陵不见封侯印，[7]空向秋波哭逝川。[8]

【注释】

①苏武(前 140—前 60)：西汉大臣。天汉元年(前 100)使匈奴。匈奴欲降之，武不从。单于乃徙武北海(今俄罗斯贝加尔湖)上，使牧羊，廪食不至，掘野鼠去草实而食之。昭帝立，汉使使求武，乃得归。卒年八十馀。 ②魂销：这里形容苏武囚禁十九年后初见汉使时悲喜交集的情态。 ③茫然：年代久远的样子。唐李白《蜀道难》："蚕丛及鱼凫，开国何茫然。尔来四万八千岁，不与秦塞通人烟。" ④羊归：《汉书·李广苏建传》："(匈奴)乃徙武北海上无人处，使牧羝，羝乳乃得归。" ⑤甲帐：汉武帝所造的帐幕。《北堂书钞》卷一三二引《汉武帝故事》："上以琉璃珠玉、明月夜光杂错天下珍宝为甲帐，其次为乙帐。甲以居神，乙以自居。" ⑥冠剑：古代官员戴冠佩剑，因以"冠剑"指官职或官吏。南朝梁江淹《到主簿日事诣右军建平王》："常欲永辞冠剑，弋钓畎壑。"丁年：男子成丁之年。汉以男子二十岁为丁。亦泛指壮年。《文选·李陵〈答苏武书〉》："(足下)丁年奉使，皓首而归。"《汉书·李广苏建传》："武留匈奴凡十九岁，始以强壮出，及还，须发尽白。"⑦茂陵：汉武帝刘彻的陵墓，在今陕西省兴平

县东北。封侯印:《汉书·李广苏建传》:“武以故二千石与计谋立宣帝,赐爵关内侯,食邑三百户。” ⑧秋波:秋天的水波。逝川:指一去不返的江河之水。语本《论语·子罕》:“子在川上曰:‘逝者如斯夫!不舍昼夜。’”这里当指苏武归国后拜谒汉武帝陵墓,表达追思悼念之情。《汉书·李广苏建传》:“武以始元六年春至京师,诏武奉一太牢谒武帝园庙。”

【品评】

这首诗通过瞻仰苏武庙,追思历史往事,歌颂苏武大义凛然的民族气节和忠君爱国的崇高精神。

首联两句紧扣诗题,分点苏武的生前与身后的情景。汉昭帝时,匈奴与汉和亲。汉使到匈奴后,得知苏武尚在,乃诈称汉朝皇帝射雁上林苑,得苏武系在雁足上的帛书,知武在某泽中,匈奴方才承认,并遣武回国。首句即想象苏武初次会见汉使时的情景。“魂销”二字极其精炼传神地概括了此刻苏武悲喜交加的复杂激动心情。这里有心酸的追忆,有意外的惊愕,更有痛定思痛的无限感慨,为整首诗歌奠定了悲壮苍凉的感情基调。第二句转而描写苏武庙的庄重肃穆,带有浓重的沧桑之感,由此引发作者产生对于悠远年代的怀古之思。

颔联描绘出两幅塞外图画,追叙苏武当年的异域生活情状。第三句刻画胡天月色朗照下大雁南飞的孤寂,衬托着苏武与世隔绝的痛苦,即如其《古诗四首》其四所云:“良友远离别,各在天一方。”第四句则描绘出一幅荒塞归牧图。“浮云游子意,落日故人情。”(李白《送友人》)黄昏这一特定时分,最能引发游子思乡之情。《诗·王风·君子于役》即写道:“君子于役,不知其期。曷至哉?鸡栖于埘,日之夕矣,羊牛下来。君子于役,如之何勿思?”薄暮的丘陇,塞草烟雾苍茫,羊群缓缓归来,更加容易勾起身处异域的孤臣游子对于故国故乡的深切思念。这两句形象地展示了苏武十九年的塞外生活,充分表露出其思念故土、欲归不得的悲愁。

颈联转入苏武回返汉朝之后的所见所感。第五句是说,他回国之后,看见往日的楼台殿阁,便想起逝去的汉武帝。这就揭示出物是人非、恍若隔世的感伤。第六句回想自己当年出使匈奴时正值壮盛之年,如今已是须发尽白,人生沧桑之感油然而生。清人沈德潜曾将此颈联与李商隐《马嵬》诗作比较,指出:“此日六军同驻马,当时七夕笑牵牛”与此一联“俱属逆挽法”,“律诗得此化板滞为跳脱矣”(《唐诗别裁集》)。这样就避免诗意表达的平直单调,从而造成了时空逆转、跳荡有力的表达效果。

尾联二句,分承五、六两句,写苏武回汉后被宣帝赐爵关内侯,食邑三百户,享受到较高的礼遇。但是汉武帝却已长眠于地下,再也见不到苏武完节归来。因此苏武格外悲痛,只得空对秋天的流水抛洒热泪。《汉书·李广苏建传》中记载李陵劝降苏武,苏武云:“武父子亡功德,皆为陛下(指汉武帝)所成就。……兄弟亲近,常愿肝脑涂地。今得杀身自效,虽蒙斧钺汤镬,诚甘乐之。”后当李陵告知武帝驾崩的消息,“武闻之,南乡号哭,欧血,旦夕临”。对于汉武帝的耿耿忠心可见一斑。这首诗最后两句也就通过细节的刻画,将苏武的忠君爱国情怀形象生动地展现了出来。

晚唐国势衰颓,唐王朝统治者难以维系人心,藩镇割据、外族入侵不断加剧。诗人借咏史怀古诗的题材,歌颂白发丹心的忠臣节士,就是要寄托忠君爱国之心,宣扬坚韧不屈的民族气节。其结构清晰自然,形象细致生动,格调高古浑然。

开圣寺[1]

路分溪石夹烟丛，[2]十里萧萧古树风。
出寺马嘶秋色里，向陵鸦乱夕阳中。[3]
竹间泉落山厨静，[4]塔下僧归影殿空。[5]
犹有南朝旧碑在，耻将兴废问休公。[6]

【注释】

①开圣寺：南朝始建的寺庙。故址在江苏省丹阳市。②溪石：溪流中的石头。唐皮日休《临顿奉题屋壁》诗："压酒移溪石，煎茶拾野巢。"烟丛：烟雾笼罩的树林。 ③陵：指南朝诸帝陵墓。《元和郡县图志·江南道一·润州》：丹阳县，有南齐宣帝休安陵、高帝道成泰安陵、武帝赜景安陵、景帝道生永安陵、明帝鸾兴安陵、梁文帝顺之建陵、武帝衍修陵、简文帝纲庄陵。 ④山厨：山野人家的厨房。唐王维《过崔驸马山池》诗："脱貂贳桂醑，射雁与山厨。" ⑤影殿：寺庙道观供奉佛祖、尊师真影的殿堂。唐宋之问《游韶州广界寺》诗："影殿临丹壑，香台隐翠霞。" ⑥休公：指南朝刘宋僧人惠休。《文选·江淹〈杂体诗·休上人〉》李善注："沈约《宋书》曰：'沙门惠休，善属文，徐湛之与之甚厚，世祖命使还俗。本姓汤，位至扬州从事。'"这里借指开圣寺住持僧。

【品评】

此诗乃作者游南朝古寺，见坏陵旧碑，有感于兴废之事而作。

首联描写前往开圣寺途中所见景象。一条曲折的小道顺着山谷蜿蜒而上，溪流中乱石累累，树丛里雾霭蒙蒙，阵阵山风吹来飒飒秋叶之声。这里的“萧萧”二字渲染出萧瑟悲怆的环境氛围，也增添了诗人旅途的凄凉况味。

作者登临开圣寺，向远处极目远眺，观赏秋日夕阳的景象。“马嘶”、“鸦乱”写出听觉的凄迷，“秋色里”、“夕阳中”则增添了暮色苍茫的悲楚。

颈联转而描写开圣寺内的景物。这里竹林掩映，清泉流淌，山厨寂静，影殿空空，处处充满着清冷孤寂之气，也形象展现出寺庙颓败寥落的景象。

作者面对南朝时期香火鼎盛的寺庙，如今却荒寂冷落的景象，顿然产生了兴废沧桑之感。最后，他专注于寺庙内残留的南朝旧碑，自然联想到当年香客络绎不绝的盛况，时世变幻之悲越加强烈。所以他不由喟叹道：“耻将兴废问休公。”这种欲言又止、欲说还休的抒写方式，形成了顿挫的语势，将一腔怀古感伤之情表达得更加沉郁，更加凝重。

马嵬驿[①]

穆满曾为物外游，[②]六龙经此暂淹留。[③]
返魂无验青烟灭，[④]埋血空生碧草愁。[⑤]
香辇却归长乐殿，[⑥]晓钟还下景阳楼。[⑦]
甘泉不复重相见，[⑧]谁道文成是故侯？[⑨]

【注释】

①马嵬：地名。在陕西省兴平县。唐安史之乱，玄宗奔

蜀，途次马嵬驿，卫兵杀杨国忠，玄宗被迫赐杨贵妃死，葬于马嵬坡。唐李商隐《马嵬二首》其二："君王若道能倾国，玉辇何由过马嵬。"唐陈鸿《长恨歌传》："潼关不守，翠华南幸，出咸阳，道次马嵬亭，六军徘徊，持戟不进，从官郎吏伏上马前，请诛错以谢天下，国忠奉氂缨盘水，死于道周。" ②穆满：指周穆王，昭王子，名满。《文选·王融〈三月三日曲水诗序〉》："穆满八骏，如舞瑶水之阴。"刘良注："穆满，周穆王也。"这里借指安史之乱中奔蜀的唐玄宗。物外：世外。谓超脱于尘世之外。汉张衡《归田赋》："苟纵心于物外，安知荣辱之所如！"物外游，指周穆王乘八骏见西王母事。这里则借指唐玄宗奔蜀避乱。 ③六龙：古代天子的车驾为六马，马八尺称龙，因以为天子车驾的代称。汉刘歆《遂初赋》："总六龙于驷房兮，奉华盖于帝侧。"淹留：羁留，逗留。《楚辞·离骚》："时缤纷其变易兮，又何可以淹留？" ④返魂：即返魂香。《十洲记》："聚窟洲有大树，与枫木相似，花发香闻数百里，名返魂树。死者在地，闻香即活。"这里是指杨贵妃既死，如同青烟之灭，纵有返魂之香，也不能使其复生。唐张祜《南宫叹亦述玄宗追恨太真妃事》诗："何劳却睡草，不验返魂香。" ⑤"埋血"句：《旧唐书·杨贵妃传》："上皇自蜀还，令中使祭奠，诏令改葬。礼部侍郎李揆曰：'龙武将军诛国忠，以其负国兆乱。今改葬故妃，恐将士疑惧，葬礼未可行。'乃止。上皇密令中使改葬于他所。初瘗时以紫褥裹之，肌肤已坏，而香囊仍在。内官以献，上皇视之凄惋，乃令图其形于别殿，朝夕视之。"这里谓杨贵妃埋血生成碧草，空留遗恨。 ⑥长乐殿：即长乐宫。西汉高帝时，就秦兴乐宫改建而成，为西汉主要宫殿之一，汉初皇帝在此视朝。惠帝后，为太后居地。故址在今陕西省西安市西北郊汉长安故城东南隅。这里的"长乐殿"与下句“景阳楼”，均借指唐朝宫殿楼阁。 ⑦晓钟：南朝齐武帝以宫深不闻端门鼓漏声，置钟于景阳楼上。宫人闻钟声，早起装饰。后人称之为“景阳钟”。唐李贺《画江潭苑》诗之四：“今朝画眉早，不待景阳钟。” ⑧甘泉：宫名。故址在今陕西省淳化县西北甘泉山。本秦宫。汉武帝增筑扩建，在此朝诸侯王，飨外国客；夏日亦作避暑之处。《三辅黄图·甘泉宫》：“一曰云阳宫。……秦始皇二十七年作甘泉宫及前殿，筑甬道自咸阳属之。……汉武帝建元中增广之。周十九里，去长安三百里。”《汉书·外戚传》：李夫人少而早卒，汉武帝哀悯不已，图画其形于甘泉宫。方士齐人少翁言能致其神，乃夜张灯烛，设帷帐，而令上居他帐，遥望见好女如李夫人之貌。这里借指唐玄宗对已故杨贵妃的无尽思念。 ⑨文成：汉代将军名号。《史记·封禅书》：“齐人少翁以鬼神方见上。……于是乃拜少翁为文成将军，赏赐甚多。”岁馀，其方益衰，神不至，于是诛文成将军，隐之。后以“文成”指少翁。汉班固《西都赋》：“骋文成之丕诞，驰五利之所刑。”这里借指唐玄宗命方士招魂而毫无验证。

【品评】

这首诗歌以“马嵬之变”为题材，着重描写事变之后杨贵妃和唐玄宗的悲剧结局，寄寓了诗人对这场悲剧的深切同情。

首联以周穆王周游天下的神话传说比喻唐玄宗的避乱奔蜀，途经马嵬驿而停留不前。车马停留的原因是发生了“马嵬之变”。

接着，颔联就直揭此一事变的直接后果：杨妃既死，如同青烟之灭，纵有返魂之香，亦不能使其复生。陈鸿《长恨歌传》记载:“适有道士自蜀来,知上皇心念杨妃如是,自言有李少君之术。玄宗大喜,命致其神。方士乃竭其术以索之,不至。又能游神驭气,出天界、没地府以求之,不见。又旁求四虚上下,东极大海,跨蓬壶。见最高仙山,上多楼阙,西厢下有洞户,东向,阖其门,署曰‘玉妃太真院’。”然而,温庭筠诗中却对方士招魂之事加以否定。“埋血空成碧草愁”,化用“苌弘化碧”的典故,谓杨妃埋血生成碧草,空留遗恨。诗人于此省却了马嵬兵变时六军驻马,贵妃与玄宗生离死别的历史情节,而是以形象化的语言,饱含同情地描写了杨贵妃的悲剧结局。

颈联“长乐殿”、“景阳楼”,皆用西汉与南齐事以喻唐,谓杨妃死后,宫中嫔妃的香辇仍归所居的宫殿,端门上的晓钟仍传下宫楼,而玄宗却痛感物是人非,只能过着寂寞凄凉的生活。

结尾两句表达唐玄宗对已故杨贵妃的无尽思念。这里化用了汉武帝因思念已故李夫人,而受齐人少翁诓骗的典故,表现唐玄宗对杨贵妃的朝思暮想。杨妃死后,玄宗自蜀还京,亦曾令人图杨妃之形于别殿,朝夕视之,其事与汉武帝图李夫人之形于甘泉宫正复相似。而齐人少翁诳言能致李夫人之神事,又与玄宗命临邛道士招杨妃魂魄之事相类似。然而这样的事情终究是虚妄不经的,故而最后感叹道:“谁道文成是故侯?”齐人少翁以鬼神方见宠于武帝,拜文成将军。然而经过一段时间,他的法术把戏不再灵验,最终被武帝识破,而将其诛杀。作者反问:谁说文成将军是汉代的“故侯”呢? 言外之意是:类似的事情屡屡发生,当今的唐朝也同样有方士大言招魂而毫无灵验的事。由此对于唐玄宗重蹈汉武帝的荒唐,不无讥讽之意。

此诗以叙事为主，在叙述之中兼有作者的同情之意和历史讽刺。诗歌虽然题为“马嵬驿”，但是通篇均不直接叙述玄宗、贵妃事，而是借用前代周穆王、汉武帝、李夫人、齐人少翁等人、物、事，来加以借代、比喻。沈德潜评之曰：“通体俱属借言，咏古诗另开一体。”（《重订唐诗别裁集》卷十五）

水仙谣[1]

水客夜骑红鲤鱼，[2]赤鸾双鹤蓬瀛书。[3]
轻尘不起雨新霁，万里孤光含碧虚。[4]
露魄冠轻见云发，[5]寒丝七柱香泉咽。[6]
夜深天碧乱山姿，[7]光碎平波满船月。

【注释】

①水仙：传说中的水中神仙。唐司马承祯《天隐子·神解八》：“在人谓之人仙，在天曰天仙，在地曰地仙，在水曰水仙，能变通之曰神仙。”这里当指琴高。 ②水客：船夫，渔夫。《文选·左思〈蜀都赋〉》：“试水客，舣轻舟，娉江斐，与神游。”吕向注：“水客，舟子也。”红鲤鱼：传说中仙人所骑。晋干宝《搜神记》卷一：“琴高，赵人也。能鼓琴。为宋康王舍人。行涓、彭之术，浮游冀州、涿郡间二百馀年。后辞入涿水中，取龙子。与诸弟子期之曰：‘明日皆洁斋，候于水旁，设祠屋。’果乘赤鲤鱼出，来坐祠中。” ③鸾、鹤：相传为仙人所乘。南朝宋汤惠休《楚明妃曲》：“骖驾鸾鹤，往来仙灵。”故神话传说中常有鸾、鹤传书之事。唐李商隐《碧城三首》之一：“阆苑有书多附鹤，女床无树不栖鸾。”蓬瀛：蓬莱、瀛洲，传说

中的海上神山。　④孤光：远处映射的光。《文选·沈约〈咏湖中雁〉》诗：“群浮动轻浪，单泛逐孤光。悬飞竟不下，乱起未成行。”张铣注：“孤，犹远也。”碧虚：碧空，青天。南朝梁吴均《咏云》：“飘飘上碧虚，蔼蔼隐青林。”　⑤露冠：即露冕，隐者所戴的一种便帽。《晋书·温峤郗鉴传论》：“方回踵武，奕世登台。露冕为饰，援高人以同志，抑惟大隐者欤！”云发：浓黑的头发。　⑥寒丝：指声调清冷散发寒意的丝弦。七柱：七条系弦的柱。寒丝七柱：即七弦琴。《宋史·乐志四》：“丝部有五：曰一弦琴，曰三弦琴，曰五弦琴，曰七弦琴，曰九弦琴。”香泉咽：形容琴声如泉声之幽咽。唐白居易《琵琶行》：“间关莺语花底滑，幽咽泉流冰下难。冰泉冷涩弦凝绝，凝绝不通声暂歇。”　⑦乱山姿：指映入水中的山影因波浪晃动而零乱。

【品评】

这首诗描绘水边隐者泛舟鼓琴的雅逸风神。

诗歌开头两句化用干宝《搜神记》中赵人琴高的传说，表现水边隐者月下泛舟的情态。字里行间颇具仙灵之气，很有“诗鬼”李贺作品的神韵，同时也暗示了主人公隐士兼具道者的身份特征。

颔联描写水面所见夜间清景：雨霁月出，万里碧空，孤月高悬，清光普照，如此的画面空明澄澈，宁静旷远，应和着泛舟隐士疏朗恬淡、飘飘欲仙的心境。

颈联写他独坐舟中，焚香抚琴，清风吹拂，云发飘飘，琴声幽咽，情调清冷，余音袅袅，动人心弦。

结尾两句景语含情：夜深时分，周围青山和天上明月的倒影投射在明澈的水面之上。微风荡波，光影细碎，山影零乱，更加衬托出整个画面的幽静、清寂。

整首诗作写景清丽，写人清旷，统统营造出清雅绝俗的环境氛围，由此烘托出水边隐者清雅超尘的风神格调和精神世界。

西陵道士茶歌[①]

乳窦溅溅通石脉，[②]绿尘愁草春江色。[③]
涧花入井水味香，[④]山月当人松影直。[⑤]
仙翁白扇霜鸟翎，[⑥]拂坛夜读《黄庭经》。[⑦]
疏香皓齿有馀味，更觉鹤心通杳冥。[⑧]

【注释】

①西陵：浙江省萧山市西兴镇的古称。唐李白《送友人寻越中山水》诗："东海横秦望，西陵绕越台。" ②乳窦：泉眼。唐元结《说洄溪招退者》诗："长松亭亭满四山，山间乳窦流清泉。"溅溅：流水声。唐白居易《引泉》诗："谁教明月下，为我声溅溅。"石脉：石隙。唐李贺《南山田中行》："石脉水流泉滴沙，鬼灯如漆点松花。" ③绿尘：绿色尘末。这里喻指茶叶粉末。宋范仲淹《和章岷从事〈斗茶歌〉》："黄金碾畔绿尘飞，紫玉瓯心雪涛起。" ④涧花：山涧中的花香。 ⑤当：对着，向着。《乐府诗集·横吹曲辞五·木兰诗》："当窗理云鬓，对镜帖花黄。" ⑥仙翁：对道官的敬称。这里指西陵道士。白扇：用白羽或素纸、素绢做的扇子。霜鸟：白色的鸟。翎：鸟翅或尾上长而硬的毛。亦泛指鸟羽。 ⑦拂坛：用羽扇拂去石坛上的灰尘。《黄庭经》：道教的经典著作。唐李白

《送贺宾客归越》诗:“山阴道士如相见,应写《黄庭》换白鹅。”⑧鹤心:高远之心,出尘之想。唐孟郊《送李尊师玄》诗:“松骨轻自飞,鹤心高不群。”杳冥:指天空,高远之处。战国楚宋玉《对楚王问》:“凤凰上击九千里,绝云霓,负苍天,翱翔乎杳冥之上。”

【品评】

这首诗描绘西陵道士深夜饮茶、修道的生活,表现清雅的隐逸情怀。

开头两句描写西陵道士用泉眼涌出的泉水煮茶,绿色的茶叶粉末犹如碧草春江之色。道家注重饮茶养生,他们在修炼中以茶散郁气,以茶驱睡气,以茶养生气,以茶除病气。烹茶特别讲究用水,这里汲用清澈的泉水来烹茶,呈现出来的碧绿色泽煞是诱人!

颔联宕开一笔,转而刻画周围的自然环境:山涧中花香扑鼻,花瓣飘落井中,连井水也芳香馥郁。午夜时分月色当空,高大的松树投下笔直的倒影。这样的画面既写了嗅觉感受,也写了视觉形象,烘托出了道士宁静清雅的修道环境。

颈联细绘道士修道的特写镜头:他手里挥着白色的羽毛扇,拂去座坛上的灰尘,正在专心地读着道教经典《黄庭经》,由此体现出远离尘嚣、超凡脱俗的气度风范。

结尾将茶与道联系在一起,表现茗茶对于养生修道的重要作用。只见他一边喝着茶,一边读着经,茶叶的清新香味久久地留在齿颊之间,显得韵味悠长。此时,他的神情更加专注,似乎道心也在清茶的作用下,轻轻飘扬到了极深极远的天空之上。茶的清香,与道士清朗的神情、飘逸的气质融为一体。

全诗将茶之色、香、味与道士的生活环境及修道诵经生活有机结合，以茶喻人，借茶咏道，表现出返璞归真、茶道一体的精神追求。

南 湖①

湖上微风入槛凉，②翻翻菱荇满回塘。③
野船着岸偎春草，水鸟带波飞夕阳。
芦叶有声疑雾雨，浪花无际似潇湘。
飘然篷艇东归客，尽日相看忆楚乡。④

【注释】

①南湖：湖名，即镜湖，又称鉴湖、长湖、庆湖，在今浙江省绍兴市西南二公里，为绍兴名胜之一。 ②槛(jiàn)：上下四方加板的船。《文选·左思〈吴都赋〉》："弘舸连舳，巨槛接舻。"刘逵注："船上下四方施板者曰槛也。" ③翻翻：飘动貌。《乐府诗集·相和歌辞十一·善哉行》："经历名山，芝草翻翻。"荇(xìng)：多年生水生草本植物，叶呈对生圆形，嫩时可食，亦可入药。《诗·周南·关雎》："参差荇菜，左右流之。"回塘：环曲的水池。宋王安石《北山》诗："北山输绿涨横陂，直堑回塘滟滟时。" ④楚乡：楚地。唐戴叔伦《夜发袁江寄李颍川刘侍郎》诗："半夜回舟入楚乡，月明山水共苍苍。"

【品评】

这首诗描绘舟中所见南湖景色，并由此抒发怀乡之情。

开头六句由"湖上微风"领起，统统描写微风吹拂之下的湖上风光:风袭舟中,人们感受到阵阵清凉,这是表现触觉感受。回塘水面上菱荇的叶子随风翻动,野船靠岸依偎着春草,水鸟在夕阳斜照的湖面上飞翔。整个湖面浪花重重,显得烟波浩渺,气象万千。这些句子都是表现视觉画面给人造成的审美感受。而“芦叶有声疑雾雨”则巧妙地通过听觉形象的刻画,表现风拂芦叶、沙沙作响给人造成的感受。以上写景,清丽流美,悠闲如画,尽显南湖迷人旷远的风光。

然而,正是在如此优美的景物映照下,作者却触目伤怀,顿生漂泊怀乡之思。结尾两句感叹自己羁旅天涯,故而于此触景生情,抒发出对于“楚乡”的思念。楚乡,当指诗人在吴地太湖附近的旧乡。温庭筠诗中多称自己吴地的旧乡为“楚国”(《碧涧驿晓思》:“香灯伴残梦,楚国在天涯”),称自己为“楚客”(《细雨》:“楚客秋江上,萧萧故国情”),称旧乡一带的天为“楚天”(《盘石寺留别成公》:“山叠楚天云压塞,浪遥吴苑水连空。”),称吴地的寺为“楚寺”(《和友人盘石寺逢旧友》:“楚寺上方宿,满堂皆旧游。”)。盖因吴地后尽入楚,故称。这里“楚乡”亦指其在吴地之旧乡。作者从颔联“浪花无际”的眼前景物中,联想到同样是烟波浩渺的太湖之滨,故而很自然地生发出“尽日相看忆楚乡”的感慨。朱三锡评之曰:“通首只写湖上坐篷艇,客心忆楚乡,一时闲闲肆目,俱成绝妙文章。”(《东岩草堂评订唐诗鼓吹》卷七)

清源寺①

黄花红树谢芳蹊，②宫殿参差黛巘西。③
诗阁晓窗藏雪岭，④画堂秋水接蓝溪。⑤
松飘晚吹摐金铎，⑥竹荫寒苔上石梯。
妙迹奇名竟何在，⑦下方烟暝草萋萋。⑧

【注释】

①清源寺：寺庙名，故址当在今陕西省蓝田县蓝溪附近。 ②黄花：指菊花。红树：指经霜叶红之树，如枫树等。唐韦应物《登楼》诗："坐厌淮南守，秋山红树多。"谢芳蹊：落英缤纷的小路。 ③黛巘：青黑色的山峰。唐李邕《日赋》："夕没衔于黛巘，朝跻夹于火云。"这里指蓝田山。长安宫殿位于蓝田山之西，故云。 ④诗阁：吟诗的小阁。雪岭：积雪的山岭，这里当指蓝田山。 ⑤画堂：这里指寺内华丽的堂舍。蓝溪：即蓝水、蓝谷水。《类编长安志》卷六："蓝谷水，南自秦岭，西流经蓝关、蓝桥，过王顺山下，出蓝谷，西北流入霸水。"唐宋之问《蓝田山庄》诗："辋川朝伐木，蓝水暮浇田。" ⑥晚吹：晚风。唐刘长卿《观校猎上淮西相公》诗："笳随晚吹吟边草，箭没寒云落塞鸿。"摐（chuāng）：撞击。《文选·司马相如〈子虚赋〉》："摐金鼓，吹鸣籁。"郭璞注引韦昭曰："摐，击也。"金铎：即铎，古乐器名。《周礼·地官·鼓人》："以金铎通鼓。"郑玄注："铎，大铃也，振之以通鼓。司马职曰：司马振铎。" ⑦妙迹：指佳妙的书画作品。这里指王维所绘辋川图壁画真迹。奇名：指王维的诗名。 ⑧下方：犹下界，人间。

唐姚合《题山寺》诗："云开上界近，泉落下方迟。"

【品评】

这首诗纪游陕西清源寺，而联系其原主人王维的诗画成就，表达对其妙迹奇名的追怀神往。

首联描绘前往清源寺途中所见景象：山行花径，秋色迷人，菊花、枫树色泽辉映。放眼望去，远处长安城参差错落的宫殿、深黑色的山峰映入眼帘。这里作者运用了多种色彩描绘周围景物，赋予整个画面丰富饱满的视觉感受。

颔联转而描写寺庙内部的景象。一般佛寺并没有所谓"诗阁"，参看后一句中的"画堂"，可知此必为工诗善画的原主人生前所居之处，后来才改作为佛寺。而王维自称"宿世谬词客，前身应画师"（《偶然作》），又施辋川庄为寺，故此寺有"诗阁"、"画堂"。这里写"晓窗藏雪岭"、"秋水接蓝溪"，虽然没有杜甫《绝句》"窗含西岭千秋雪，门泊东吴万里船"的雄阔气势，然而更富高古苍远的格调神韵。

颈联细腻捕捉独居寺内的所闻所见。傍晚时分，佛殿周围松涛阵阵，犹如边塞金铎振起，令人顿生凄怆之感。作者凝视竹荫之下青苔慢慢爬上了石阶。这里其实是化用了王维《书事》诗所写画面："轻阴阁小雨，深院昼慵开。坐看苍苔色，欲上人衣来。"以苍苔色的慢慢移动，突显出诗人心境之闲静，同时也展现出作者观察生活的细腻，刻画自然的生动。

结尾两句表达对王维所绘辋川图壁画真迹渺然无踪的怅惘，"下方烟暝草萋萋"，以景结情，充满无限惆怅之意。王维诗画注重色彩美、线条美、构图美，温庭筠这一首向前辈致敬的佳作同样富有艺术的神韵。

三洲词①

团圆莫作波中月，洁白莫为枝上雪。
月随波动碎粼粼，②雪似梅花不堪折。
李娘十六青丝发，画带双花为君结。③
门前有路轻别离，唯恐归来旧香灭。④

【注释】

①三洲词：南朝西曲歌名。《古今乐录》曰：“《三洲歌》者，商客数游巴陵三江口往还，因共作此歌。”现存《三洲歌》三首，系商人妇送别丈夫之词，歌云：“送欢板桥湾，相待三山头。遥见千幅帆，知是逐风流。”“风流不暂停，三山隐行舟。愿作比目鱼，随欢千里游。”“湘东酃醁酒，广州龙头铛。玉樽金镂碗，与郎双杯行。”庭筠此首，则抒商妇李娘的怨别之情。②粼粼：波光闪烁貌。温庭筠《张静婉采莲曲》：“城西杨柳向娇晚，门前沟水波粼粼。” ③画带：绣有图案的腰带。双花：指用绣带结成双花结，象征夫妻恩爱。 ④旧香：喻指女子的青春年华。

【品评】

这首诗借鉴民歌风味，抒写商人之妇空房独守的寂苦。

开头四句比兴寓意，谓波中之月，似圆而易碎；枝上白雪，似花而不堪折。以此来比喻身为商妇，空有其名而无其实，别离多而团圆少。

后四句代商妇李娘抒情，谓李娘正当青春年少，充满对于幸福美满生活的向往，然而一旦嫁作商人妇，由于商人重利轻别，即将如花美眷抛诸脑后。结尾两句设想他日商人归来，恐怕妻子早已青春不再，旧香不存，字里行间充满着年华易逝的叹惋和悲惜。李贺《大堤曲》同样抒写商妇怨情："莫指襄阳道，绿浦归帆少。今日菖蒲花，明朝枫树老。"皆通过花草之喻，流露出美人迟暮的感伤，两者具有异曲同工之妙。

塞寒行

燕弓弦劲霜封瓦，①朴簌寒雕睇平野。②
一点黄尘起雁喧，③白龙堆下千蹄马。④
河源怒浊风如刀，⑤剪断朔云天更高。⑥
晚出榆关逐征北，⑦惊沙飞迸冲貂袍。⑧
心许凌烟名不灭，⑨年年锦字伤离别。⑩
彩毫一画竟何荣，⑪空使青楼泪成血。⑫

【注释】

①燕弓：燕地所产的弓，指良弓。唐王维《老将行》："愿得燕弓射天将，耻令越甲鸣吴君。"霜封瓦：凝霜覆盖屋瓦。②朴簌：这里形容寒雕飞翔时拍击抖动翅膀的声音。雕：一种大型猛禽。嘴呈钩状，视力很强，腿部羽毛直达趾间，雌雄同色。也叫鹫。睇：视，望。平野：平坦广阔的原野。语出汉晁错《言兵事书》："平原广野，此车骑之地，步兵十不当一。"③黄尘：黄色的尘土。唐王昌龄《塞下曲》之二："黄尘足今古，白骨乱蓬蒿。"雁喧：群雁惊喧高飞。 ④白龙堆：沙漠

名，在新疆天山南路，简称龙堆。《汉书·匈奴传下》："岂为康居、乌孙能逾白龙堆而寇西边哉，乃以制匈奴也。"颜师古注引孟康曰："龙堆形如土龙身，无头有尾，高大者二三丈，埤者丈馀，皆东北向，相似也。在西域中。" ⑤河源：河流的源头。古代特指黄河的源头。怒浊：怒涛浊浪。 ⑥朔云：北方的云气。唐宋璟《奉和圣制送张说巡边》："德风边草偃，胜气朔云平。" ⑦榆关：这里泛指北方边塞。南朝齐谢朓《雩祭歌·白帝歌》："嘉树离披，榆关命宾鸟；夜月如霜，金风方袅袅。"征北：汉代有征西、征南等将军名号，此泛指征讨北方边塞的将军。 ⑧惊沙：指狂风吹动的沙砾。唐李华《吊古战场文》："利镞穿骨，惊沙入面。"飞迸：飞溅。貂袍：用貂皮制成的长袍。 ⑨心许：赞美，羡慕。唐丘为《湖中寄王侍御》诗："晨趋玉阶下，心许沧江流。"凌烟：凌烟阁的省称。封建王朝为表彰功臣而建筑的绘有功臣图像的高阁。唐太宗贞观十七年(643)画功臣像于凌烟阁之事最著名。唐杜甫《丹青引赠曹将军霸》："凌烟功臣少颜色，将军下笔开生面。" ⑩锦字：指锦字书，前秦苏蕙寄给丈夫的织锦回文诗。《晋书·列女传·窦滔妻苏氏》："窦滔妻苏氏，始平人也，名蕙，字若兰。善属文。滔，苻坚时为秦州刺史，被徙流沙。苏氏思之，织锦为回文旋图诗以赠滔。宛转循环以读之，词甚凄婉。"后多用以指妻子寄给丈夫的表达思念之情的书信。唐李白《久别离》诗："况有锦字书，开缄使人嗟。" ⑪彩毫：画笔，彩笔。荣：光荣，荣耀。《文选·张衡〈南都赋〉》："曜朱光于白水，会九世而飞荣。"李善注："荣，光荣也。" ⑫青楼：青漆涂饰的豪华精致的楼房。三国魏曹植《美女篇》："借问女安居？乃在城南端。青楼临大路，高门结重关。"

【品评】

这首诗作描写边塞战争生活，流露出晚唐时代人们普遍存在的厌战思想。

诗歌根据韵脚转换，每四句为一个层次。开头四句描绘了一幅塞北苦寒、大漠空旷的图画。“燕弓”句描写出征的将士在霜重寒凝的边陲弯弓待战，着重表现出诗题中的“寒”字；“朴簌”句描写冰天中的大雕展翅高飞，睥视着茫茫无边的荒野，点出诗题中的“塞”字。接下来两句渲染战前紧张的气氛，镜头由远及近，先是远处战马驰骋，扬起滚滚黄尘，惊得大雁喧叫飞腾。逐渐镜头拉近，声势浩大的马队裹挟着巨大声响，千万条马蹄向前飞奔，造成了排山倒海、惊天动地的宏伟气势。

“河源”四句转而描写北地风物，渲染恶劣的战争环境。黄河之水翻腾怒吼，浊浪排空。塞外的狂风凛冽如刀，砭人肌骨；又尖利如剪，剪断了北方边塞的天上寒云，显得天空格外高远辽阔。唐朝军队于寒气逼人的夜晚出师征伐，所到之处飞沙走石，直钻战袍。这样就刻画出铁衣远戍的艰辛。如此的场面在盛唐诗人岑参《走马川行奉送出师西征》中即有生动的描写：“轮台九月风夜吼，一川碎石大如斗，随风满地石乱走”，“将军金甲夜不脱，半夜军行戈相拨，风头如刀面如割。”不过岑参的诗歌通过恶劣环境的渲染，衬托出唐朝将士英勇无畏的豪迈气势，宣扬了坚毅刚强的爱国情怀。而温庭筠的诗歌则主要表现边塞之苦寒，缺乏了岑参诗歌中的昂扬斗志和必胜信念。

最后四句直接抒情，从边地将士和家乡思妇两面着笔，表明将士们远赴边疆，求取功名；他们的妻子却独守空闺，长年孤寂。诗人不禁慨叹道：这些将士即便立下了赫赫战功,功成名就,又有什么值得荣耀的呢?夫妻天涯远隔,离愁无限,最终失却了人生最可宝贵的情爱和幸福!所以说作品在广袤的背景下极力渲染边塞之寒、征戍之苦,最终归结为“彩毫一画竟何荣,空使青楼泪成血”的悲慨,能让那些汲汲于功名之人惕然自醒,也最能反映晚唐时代的普遍社会心理。

初盛唐时期的边塞诗大多抒写人们立功边塞、青史留名的积极进取的人生理想,例如王维《少年行》“孰知不向边庭苦,纵死犹闻侠骨香”、岑参《初过陇山途中呈宇文判官》“万里奉王事,一身无所求。也知塞垣苦,岂为妻子谋”等。而温庭筠不仅表现夫妻长年离别之苦,而且对汲汲功名的心态也予以否定,体现出晚唐社会动荡的时代,人们对于个人家庭更加珍视的人生价值观与幸福观。这是晚唐时代的一种普遍社会心态,陈陶的“可怜无定河边骨,犹是春闺梦里人”(《陇西行》)、曹松的“凭君莫话封侯事,一将功成万骨枯”(《己亥岁》)等,都表现了人们对于边塞战争的冷漠和“不如怜取眼前人”的情感追求。

达摩支曲杂言[①]

捣麝成尘香不灭,[②]拗莲作寸丝难绝。[③]
红泪文姬洛水春,[④]白头苏武天山雪。[⑤]
君不见无愁高纬花漫漫,[⑥]漳浦宴馀清露寒。[⑦]
一旦臣僚共囚虏,[⑧]欲吹羌管先汍澜。[⑨]
旧臣头鬓霜华早,[⑩]可惜雄心醉中老。
万古春归梦不归,邺城风雨连天草。[⑪]

【注释】

①《达摩支》：教坊健舞曲，起源不详。“达摩支”乃外语译音，一说出自突厥语，为扈从官；一说出自梵文，意为法轮。《羯鼓录》中有《大达摩支》，属太簇角；《唐会要》天宝改名曲内有《达摩支》，太簇羽，改为《泛兰丛》。 ②麝：这里指麝香。雄麝脐部香腺中的分泌物。干燥后呈颗粒状或块状，作香料或药用。 ③拗（āo）莲作寸：将莲藕拗折成寸。拗，拉折、折断。《乐府诗集·横吹曲辞五·折杨柳枝歌》：“上马不捉鞭，反拗杨柳枝。” ④红泪：晋王嘉《拾遗记·魏》：“文帝所爱美人，姓薛名灵芸，常山人也。……灵芸闻别父母，歔欷累日，泪下沾衣。至升车就路之时，以玉唾壶承泪，壶即红色。既发常山，及至京师，壶中泪凝如血。”后因以“红泪”称美人泪。文姬：范晔《后汉书》记载，陈留蔡邕女名琰，字文姬，博学有才辩。适河东卫仲道，夫亡无子。初平中，丧乱，为胡骑所获，没入南匈奴左贤王十二年，生二子。曹公（指曹操）素与伯喈善，遣使及金璧赎之，嫁与董祀。洛水：古水名，即今河南省洛河。此句意即，文姬被掳，身陷匈奴，但时刻怀念中原故国的洛水春色，不禁黯然落泪。 ⑤白头苏武：参见《苏武庙》注释①。《汉书·李广苏建传》：“武留匈奴凡十九岁，始以强壮出，及还，须发尽白。”天山：山名。一名燕然山，即今蒙古人民共和国境内杭爱山脉。此句意即，苏武长期困居艰苦卓绝的环境，坚贞不屈，守节不移，直至满头白发。 ⑥无愁：即“无愁天子”，古对北齐失国昏君后主高纬的讥称。《北齐书·幼主纪》：“（后主高纬）乃益骄纵，盛为《无愁》之曲，帝自弹胡琵琶而唱之，侍和之者以百数。人间谓之‘无愁天子’。”花漫漫：喻指高纬在位时骄奢淫佚的生活。 ⑦漳浦：漳水之滨。汉王粲《羽猎赋》：“济漳浦而横

阵，倚紫陌而并征。”北齐都城邺城临漳水，故云“漳浦”。此句是指高纬纵情声色，彻夜狂欢。 ⑧臣僚：群臣百官。囚虏：罪犯和俘虏。《北周书·武帝纪下》：“六年春……甲午，帝入邺城。齐任城王湝先在冀州，齐主至河，遣其侍中斛律孝卿送传国玺禅位于湝。孝卿未达，被执送邺。……尉迟勤擒齐王及其太子恒于青州。……夏四月乙巳，至自东伐。列齐王于前，其王公等并从，……献俘于太庙。” ⑨羌管：即羌笛。唐李商隐《和郑愚赠汝阳王孙家筝妓二十韵》：“羌管促蛮柱，从醉吴宫耳。”汍（wán）澜：泪疾流貌。《隶释·汉金乡长侯成碑》：“号泣发哀，泣涕汍澜。” ⑩旧臣：指高纬祖、父两代所遗留的老臣。霜华：喻指白色须发。 ⑪邺城：古都邑名。春秋齐桓公始筑，战国魏文侯建都于此。秦置县。汉后为魏郡治所。东汉末年又先后为冀州、相州治所，袁绍镇此。建安十八年(213)，曹操为魏王，定都于此。曹丕代汉，定都洛阳，邺仍与洛阳、长安、谯、许昌合称五都。晋避司马邺(愍帝)讳，改名临漳。十六国时，后赵、前秦、北朝东魏、北齐皆定都于此。有二城：北城曹魏因旧城增筑，周二十馀里，北临漳水，城西北隅列峙金虎、铜雀、冰井三台。旧址在今河北省临漳县西南。南城筑于东魏初年，大于北城，今属河南省安阳市辖境。隋开皇十年(590)复名邺县，宋熙宁六年(1073)并入临漳。

【品评】

这首杂言古风，借咏叹北齐后主高纬荒淫奢侈、亡国殒身故事，抒发出深沉的历史兴亡之感。全诗十二行，以韵脚转换为标志，分为三层。

开头四句为第一层。“捣麝”两句借物起兴，“香”谐“相”

音,“丝”谐“思”音,合则暗蕴相思之意,以麝碎香存、藕断丝连的比兴,表达相思的久远,与李商隐《无题》诗“春蚕到死丝方尽,蜡炬成灰泪始干”同一机杼。“红泪”两句均为倒文手法,意即:文姬红泪如洛水春汛,苏武白头似天山雪峰,通过新奇的比喻,流露出蔡文姬、苏武羁旅北地深切的故国之思。正因为他们始终心怀故国,忠贞不渝,所以最终归返中原,得遂心愿。

“君不见”以下四句为第二层,运用对比手法,描述高纬纵欲亡国的经历。北齐后主高纬,565—576 年在位,是一位极度荒唐奢靡的昏君,曾作“无愁之曲”,自弹琵琶而歌,侍和者百馀人,时称“无愁天子”。北周攻齐,高纬和儿子高恒出逃,为周军捕获,押送长安。后来北周以谋反为名,将他们一齐处死。这里前面两句通过花团锦簇、纸醉金迷、灯红酒绿、鼓乐喧阗的场面,渲染出北周亡国前君臣文恬武嬉、淫靡狂欢的热闹氛围。然而,紧接着“一旦臣僚共囚虏”,则备尝亡国囚徒的凌辱和悲戚;偶以羌笛排遣愁绪,曲未成调却已泪流满面。这里回应此前高纬所作“无愁之曲”的纵恣,越发突显出亡国君臣的痛楚。

最后四句为第三层。“旧臣”两句仍然承接上层意脉,表现北周遗民的亡国之恨。他们空怀复国之志,苦无回天之力,只好借酒浇愁,遁入醉乡。他们的“头鬓霜华早”,虽然与“白头苏武天山雪”形成呼应,但是两者又构成了鲜明的对比,借此歌赞苏武的坚贞品格,哀叹北周旧臣的逸豫亡国、恢复无望。结末两句突出自然永恒,而人生无常,邺城繁华的春梦早已一去不返,唯见连天荒草在凄风冷雨中飘摇,令人油然而生历史沧桑、盛衰兴亡的无限喟叹。诗人叹惋感伤北周亡国的教训,也隐含着对于晚唐朝政昏聩、国势江河日下的深浓忧患，具备很强的现实隐喻。

全诗缘情造境，多方烘托渲染，从时间、空间、情思各方面扩展意境，大大丰富了诗的形象，增强了抒情色彩和感染力量。

西州词吴声[1]

悠悠复悠悠，昨日下西州。
西州风色好，遥见武昌楼。[2]
武昌何郁郁，[3]侬家定无匹。[4]
小妇被流黄，[5]登楼抚瑶瑟。
朱弦繁复轻，[6]素手直凄清。[7]
一弹三四解，[8]掩抑似含情。[9]
南楼登且望，[10]西江广复平。[11]
艇子摇两桨，催过石头城。[12]
门前乌臼树，[13]惨澹天将曙。[14]
鸂鶒飞复还，[15]郎随早帆去。
回头语同伴，定复负情侬。[16]
去帆不安幅，[17]作抵使西风。[18]
他日相寻索，[19]莫作西州客。
西州人不归，春草年年碧。

【注释】

①西州：古城名。东晋置，为扬州刺史治所。故址在今江苏省南京市。然本诗所言“西州风色好，遥见武昌楼”，当

非指东晋所置之西州，可能是泛指武昌一带的西部州郡。②武昌楼：在湖北省武汉市武昌黄鹤山顶。一名白云楼，又名岑楼。宋陆游《入蜀记》卷五："二十七日，郡集于南楼，在仪门之南石城上，一曰黄鹤山。制度闳伟，登望尤胜。鄂州楼观为多，而此独得江山之要会，山谷所谓'江东湖北行画图，鄂州南楼天下无'是也。"按唐武昌县属鄂州江夏郡，即今武汉市武昌区。 ③郁郁：茂盛貌。《文选·古诗〈青青河畔草〉》："青青河畔草，郁郁园中柳。"李善注："郁郁，茂盛也。"这里形容武昌城树木茂盛、民居繁多之貌。 ④侬家：旧时女子称自己的家。无匹：无双，无可匹比。 ⑤小妇：妯娌中行次最幼者，小儿子的妻子。《乐府诗集·相合歌辞·长安有狭斜行》："大妇织绮罗，中妇织流黄。小妇无所为，挟瑟上高堂。"被流黄：穿着褐黄色的绢制衣裳。流黄，褐黄色的物品。特指绢。 ⑥朱弦：用熟丝制的琴弦。《礼记·乐记》："《清庙》之瑟，朱弦而疏越。"郑玄注："朱弦，练朱弦。练则声浊。"这里泛指琴瑟类弦乐器。唐太宗《春日玄武门宴群臣》诗："清尊浮绿醑，雅曲韵朱弦。"繁复轻：指琴声起伏多变。⑦素手：形容女子洁白的手。《古诗十九首·青青河畔草》："娥娥红粉妆，纤纤出素手。"直：真。凄清：凄凉孤寂。唐刘孝孙《咏笛》诗："调高时慷慨，曲变或凄清。" ⑧解：乐曲、诗歌或文章的章节。晋崔豹《古今注·音乐》："李延年因胡曲，更进新声二十八解。" ⑨掩抑：形容声音低沉。南朝齐王融《咏琵琶》："掩抑有奇态，凄锵多好声。" ⑩南楼：即武昌楼。⑪西江：唐人多称长江中下游为西江。唐李白《夜泊牛渚怀古》诗："牛渚西江夜，青天无片云。"此处即指流经西州一带的长江。 ⑫石头城：古乐府《莫愁乐》："莫愁在何处？莫愁石城西。艇子打两桨，催送莫愁来。"此"石城"在今湖北省钟祥县，与今江苏省南京市之“石头城”非一地。 ⑬乌臼：落叶树。实如胡麻子，多脂肪，可制肥皂及蜡烛等。《乐府诗集·杂曲歌辞十二·西洲曲》：“日暮伯劳飞，风吹乌臼树。” ⑭惨澹：暗淡。 ⑮鸂鶒（xī chì）：水鸟名。形大于鸳鸯，而多紫色，好并游。俗称紫鸳鸯。 ⑯侬：人。泛指一般人。《乐府诗集·清商曲辞一·子夜四时歌夏歌十六》：“赫赫盛阳月，无侬不握扇。”负情侬，即负心人。 ⑰幅：量词，用于布帛或纸张等。南朝宋盛弘之《荆州记》：“武陵武阳县有石帆山，若数百幅帆。”这里代指船帆。句谓顺风行驶，不张挂船帆。 ⑱作抵：亦作“作底”。如何，怎样。唐白居易《寒食日寄杨东川》诗：“不知杨六逢寒食，作底欢娱过此辰？”使：放纵。 ⑲寻索：寻找搜索。

【品评】

这首诗仿效南朝乐府民歌《西洲曲》体制格调，抒写江南青年男女相思离别之情。

前段十二句，着力描写西州女子登楼抚琴、等待情郎的场景。开头六句从大处着笔，渲染西州风色美好、水面悠远、树木茂盛、人口繁阜的景象。由此“侬家定无匹”，则引入作品的抒情主人公，点出其所居环境的精美华丽。“小妇”以下六句直接刻画女子身穿华服、登楼抚琴的动人情态。“凄清”、“掩抑”这些词汇流露出其悲郁凄楚的相思怨苦。

“南楼”以下四句属于过渡段落，暗示男子归返，与翘首盼望的女子相聚。

然而短暂的欢会后，就是无情的离别。“门前”以下四句交代天明时分情郎匆匆离去，留给女子更深的痛楚。所以她不由得思索自己的命运，清醒地认识到：自己所追求的爱情理想，始终无法实现；今日的你侬我侬，到头来只不过是竹篮打水一场空！诗歌当中的“西州客”当指重利轻别的商人，所以女子发出了如此怨望之语。

全诗深受南朝民歌《西洲曲》的影响，其中“昨日下西州”、“南楼登且望”、“门前乌臼树”等诗句，显然化用了《西洲曲》中的语汇；而意随韵转、意转词连、断续无迹、恍惚迷离的格调韵致，也颇似《西洲曲》，得乐府神境。

烧　歌[1]

起来望南山，[2]山火烧山田。
微红久如灭，短焰复相连。
差差向岩石，[3]冉冉凌青壁。[4]
低随回风尽，[5]远照檐茅赤。
邻翁能楚言，[6]倚锸欲潸然。[7]
自言楚越俗，烧畬为早田。[8]
豆苗虫促促，[9]篱上花当屋。[10]
废栈豕归栏，[11]广场鸡啄粟。
新年春雨晴，处处赛神声。[12]
持钱就人卜，[13]敲瓦隔林鸣。[14]
卜得山上卦，[15]归来桑枣下。
吹火向白茅，[16]腰镰映赪蔗。[17]
风驱槲叶烟，[18]槲树连平山。
迸星拂霞外，[19]飞烬落阶前。[20]

仰面呻复嚏，[21]鸦娘咒丰岁。[22]
谁知苍翠容，[23]尽作官家税。[24]

【注释】

①烧(shào)：放火烧野草以肥田。《管子·轻重甲》："齐之北泽烧火，光照堂下。管子入贺桓公曰：'吾田野辟，农夫必有百倍之利矣。'"马非百新诠："谓为烈火所烧也。" ②南山：指终南山，属秦岭山脉，在今陕西省西安市南。《诗·小雅·节南山》："节彼南山，维石岩岩。" ③差差(cī cī)：犹参差，不齐貌。《荀子·正名》："君子之言，涉然而精，俛然而类，差差然而齐。"杨倞注："差差，不齐貌。谓论列是非似若不齐，然终归于齐一也。" ④冉冉：渐进貌。青壁：青色的山壁。 ⑤回风：旋风。《古诗十九首·东城高且长》："回风动地起，秋草萋已绿。" ⑥楚言：指操楚语。《韩诗外传》卷四："楚之狂者楚言，齐之狂者齐言，习使然也。" ⑦锸：臿，锹。《汉书·王莽传上》："父子兄弟负笼荷锸，驰之南阳。"潸然：流泪。 ⑧烧畬：烧荒种田。唐杜甫《秋日夔府咏怀奉寄郑监李宾客一百韵》："煮井为盐速，烧畬度地偏。"仇兆鳌注："《农书》：荆楚多畬田，先纵火熂炉，候经雨下种。……杜田曰：楚俗，烧榛种田曰畬。"唐刘禹锡《竹枝词》之九："银钏金钗来负水，长刀短笠去烧畬。" ⑨促促：象声词，虫鸣声。唐王建《当窗织》诗："草虫促促机下啼，两日催成一匹半。" ⑩当：遮蔽，阻挡。《韩非子·内储说上》："夫日兼烛天下，一物不能当也。"陈奇猷集释引旧注："言一物不能蔽日之光也。" ⑪栈：编木制成的垫子，用于禽畜的房笼内以除湿。《庄子·马蹄》："(伯乐)曰：'我善治马，烧之，剔之，刻之，雒之，连之以羁䩭，编之以皂栈。'"成玄英疏："栈，编木为椗，安

马脚下，以去其湿，所谓马床也。”　⑫赛神：谓设祭酬神。唐张籍《江村行》：“一年耕种长苦辛，田熟家家将赛神。”⑬卜：古人用火灼龟甲，根据裂纹来预测吉凶，叫卜。后泛称用各种形式（如用铜钱、牙牌等）预测吉凶。　⑭敲瓦：指瓦卜，古代占卜方法之一。击瓦观其纹理分析，以定吉凶。唐杜甫《戏作俳谐体遣闷》诗之二：“瓦卜传神语，畬田费火耕。”仇兆鳌注引王洙曰：“巫俗击瓦，观其文理分析，以卜吉凶。”⑮山上卦：指卜得的卦象。《易·说卦》：“艮为山。”《易·艮》：“《艮》……无咎。”　⑯白茅：植物名。多年生草本，花穗上密生白色柔毛，故名。古代常用以包裹祭品及分封诸侯，象征土地所在方位之土。《易·大过》：“初六，藉用白茅，无咎。”孔颖达疏：“洁白之茅。”　⑰腰镰：腰带镰刀。南朝宋鲍照《东武吟》：“腰镰刈葵藿，倚杖牧鸡豚。”赪（chēng）蔗：紫红色的甘蔗。　⑱檞（jiě）：见《商山早行》注释⑤。　⑲迸星：飞迸的火星。　⑳飞烬：飞扬的灰烬。　㉑呻：吟诵。《礼记·学记》：“今之教者，呻其占毕。”郑玄注：“言今之师自不晓经之义，但吟诵其所视简之文。”嚏（tì）：打喷嚏。《诗·邶风·终风》：“寤言不寐，愿言则嚏。”郑玄笺：“今俗人嚏，云‘人道我’，此古之遗语也。”　㉒鸦娘：指女巫。呪（zhòu）：祷告，祝告。《后汉书·独行传·谅辅》：“时夏大旱，太守自出祈祷山川，连日而无所降。辅乃自暴庭中，慷慨呪曰：‘辅为股肱。……敢自祈请，若至日中不雨，乞以身塞无状。’”㉓苍翠容：指终南山上生长的青绿茂盛的庄稼。　㉔官家税：官府所征收的租税。

【品评】

温庭筠在唐宣宗大中十年（856），因开罪权贵，被贬为隋县尉，时徐商镇襄阳，署为巡官。此诗当作于大中十一年至咸通元年(857—860)居襄阳幕期间之某年春。这首五言叙事古诗，是晚唐时期我国南方山区农民原始耕作方式及其贫苦生活的鲜明写照，也是唐代末期我国农村经济凋敝情况的生动剪影。

全诗四句为一解(节)，用韵平仄相间。开头四句总写烧畲情势，山火经过一阵燃烧之后，散在地面的馀火微红，像是已经熄灭，山风一吹又短焰复起，旋即连成一片。“差差”四句续写火势延烧，向周围扩散：蹿红的火苗迫向岩石，艳红的火舌跃上了青黑的峭壁。低处的馀火随着旋风的吹卷，归于熄灭；然而远处的烈焰把茅草房檐照得通红。以上四十个字，写出火势瞬息变化的动态景象，显得格外鲜活而热烈。

“邻翁”四句引入了邻翁的介绍，显出他的乡土特质和情绪状态。他介绍此地烧畲作田之事，然而“倚锸欲潸然”，则点出其伤心欲绝的悲怆心理。那么，邻翁的悲怆缘何而来？则是因为遭受严重的灾荒，农民的生活困苦难捱。“豆苗”四句描写眼前村庄景象：豆苗上萌生害虫，猪舍残破不堪，这正是唐末江南农村千里零落、万里凋残景象的形象写照。

在如此贫苦艰难的生活中，人们仍然要坚强地生存下去。“新年”四句描写他们在春雨初晴之时，纷纷赛神、占卜，祈求上苍带给他们好运，帮助他们渡过难关。“卜得”四句描写农民一旦占得宜于上山的卦象，立刻放火烧畲。“风吹”四句再次描写强盛的火势，其中充满着贫苦农民对于丰收的强烈渴望。“仰面”二句描写巫人们装神弄鬼时发出呻唤声与喷嚏声，祈求风调雨顺、五谷丰登。

结尾两句“谁知苍翠容，尽作官家税”，画龙点睛，与此前“欲潸然”遥相呼应，表明农民一年四季的辛勤劳作成果统统都被官府剥夺，揭露了封建社会“耕者长饥”的罪恶本质，对朝廷的无耻压榨给予了尖锐讽刺和批判。

全诗语言朴素，纯用白描，写景观察细致，生动鲜活，议论鞭辟入里，一语中的，显示出较高的思想价值和艺术特色。

温庭筠词选

菩萨蛮

小山重叠金明灭,① 鬓云欲度香腮雪。② 懒起画蛾眉,③ 弄妆梳洗迟。④ 照花前后镜,花面交相映。⑤ 新帖绣罗襦,⑥ 双双金鹧鸪。⑦

【注释】

①小山:指绘饰有小山画面的屏风。金明灭:指阳光映照在屏风上,屏风中画面刻镂、描金之处,由于受光程度不同,因而或明或暗,给人以恍惚明灭之感。 ②鬓云:形容妇女鬓发盛美浓密如乌云。南朝乐府《读曲歌》:“花钗芙蓉髻,双鬓如浮云。”度:飘过。香腮雪:指美女香而白的腮颊。“鬓云”句的意思是:鬓发如同乌云,就要掠过雪白的香腮。这里以“云”、“雪”比喻鬓发和香腮,笔法非常细腻新巧。 ③蛾眉:蚕蛾触须细长而弯曲,因以比喻女子美丽的眉毛。《诗·卫风·硕人》:“齿如瓠犀,螓首蛾眉。” ④弄妆:妆饰,打扮。迟:慢腾腾地,暗示花了很多时间。 ⑤“照花”二句的意思是:梳妆时,用两面镜子前后对照,头上插戴的花朵与如花似玉的面容交相辉映,显得格外艳丽。 ⑥帖:同“贴”,指贴

金。古代贴于衣服器玩的黄金饰物。宋王林《燕翼诒谋录》卷二："大中祥符元年二月，诏：'金箔、金银线、贴金、销金、间金、蹙金线，装贴什器土木玩之物，并行禁断。'"又："自中宫以下，衣服并不得以金为饰，应销金、贴金、缕金、间金……皆不许造。"襦（rú）：短衣，短袄。襦有单、复，单襦则近乎衫，复襦则近袄。《庄子·外物》："未解裙襦，口中有珠。" ⑦鹧鸪（zhè gū）：鸟名。头顶黑，头侧及颈棕红。羽毛多黑白相间，胸、腹、背多卵圆形白斑。栖居于有榛莽及疏树的山地，以植物种实及昆虫为食，多分布于我国南部各省。古人谐其鸣声为"行不得也哥哥"，于诗文中表思乡之情。古人又多以鹧鸪、鸳鸯、凤凰等，表达成双成对的意思。这里是以绣成的鹧鸪成双成对，反衬出女子独守空闺的孤寂。

【品评】

此词描写一位年轻女子早晨起来慵懒的梳妆打扮的过程，表达了她独守空闺的孤寂之感。

上片开头两句由绣屏掩映的富丽环境，引出女子卧床不起的情态。词学界对于"小山"的解释主要有四种看法。其一是指小山眉。唐朝的时候，女子流行画眉，主要有十种式样，例如"蛾眉"、"柳叶眉"、"倒晕眉"等等，"小山眉"也是其中的一种，又称"远山眉"。如果说它是小山眉，那么后面的"金明灭"怎么解释呢？有人就解释它是指女子额头上涂饰的彩色额黄有所脱落，从而显得或明或暗。这种说法是比较费解的，并且后面的"懒起画蛾眉"，指明她所画的是蛾眉，而不是"小山眉"。其二是指女子头上插戴的发梳。沈从文在《中国古代服饰研究》中介绍唐朝女子的头饰："中晚唐时，妇女发髻效法吐蕃，作'蛮鬟椎髻'式样，或上部如一棒椎，侧向一边，加上花钗梳子点缀其间。”故而他认为此处的“小山”“即对于当时妇女发间金背小梳而咏”，“所形容的，也正是当时妇女头上金、银、牙、玉小梳背在头发间重叠闪烁的情形”。应该说这样的考证是有一定依据的，但是如果结合这首词作本身而言，则又发生了疑问：有谁插戴着满头的发梳睡在床上？如果她是插戴着发梳，都把整个头发固定得严严实实了，怎么还会有后面的“鬓云欲度香腮雪”呢？所以说，这种说法也是有问题的。其三是指山枕。吴世昌在《词林新话》中认为“枕平放，故能重叠”，不过可能与“金明灭”隔阂较远。目前比较普遍的看法是：它是指屏山。古代居室内有一种小型屏风称“枕屏”，屏上饰有画景，亦称“画屏”。这里应当是指屏风之上描绘有重重叠叠的小山形状的山水画。早晨的阳光映照在女子闺房的画屏之上，由于画面刻镂、描金之处受光程度不同，故而显得或明或暗，给人以恍惚明灭之感。女子斜躺在床上，乌云般的秀发垂掩香腮，描绘出一幅精致优雅的美人春睡图。

等到日上三竿，她才迟迟起身，然后慢腾腾地梳洗描眉，“懒”、“迟”这些字眼都表露出女子孤寂无聊的心绪。女性娇慵情态的形成，自然受到了《诗经》以来文学传统的深刻影响：“自伯之东，首如飞蓬。岂无膏沐？谁适为容。”（《诗·卫风·伯兮》）同时它又更加适于表达身处华美环境中，女子因情郎不在身边而产生的相思之情。在女子似睡非睡、蒙眬困顿的慵倦情态中，既流露出男性所欣赏的女子娇羞之状、柔婉之态，又隐含着她们对男子的缠绵深意。这也正符合晚唐以来中国文人对于淑女纤弱之美的追求。温庭筠所塑造的这类带有慵懒情味的女性，就成了唐宋婉约词中“思妇”形象的典范。受其影响，李清照《凤凰台上忆吹箫》词同样表现出思妇慵懒无绪的情态:“香冷金猊,被翻红浪,起来慵自梳头。任宝奁尘满,日上帘钩。生怕离怀别苦,多少事、欲说还休。新来瘦、非干病酒,不是悲秋。”

过片两句描写女子精心梳妆打扮,展示出其明艳动人之美。女子梳妆时,用两面镜子前后对照,头上插戴的花朵与如花的面容交相辉映,显得格外艳丽,就像是白居易《长恨歌》里的“芙蓉如面柳如眉”,崔护《题都城南庄》诗里的“人面桃花相映红”。明代汤显祖《牡丹亭·惊梦》【步步娇】曲中所唱“停半晌,整花钿。没揣菱花,偷人半面,迤逗的彩云偏”,也通过揽镜自照的生动细节,惟妙惟肖地刻画出杜丽娘天真娇羞的神态。温庭筠词描写女子梳妆打扮,表现了其自珍、自重、自矜、自怜的心意。

“新帖绣罗襦,双双金鹧鸪。”刚才女子起身之后,经过一番梳妆打扮,心情已经有所好转,但是当她准备穿上新衣,低头一看,陡然之间又遭到了沉重的感情刺激。古人多以鹧鸪、鸳鸯、凤凰等,表达成双成对的意思。这里是以绣成的鹧鸪成双成对,反衬出女子独守空闺的孤寂。绣罗襦上成双成对的鹧鸪图案,更加勾起了女主人公形影相吊的痛楚。温庭筠也就是这样,非常成功地塑造出一位生活优裕华贵,内心娴雅沉静,却又孤身独处、情绪慵懒的女子形象,揭示出其隐曲纤微、乍喜愈悲的情感轨迹。词中的女子虽然绮艳华美,然而终少欢乐,如同烟花那般寂寞。

清人刘熙载《艺概》概括道:“温飞卿词精妙绝人,然类不出乎绮怨。”他非常准确地解释出温庭筠词内容的本质特征:绮怨。同时,我们也应该看到,温庭筠多以代言人的身份客观描摹词中女性的心态、情感,而创作主体却往往不渗入自我的情绪。对此,晚清常州词家普遍认为,温词无不隐含着歌妓们深沉的痛苦和哀怨，体现着词人的同情和关怀；有词人自身彷徨失意、抑郁激愤情绪的折射，甚至具有类似于屈原《离骚》的深刻情怀。张惠言在《词选》中评价温庭筠的《菩萨蛮》说："此感士不遇也。……'照花'四句，《离骚》'初服'之意。"陈廷焯《白雨斋词话》也认为他的十四首《菩萨蛮》"全是变化《楚骚》"。对此，王国维则不以为然。他批评张惠言说："固哉，皋文之为词也。飞卿《菩萨蛮》、永叔《蝶恋花》、子瞻《卜算子》，皆兴到之作，有何命意？皆被皋文深文罗织。"(《人间词话》)我们认为常州词派的观点是不切实际的，是为了有意识地抬高词体的地位而进行的拔高和误解。温庭筠本人对词的创作，仅仅看作是一种新鲜的艺术尝试，却并不着意借此来抒发自身的牢骚、怨悱之意。

那么，温庭筠又为什么能够如此细腻逼真地描摹出女性真实、丰富的情感世界呢？这就从更深的心理层次上涉及到男性词人作"闺音"之时所显露出来的女性化心态。李泽厚先生在《美的历程》中指出：中唐以后，"时代精神已不在马上，而在闺房；不在世间，而在心境"。词人内心中阴性文化的因素，也就通过细腻心绪的捕捉、隐秘官能感受的刻画，得以幽微隐约地表现了出来。词中女性的情感与词人含蓄、细腻的心态如此地贴近，于是产生了浑融一体、真切动人的情感魅力。

此词非常典型地体现出温词隐曲密丽的艺术风格。"鬓云欲度香腮雪"一句，用"云"、"雪"比喻鬓发和香腮，本身已经构成一幅绝美的自然画面，并以"欲度"状写鬓发的态势，将两种静态的物象贯串起来，如同乌云就要慢慢飘过一片白雪，给人以非常美好的想象和感受，更令这位美人的绰约韵致显得栩栩如生。"双双金鹧鸪"一句，又通过富有特征的细节描写来以双衬单，暗示词旨。这些手法的妙用，都有效地增强了小词的形象性、色彩感和含蓄美。

菩萨蛮

水精帘里颇黎枕，①暖香惹梦鸳鸯锦。②
江上柳如烟，雁飞残月天。　藕丝秋色
浅，③人胜参差剪。④双鬓隔香红，⑤玉钗头
上风。⑥

【注释】

①水精帘：即水晶帘，用水晶制成的帘子，比喻莹澈透明、质地精细的帘子。唐李白《玉阶怨》："却下水精帘，玲珑望秋月。"颇黎：指状如水晶的宝石。《太平御览》卷八〇八引汉东方朔《十洲记》："昆仑山上有红碧颇黎宫，名七宝堂是也。"唐李商隐《饮席戏赠同舍》诗："唱尽《阳关》无限叠，半杯松叶冻颇黎。"　②鸳鸯锦：指绣有鸳鸯图案的锦被，象喻男女欢爱之情。《古诗十九首·客从远方来》："文彩双鸳鸯，裁为合欢被。"　③藕丝：彩色名，纯白色。唐李贺《天上谣》："粉霞红绶藕丝裙，青洲步拾兰苕春。"王琦汇解："粉霞、藕丝，皆当时彩色名。"叶葱奇注："藕丝即纯白色。"此是描绘衣服清淡素雅。　④人胜：人形的饰物，旧俗于正月初七人日用之。南朝梁宗懔《荆楚岁时记》："正月七日为人日，以七种菜为羹，剪彩为人，或镂金箔为人，以贴屏风，亦戴之头鬓。又造华胜以相遗。"参差剪：指剪成的人胜大小不等，形态各异。　⑤香红：指鲜花。唐顾况《春怀》诗："园莺啼已倦，树树

陨香红。”此句谓两鬓均插鲜花，中间为面颊所隔。 ⑥风：用作动词，颤动。此句是说玉钗、人胜等首饰随着人的走动而微微颤动。温庭筠《咏春幡》诗：“玉钗风不定，香步独徘徊。”

【品评】

此词描写闺中女子的秀美形象和思念之情。

上片开头描写居室之内卧具、陈设的精美，由此衬托出女主人公的纯洁高雅、美丽端庄。同时，水精帘内舒适的卧榻、枕头，幽幽散发的香气，温煦软绵的鸳鸯绣被，都共同营造出富丽温馨的环境，将女主人公引入缠绵旖旎的梦境。

接下来两句“江上柳如烟，雁飞残月天”，张惠言、陈廷焯等人认为写的是由前“暖香惹梦”顺势而成的梦境。陈廷焯赞之曰：“好在是梦中情况，便觉绵邈无际。”（《白雨斋词话》卷七）俞平伯、浦江清等人则认为写的是室外的夜景。俞平伯称赏云：“帘内之清秾如斯，江上之芊眠如彼，千载以下，无论识与不识，解与不解，都知是好言语矣。”（《读词偶得》）但是不管是什么景致，它给予人们的都是一种清冷迷离的美感享受，与前面两句的绮丽温馨形成对照；然而在这诗情画意的背后，却又蕴含着思妇的孤寂难耐，寄托着她对远方亲人的牵怀挂念。这里择取的两个意象“柳”、“雁”，既是典型的眼前春景，又都蕴含着离别相思的情味。“柳”者，“留”也，寄寓依恋不舍之意；“雁”者，则更多雁归人不归的惆怅，薛道衡《人日》诗所云“人归落雁后，思发在花前”，恰正抒发出这样的悲情。

下片着重描摹女子的衣服和头饰。“藕丝秋色浅”，女子衣服淡雅柔和的色调与秋色两相映衬，更显素雅脱俗，隐然可见女子明洁清纯的气质。最后细描她头上的玉钗在春风中微微地颤动，恰正映现出寂寞女子纤柔细腻的美质。末句“着一‘风’字，神情全出，不但两鬓之花气往来不定，钗头幡胜亦颤摇于和风骀荡中”(俞平伯《读词偶得》)，引起广大读者的怜爱同情之意。温庭筠《咏春幡》诗所云“玉钗风不定，香步独徘徊”，正可作为此词的注脚。

作品色泽华丽，辞句浓密，然而之间插入“江上”二句自然景象的点染，顿时给人以清新淡远的感受，使全词更显疏密相生、鲜活灵动。

菩萨蛮

蕊黄无限当山额，① 宿妆隐笑纱窗隔。②
相见牡丹时，③ 暂来还别离。④　　翠钗金作股，⑤ 钗上蝶双舞。⑥ 心事竟谁知，月明花满枝。

【注释】

①蕊黄：即额黄。六朝至唐，女妆常用黄点额，因似花蕊，故名。唐李商隐《蝶》诗之一：“寿阳公主嫁时妆，八字宫眉捧额黄。”无限：没有界限，指蕊黄颜色中间浓周围渐淡，分界不明显。当：涂抹，遮蔽。山额：额头。唐杨炯《遂州长江县先圣孔子庙堂碑》：“至于月衡月准，山额山庭，侃侃星文，堂堂日角，莫不向之如在，疑游北上之山，望之俨然，似瞩东流之水。”指额间高处。　②宿妆：犹旧妆，残妆。唐岑参《醉戏窦子美人》诗：“朱唇一点桃花殷，宿妆娇羞偏髻鬟。”　③牡丹时：牡丹于农历三月下旬开花，此借指暮春时节。

④暂:刚。 ⑤翠钗:用翡翠镶嵌的钗。南朝梁刘孝绰《淇上戏荡子妇》诗:"翠钗挂已落,罗衣拂更香。"金作股:指以黄金铸就的钗上的分支。 ⑥蝶双舞:钗头上的饰物,形似双蝶飞舞。

【品评】

此词抒发女子与情郎乍别后的情思。

上片开头两句描摹女子的面饰,透过纱窗隐约可见她的微妙神态。"隐笑"二字非常精妙,点出她对昨晚欢会的回味,甜美的感受溢上面容。"纱窗隔"三字为人物罩上一层朦胧的面纱,恰似雾里观花,更增丽人妖娆隐秀的神态。

"相见"两句叙写他们相见旋别的情事。唐人酷爱牡丹,李肇《唐国史补》载:"京城贵游尚牡丹三十馀年矣。每春暮,车马若狂,以不耽玩为耻。"青年男女相会于万紫千红的百花丛中,必定欢情浓烈,充满欢乐;但是,"柔情似水,佳期如梦",如此的缠绵情爱却又是旋聚旋离,自然引逗出女子无限的悲怨。

过片托物起兴,以双衬单,由此抒发出女主人公满腹的心事。"月明花满枝",对此明月庭花怎不更增幽独凄凉之感?这里实则取法于先秦民歌《越人歌》:"山有木兮木有枝,心悦君兮君不知。"隐含着女子无尽的孤寂与相思。

浦江清先生评价此词"换笔法,极生动灵活。其中有描绘语,有叙述语,有托物起兴语,有抒情语,随韵转折,绝不呆滞"(《词的讲解》)。全词节奏紧凑,视点频转:先写人,后叙事,再写物,最后又抒情。"隐笑"之乐与"别离"之悲,"蝶双舞"与人孑立,都构成了鲜明的对照,加深了抒情的力度;结句以景结情,更加寓托着绵邈深微的落寞愁绪。

菩萨蛮

杏花含露团香雪,[1]绿杨陌上多离别。灯在月胧明,[2]觉来闻晓莺。　　玉钩褰翠幕,[3]妆浅旧眉薄。[4]春梦正关情,[5]镜中蝉鬓轻。[6]

【注释】

①团:凝聚,凝结。唐杜甫《白露》诗:"白露团甘子,清晨散马蹄。"香雪:指杏花色白似雪,香味芬芳。宋苏轼《月夜与客饮杏花下》诗:"花间置酒清香发,争挽长条落香雪。"　②胧明:微明。唐元稹《嘉陵驿》诗之一:"仍对墙南满山树,野花撩乱月胧明。"　③玉钩:玉制的挂钩,亦为挂钩的美称。《楚辞·招魂》"挂曲琼些"汉王逸注:"曲琼,玉钩也……雕饰玉钩,以悬衣物也。"褰(qiān):撩起。《礼记·曲礼上》:"冠毋免,劳毋袒,暑毋褰裳。"郑玄注:"褰,袪也。"翠幕:翠色的帷幕。晋潘岳《藉田赋》:"青坛蔚其岳立兮,翠幕默以云布。"　④旧眉:昨夜所画的眉,即宿妆。薄:即淡薄、轻浅。　⑤关情:动心,牵动情怀。唐陆龟蒙《又酬次韵》:"酒香偏入梦,花落又关情。"　⑥蝉鬓:古代妇女的一种发式,将鬓角处头发向外梳拢得缥缈如蝉翼,故名。晋崔豹《古今注·杂注》:"魏文帝宫人绝所宠者,有莫琼树、薛夜来、陈尚衣、段巧笑四人,日夕在侧。琼树乃制蝉鬓。缥缈如蝉翼,故曰蝉鬓。"轻:即"薄",此处形容蝉鬓之轻盈秀美。

【品评】

此词抒写美人梦醒时分的绵邈情思。

上片开头由杏花、绿杨的芳春景色，兴起离别之情，点明了词旨。“团”字极炼，点出杏花含苞待放的清鲜芳妍；然而“绿杨”句直揭离情，以乐景衬哀情，使得离别之苦显得愈加黯然沉痛。

接着由景及人，从户外转向室内，美人因别而忆，因忆而梦；一梦醒来，但见月色朦胧、烛光摇曳，耳闻晓莺啼啭，其境更显惝恍迷离，其情愈加孤寂可哀。

换头两句描摹美人觉来妆残眉薄，亦懒起梳洗弄妆，活现出思妇的慵懒情态和烦乱心绪。结末两句写偶临妆台，对镜自照，妆镜之中的蝉鬓轻薄，尽显其憔悴凄怆之苦和落寞幽微之愁。

此词因人而梦，由景入情，“词境宛如蕉心，层层剥进，又层层翻出”（俞平伯《论诗词曲杂著》）；在情感的表达上真切动人，尤其是“春梦”二句，“凄凉哀怨，真有欲言难言之苦”（陈廷焯《白雨斋词话》卷一）。

菩萨蛮

玉楼明月长相忆，[1] 柳丝袅娜春无力。[2]
门外草萋萋，[3] 送君闻马嘶。　　画罗金翡翠，[4] 香烛销成泪。[5] 花落子规啼，[6] 绿窗残梦迷。[7]

【注释】

①玉楼：装饰华丽的高楼，这里指女子的居处。唐李白《宫中行乐词》："玉楼巢翡翠，金殿锁鸳鸯。" ②袅娜：形容柳丝柔弱纤长的样子。春无力：既写柳丝柔软，兼写人的失情失绪。 ③萋萋：草木茂盛貌。《诗·周南·葛覃》："葛之覃兮，施于中谷，维叶萋萋。"毛传："萋萋，茂盛貌。" ④画罗：有画饰的丝织品。温庭筠《和友人悼亡》："玉貌潘郎泪满衣，画罗轻鬓雨霏微。"翡翠：鸟名。嘴长而直，生活在水边，吃鱼虾之类。羽毛有蓝、绿、赤、棕等色，可做装饰品。《楚辞·招魂》："翡翠珠被，烂齐光些。"王逸注："雄曰翡，雌曰翠。"洪兴祖补注："翡，赤羽雀；翠，青羽雀。《异物志》云：翠鸟形如燕，赤而雄曰翡，青而雌曰翠。" ⑤销：加热使物体变成液态。 ⑥子规：杜鹃鸟的别名，又名催归，传说为蜀帝杜宇的魂魄所化。常夜鸣，声音凄切，故借以抒悲苦哀怨之情。《埤雅·释鸟》："杜鹃，一名子规。苦啼，啼血不止。一名怨鸟。夜啼达旦，血渍草木。凡始鸣皆北向，啼苦则倒悬于树。" ⑦绿窗：绿色纱窗，指女子居室。唐李绅《莺莺歌》："绿窗娇女字莺莺，金雀娅鬟年十七。"迷：迷惘，痴迷。

【品评】

温庭筠的词善于从精心雕镂中暗示、移情、渲染出凄迷幽怨的情感氛围。此词以精妙绝伦之笔，抒写离别相思之情。

上片开头情景交融，点出"长相忆"的题旨。作者以柳丝的飘摆不定，映现出闺中女子心里轻愁的弧线，而柳丝（春）的"无力"也隐喻着女子情态的慵倦、意绪的低迷。

"门外"两句追忆当时分别的情景：她的眼中所见是芳草

萋萋，耳中所闻是马鸣萧萧，无不加重了愁绪离情。她于暮春的黎明时分送走情人，懒懒地踱回玉楼，陷入沉思之中。

过片两句描绘女子回到玉楼上绣帷深掩、香烛成泪，孤寂之感更深更苦。翡翠成双成对，反衬女子孤身独处；香烛默默垂泪，令人黯然神伤。这正是“蜡炬成灰泪始干”（李商隐《无题》）、“蜡烛有心还惜别，替人垂泪到天明”（杜牧《赠别》）的寓情于景，抒写出女主人公一腔幽怨之情。

结末描写窗外落花遍地，令人凄然感伤；杜鹃催归，其声凄厉，令人愈加悲怆。女子孤室独居，残梦迷离，尤难排遣。一个“迷”字，不仅表现好梦难寻的惆怅，女子内心的凄迷，更给全词涂抹上恍惚迷惘的色调和哀感顽艳的情致，“字字哀艳，读之销魂”（陈廷焯《云韶集》卷一）。

全词情真景真，浑厚流转，昨夜的欢会、今晨的惜别，柳丝、草萋、马嘶、鸟啼，种种印象纷至沓来，一片迷惘。词人截取女子意识活动中的几个片断，抓住她的心理特征，准确而又不露痕迹地表现了出来，收到了含蓄蕴藉的表情效果。

菩萨蛮

宝函钿雀金鸂鶒，①沉香阁上吴山碧。②杨柳又如丝，驿桥春雨时。③　画楼音信断，④芳草江南岸。鸾镜与花枝，此情谁得知？⑤

【注释】

①宝函：指盛佛经、典册及贵重首饰等的匣子。南朝梁

王筠《国师草堂寺智者约法师碑》:"开宝函之奥典,阐金字之微言。"钿雀:镶嵌金、银、玉、贝等物的雀形首饰。㶉鶒(xī chì):水鸟名。形大于鸳鸯,而多紫色,好并游。俗称紫鸳鸯。②沉香阁:泛指华贵芳香的楼阁。沉香:香木名。产于亚热带,木质坚硬而重,黄色,有香味。心材为著名熏香料。中医以含有黑色树脂的树根或树干加工后入药,有镇痛、健胃等作用。又名"伽南香"或"奇南香"。《南史·夷貊传上·林邑国》:"沉木香者,土人斫断,积以岁年,朽烂而心节独在,置水中则沉,故名曰沉香。"唐王仁裕《开元天宝遗事》卷下:"(杨)国忠又用沉香为阁,檀香为栏,以麝香、乳香筛土和为泥饰壁。每于春时木芍药盛开之际,聚宾友于此阁上赏花焉。"吴山:吴地的山。 ③驿桥:驿路上的桥。 ④画楼:雕饰华丽的楼房。唐李峤《晚秋喜雨》诗:"聚霭笼仙阁,连霏绕画楼。"⑤"鸾镜"二句:意谓容颜如花,顾影自怜,苦忆之情,无人知晓。鸾镜:背面刻有鸾鸟图案的妆镜。《太平御览》卷九一六引南朝宋范泰《鸾鸟诗》序:"罽宾王结罝峻祁之山,获一鸾鸟,王甚爱之,欲其鸣而不能致。乃饰以金樊,飨以珍羞。对之逾戚。三年不鸣。夫人曰:'闻鸟见其类而后鸣,可悬镜以映之!'王从言。鸾睹影感契,慨焉悲鸣,哀响中宵,一奋而绝。"

【品评】

温庭筠善于细致、准确地捕捉女性心理的瞬息变化,用带有不同感情色彩的景物来加以描摹,充分体现了词体既深且细的抒情优势。此词抒写思妇晨起梳妆、相思无奈的哀怨。

上片开头用细笔描摹华贵的用具与饰物,渲染秾丽华艳的闺阁氛围，暗示女主人公的高贵身份。接着描写美人早晨梳妆之时，眼观窗外风光，不禁触景伤怀，兴发无限感慨。一个“又”字勾起旧日驿桥送别的追忆，睹物思人而物是人非，远方的情人音信渺茫。陈廷焯赞之曰：“只一‘又’字，多少眼泪，音节凄缓。凡作香奁词，音节愈缓愈妙。”(《云韶集》卷一)这种时空交替、前后映衬的笔法创造出了耐人寻味的意境。

下片视角回到现实，描写离别之后女子漫长的等待，潜藏着春归人不归的隐痛，并以芳草萋萋衬出孤寂难耐之情。“芳草江南岸”，画面清新优美，点明江南三月芳草遍地的清丽景象；然而“王孙游兮不归，春草生兮萋萋”(淮南小山《招隐士》)，用在这里，则以萋萋芳草，寓示绵绵不尽的愁绪，传写出闺阁女子对远方情人的深切思念。结尾两句由远及近，表现女子的自怜、自伤，叹息自己的青春年华将在无尽的企盼中悄然远逝，如花美眷，独处凄寂，美人迟暮之幽怨显得感人至深。

全词由物及景，由景及情，自今忆昔，又由昔至今，看似物象的罗列，散乱不连，实则脉络暗通，婉约绵密。

菩萨蛮

南园满地堆轻絮，[1]愁闻一霎清明雨。[2]雨后却斜阳，[3]杏花零落香。　无言匀睡脸，[4]枕上屏山掩。[5]时节欲黄昏，无憀独倚门。[6]

【注释】

①南园：泛指园圃。晋张协《杂诗》之八："借问此何时，胡蝶飞南园。"轻絮：指柳絮。 ②一霎（shà）：谓时间极短。顷刻之间，一下子。唐孟郊《春后雨》诗："昨夜一霎雨，天意苏群物。" ③却：反而，反倒。 ④匀：谓均匀地涂搽、揩拭。匀睡脸：指午睡醒来后，化妆时用手搓脸使脂粉匀净。⑤"枕上"句：谓枕前屏风上所绘山景因时近黄昏而显得暗淡。屏山：指屏风。掩：遮掩。 ⑥无憀（liáo）：空闲而烦闷的心情。唐李商隐《杂曲歌辞·杨柳枝》："暂凭樽酒送无憀，莫损愁眉与细腰。"

【品评】

此词写闺中人黄昏雨后孤身独居的凄寂无聊。

上片绘暮春景色，用清明时节乍雨后晴的天气变化，渲染出轻絮堆地、杏花零落的衰残氛围，充满了青春无常的凄苦。浦江清《词的讲解》分析道："到底如何是'清明雨'，读者自能想象，盖当寒食、清明之际，春光明媚之时，一阵小雨，密密濛濛，收去十丈软尘，换来一片新鲜的空气，然而柳絮沾泥，落红成阵，使人觉着春光将老，引起伤春的情绪，这'清明雨'三字就可以带来这些个想象。"因此，如此的景色形象地烘托出女主人公寂寥冷落的意绪。

过片转写闺中女子孤枕独卧的情状，"无言匀睡脸"，尽显其慵懒冷寂的心境，"无言"二字格外凄婉感人。"枕上屏山掩"，又以外在物象的"掩"，折射出女子内心世界的幽闭郁苦。最后，她在夕晖斜照下倚门而望，徒增失落和感伤。一个"独"字，点明词眼，表达出女主人公孤寂难耐的情怀。

全词以景衬情，情景交融，下片所抒写的女子无聊情态，在上片暮春景物的映衬下，更加显得凄楚可怜。

菩萨蛮

夜来皓月才当午，①重帘悄悄无人语。②深处麝烟长，③卧时留薄妆。④　当年还自惜，往事那堪忆？花露月明残，锦衾知晓寒。⑤

【注释】

①午：月正中。唐韩愈《和崔舍人咏月二十韵》："过隅惊桂侧，当午觉轮停。"　②重帘：一层层帘幕。悄悄（qiǎo qiǎo）：寂静貌。唐元稹《会真诗》："更深人悄悄，晨会雨濛濛。"　③麝烟：焚麝香发出的烟。唐皮日休《醉中先起李縠戏赠走笔奉酬》诗："麝烟苒苒生银兔，蜡泪涟涟滴绣闺。"　④薄妆：淡妆。　⑤锦衾（qīn）：锦缎的被子。《诗·唐风·葛生》："角枕粲兮，锦衾烂兮。"

【品评】

此词以时间的推移为线索，描写思妇长夜孤宿难眠的寂寞情怀。

上片开头交代时值午夜，重帘之内寂静无声。帘帷深处，麝烟袅袅；绣榻之上，女子独卧，脸上还保留着淡淡的薄妆。作者以极冷静的客观笔触，描绘午夜时分月映闺房的景象，但是字里行间又隐现出女子情绪的波动。一个"才"字，暗寓长夜难熬的怨恼；一个“长”字，以麝烟的丝丝袅袅，渲染出环境的凄清孤冷；“留薄妆”的细节描写，又隐露出女子犹抱期冀的幽微心曲。但是，她漫漫长夜的等待，只能得到深重无奈的失望。

过片两句直抒哀怨，作品的感情色彩由先前的冷静而转为激切。最后又以“花露”、“残月”和“晓寒”等景物意象的描写，来映衬人物凄苦悲怨的内心世界。“月明残”与“月当午”遥相呼应，以月色的缓慢变化，加深了悲情抒发的浓度。张若虚《春江花月夜》最后写道：“不知乘月几人归，落月摇情满江树。”温词与张诗一样，通过月起月落的描绘，对彻夜难眠的闺中女子流露出深切的同情，创造了朦胧淡远、深情绵邈的艺术境界。末句“知”字凄警有力，移情于物，含蓄蕴藉。

张惠言评此词曰：“此自卧时至晓，所谓‘相忆梦难成’也。”（《词选》卷一）全词写境如画，情致凄婉，语言清丽，韵味隽永，非常真切形象地展现出温庭筠的绮怨词风。

更漏子

柳丝长，春雨细，花外漏声迢递。① 惊塞雁，起城乌，② 画屏金鹧鸪。　　香雾薄，③ 透帘幕，惆怅谢家池阁。④ 红烛背，⑤ 绣帘垂，梦长君不知。

【注释】

①漏声：铜壶滴漏之声。唐杜甫《奉和贾至舍人早朝大

明宫》:"五夜漏声催晓箭,九重春色醉仙桃。"迢递(tiáo dì):遥远貌。三国魏嵇康《琴赋》:"指苍梧之迢递,临回江之威夷。" ②塞雁:塞鸿。唐杜甫《登舟将适汉阳》诗:"塞雁与时集,樯乌终岁飞。"城乌:城头栖宿的乌鹊。 ③香雾:指雾气。唐杜甫《月夜》诗:"香雾云鬟湿,清辉玉臂寒。"仇兆鳌注:"雾本无香,香从鬟中膏沐生耳。" ④谢家:指闺房。明胡震亨《唐音癸签》载,唐李太尉德裕家有妾谢秋娘,太尉以华屋贮之,眷之甚隆。词人因用其事,而称谢家。谢家池阁,这里代指女子华丽的住所。 ⑤背:谓灯尽或烛尽。唐王涣《惆怅诗》:"梦里分明入汉宫,觉来灯背锦屏空。"

【品评】

此词抒写美人于静夜之中因闻漏声而触发的相思惆怅之情。

上片描写美人于春雨静夜的所见所闻。开头三句写柳丝长、春雨细,烘托漏声的悠长、遥远。滴漏声本不太响,能在雨中听到远处的滴漏之声,可见闺房之静寂,更可见女主人公感觉之敏锐。长期的相思、失眠,已使她多愁善感,即便是极其细微的动静,都能引起心灵的感触。漏声滴滴,愁绪绵绵,反映出女子长夜难眠的悠悠情思。"惊塞雁"三句同样诉诸听觉形象,描写塞雁、城乌的惊起,更令无眠之人倍增烦乱。接以"画屏金鹧鸪",由动至静,由有声而无声,作者的视角自然地转入绣闺之内。那画屏上的金鹧鸪成双成对,深居幽闺之人愈觉形单影只的凄寂。

下片进一步渲染美人居室的冷寂,并且更加真切地表露出孤眠女子的幽情单绪。结末一句"梦长君不知"点明词旨,包含无限低徊凄苦之意,却又怨而不怒,戛然而止,给读者留下一片空白的惆怅，恰正体现出温词含蓄蕴藉的艺术特色。

温庭筠善用夜景来衬托闺怨，令其词作增添了朦胧的美感和幽约的特质。全词无论色泽、音响，遣词造句，均极精美，而且形式与内容达到了较为完美的统一。

更漏子

星斗稀，钟鼓歇，[1]帘外晓莺残月。兰露重，柳风斜，满庭堆落花。　　虚阁上，[2]倚栏望，还似去年惆怅。春欲暮，思无穷，旧欢如梦中。[3]

【注释】

①钟鼓：钟和鼓，古代击以报时之器。　②虚阁：空阁，意谓人去阁空。　③旧欢：昔日的欢乐。晋潘岳《哀永逝文》："昔同途兮今异世，忆旧欢兮增新悲。"

【品评】

此词描摹女子彻夜倚栏盼望情人到来的情状。

上片写破晓时分室外的衰残景象，渲染出清冷寥落的况味。开头三句从高处落笔，描写拂晓来临之际的视觉、听觉感受，暗示长夜已尽，黎明到来。"兰露重"三句，写景由远而近，描写庭院内的景色。兰花带露，柳枝横斜，落英遍地，如许景物渲染出春色将尽的衰残气象，给人以冷清寥落的况味。

换头转写倚栏眺望，"还似去年惆怅"，点明惆怅由来已久，增添了愁情的深度和厚度。结末三句由暮春之景，顿生旧欢如梦的感伤，由此也引发出青春易逝的人生哀叹。陈廷焯《词则·大雅集》分析道：“‘还似去年惆怅’，欲语复咽，中含无限情事，是为沉郁。‘旧欢’五字，结出不堪回首意。”

作品触景生情，运用明白晓畅的语言，通过疏淡清朗的室外景象的映衬，抒写少妇深闺独处的惆怅，收到了真切感人的表情效果，是温庭筠词中不多见的风格淡远的作品。

更漏子

金雀钗，[1]红粉面，[2]花里暂时相见。知我意，感君怜，[3]此情须问天。[4]

香作穗，[5]蜡成泪，还似两人心意。山枕腻，[6]锦衾寒，觉来更漏残。

【注释】

①金雀钗：一名金爵钗，钗头制作成雀形的金钗。唐白居易《长恨歌》：“花钿委地无人收，翠翘金雀玉搔头。” ②红粉面：指女子搽着胭脂和铅粉的面容。《古诗十九首·青青河畔草》：“娥娥红粉妆，纤纤出素手。” ③怜：怜爱，喜爱。④“此情”句：意谓此情无他人知晓，只有老天爷可以见证。⑤香作穗：香灰下垂，状似禾穗。宋秦观《次韵参寥见别》：“炉香冉冉纡寒穗，篝火荧荧擢夜芒。” ⑥山枕：枕头。古代枕头多用木、瓷等制作，中凹，两端突起，其形如山，故名。腻：指泪污。

【品评】

此词以女子的口吻，抒写爱情生活的经历与悲欢。

上片回忆往昔与情人相爱的缠绵。起首三句叙述青年男女的花间欢会。“金雀钗，红粉面”，无疑是青春岁月的鲜明标志，钗上的金雀振翅欲飞，白里透红的面颊上充满着爱情的期盼和令人沉醉的神采。青年男女在繁花丛中相会相爱，这是令人回味无穷的浪漫往事。“知我意”三句，写出两情相悦、心心相印的欢愉与感动。“此情须问天”，感情的表达真率而炽热，如民歌般坦率、质朴、深挚，显露出素面朝天的纯洁之美。

换头两句看似写景，实则隐喻“君”心移易，别有所欢，他的心像香灰一样冷；而“我”意如同蜡泪，分外伤情，无人怜惜。结末三句进一步描绘女主人公梦醒之后的孤独处境，“腻”、“寒”、“残”三字尽显凄冷寥落之意，令人对此失恋女子顿生悲悯怜爱之情。

作品风格疏朗，委婉抒情中兼具叙事色彩，“花里暂时相见”、“此情须问天”、“还似两人心意”等句，把一段始爱终离的悲情故事陈述出来，脉络清晰，语言清丽，取得了深浓真切的抒情效果。

更漏子

相见稀，相忆久，眉浅淡烟如柳。[1] 垂翠幕，结同心，[2] 待郎熏绣衾。[3]　　城上月，白如雪，蝉鬓美人愁绝。[4] 宫树暗，[5] 鹊桥横，[6] 玉签初报明。[7]

【注释】

①眉浅：犹眉薄，言眉薄如淡烟之中的柳叶。 ②同心：指同心结。旧时用锦带编成的连环回文样式的结子，用以象征坚贞的爱情。唐长孙佐辅《答边信》诗："挥刀就烛裁红绮，结作同心答千里。" ③熏绣衾：指用熏笼烘烤绣被。 ④愁绝：极端忧愁。唐杜甫《自京赴奉先县咏怀五百字》："沉饮聊自遣，放歌颇愁绝。" ⑤宫树：帝王宫苑中的树木。 ⑥鹊桥横：意谓斗转星移，天将破晓。 ⑦玉签：对古代计时漏壶中浮箭的美称。签：以竹或木制成，上刻度数以标示时间。报明：即报晓。

【品评】

此词完整地描写闺中女子彻夜等待情人到来而终至绝望的情景。

上片开头两句"相见稀，相忆久"，运用简洁明净的语言，交代青年男女倍受离别之苦的折磨。由此引出闺中女子浅淡如柳的眉黛，显示其娴雅柔静的气质和孤寂凄凉的意绪。尽管如此，她仍然心怀希冀，"垂翠幕"三句详写她细作准备：绾结同心，香熏绣被，殷切地期待着情郎的到来。

但是，随着时间一分一秒地过去，情人终究没有出现。女子空对城头上的一轮冷月，内心更感悲楚。"蝉鬓美人愁绝"，简直是痛彻心扉，把一位深夜独坐的怨女形象，非常真切地凸现在读者面前，颇有西子捧心的动人情致，因此清人王士禛赞之曰："果是妙语。"(《花草蒙拾》)结末三句描写黎明光景，深受离别折磨的女子又熬过了一个漫漫长夜。

作品成功地运用了正面烘托和反面映衬的手法。清夜的冷月、幽暗的宫树、玉签的报晓，皆透过清冷的景致渲染出凄苦的情感氛围；然而“结同心”、“鹊桥横”等痴情苦语，又很自然地流露出女子对爱情的渴望和期待，可是她的期待之情越是殷切，失落之苦便更见沉痛，给读者留下了深刻的感受。

更漏子

背江楼，临海月，城上角声呜咽。① 堤柳动，岛烟昏，② 两行征雁分。③ 京口路，④ 归帆渡，正是芳菲欲度。⑤ 银烛尽，玉绳低，⑥ 一声村落鸡。

【注释】

①角：古乐器名，出自西北游牧民族，鸣角以示晨昏，军中多用作军号。《通典·乐一》：“蚩尤氏帅魑魅与黄帝战于逐鹿，帝乃命吹角为龙吟以御之。”呜咽（yè）：形容低沉凄切的声音。汉蔡琰《胡笳十八拍》之六：“夜闻陇水兮声呜咽，朝见长城兮路杳漫。” ②岛烟昏：谓水中洲岛夜雾朦胧。③征雁：迁徙的雁，多指秋天南飞的雁。南朝梁刘孝仪《从军行》：“木落雕弓燥，气秋征雁肥。” ④京口：古城名，故址在今江苏省镇江市。三国吴时称为京城，后改置京口镇，为古代长江下游的军事重镇。《南齐书·州郡志》：“《尔雅》曰：‘绝高为京。’今京城因山为垒，望海临江，缘江为境，似河内郡，内镇优重。宋氏以来，桑梓帝宅，江左流寓，多出膏腴。”路：地区。 ⑤芳菲：这里指春天的大好时光。欲度：即将消逝。 ⑥玉绳：星名，常泛指群星。《文选·张衡〈西京赋〉》：“上飞闼而仰眺，正睹瑶光与玉绳。”李善注引《春秋元命苞》

曰:“玉衡北两星为玉绳。”玉绳低,指天上星斗低转,表明天将破晓。

【品评】

此词抒写舟中思妇的离愁别苦。

上片从大处着笔,勾勒江边景物。“江楼”、“海月”,显得雄豪壮大;“堤柳”、“岛烟”,又见苍远浑茫;角声呜咽,增添离别愁绪;征雁分飞,暗示分手之意。

下片描写离别之后渡口、村落的凄冷景象。京口乃运河要冲,是唐宋时期南北航行必经之地。江边有金陵渡,与对岸的瓜洲渡遥遥相望。唐朝诗人张祜《题金陵渡》诗歌咏道:“金陵津渡小山楼,一宿行人自可愁。潮落夜江斜月里,两三星火是瓜洲。”静谧的诗境中渗透着行人的羁旅愁情。这里,由征帆远行,令人自然地感受到春光的衰残,更联想到青春、幸福的无情消逝。结末以黎明村景的清苦,更添一番寂寥怨别的惆怅。

全词从头到尾皆写舟中所见实景,条理井然,景色如画。作品有别于温词大量华贵用具、绮美饰物的密丽堆砌,而是自觉地将抒情背景移至江边高楼、村落之畔,带上了清雄、疏野之气,显得境界恢宏,格调刚健。尤其是词内富有动感的角声呜咽、征雁分飞、村落鸡鸣,更加衬托出离情的酸楚,环境的空寂。温庭筠诗中不乏此类名句,如“鸡声茅店月,人迹板桥霜”(《商山早行》)、“十里晓鸡关树暗,一行寒雁陇云愁”(《过潼关》)等,尽显羁旅行役之苦。此处以诗意入词,创造出了清旷悠远的意境。北宋周邦彦的《蝶恋花》词句“楼上栏干横斗柄,露寒人远鸡相应”,即由此化出。

更漏子

玉炉香,[1]红蜡泪,偏照画堂秋思。[2]眉翠薄,[3]鬓云残,[4]夜长衾枕寒。　梧桐树,三更雨,[5]不道离情正苦。[6]一叶叶,一声声,空阶滴到明。

【注释】

①玉炉:熏炉的美称。玉炉香:熏炉里的香气袅袅升起。②画堂:华丽的堂舍。唐崔颢《王家少妇》诗:“十五嫁王昌,盈盈入画堂。” ③眉翠:即“翠眉”。古代女子用青黛画眉,故称。晋崔豹《古今注·杂注》:“魏宫人好画长眉,今人多作蛾眉警鹤髻。”南朝梁江淹《丽色赋》:“夫绝世独立者,信东方之佳人,既翠眉而瑶质,亦庐瞳而赪唇。”薄:指翠眉已淡。④鬓云残:指鬓发散乱。 ⑤三更:指半夜十一时至翌晨一时。《乐府诗集·清商曲辞二·子夜变歌一》:“三更开门去,始知子夜变。” ⑥不道:犹不顾,不管。唐李白《长干行》:“相迎不道远,直至长风沙。”“不道”句意即:风雨不顾人心里正经受着离愁的折磨,更加助长了一份凄凉。

【品评】

这首词以静默的笔触,抒写秋夜笼罩下的闺人离情。李冰若评之曰:“飞卿此词,自是集中之冠,寻常情事,写来凄婉动人,全由秋思离情为其骨干。”(《栩庄漫记》)

上片用秾丽的色彩刻画思妇的形象。起首三句交代环境:画堂之内,惟有炉香、蜡泪相对,显得凄寂异常。"偏照"二字,将烛光拟人化,同时也流露出女主人公的怨恼之意,实则衬托出她无法排遣的秋日愁思。接着描摹思妇形象,她眉薄鬓残,可见其辗转反侧、思极无眠的情状。

下片转以疏淡之笔描写室外自然景物。"梧桐树"三句一气直下,语弥浅而情弥深。"不道"二字,与上阕"偏照"手法一致,移情于物,嗔怪梧桐夜雨不管人正在因离情而痛苦不堪,偏偏前来添愁增怨。这点点滴滴的雨声,叠印着思妇孤寂心绪的内在节奏,就像是点点滴滴的泪,声声滴落在思妇破碎的心中,空房、空阶、冷雨、冷心,阵阵摧残,刻骨铭心,渲染着凄婉动人之情,创造出了深远的意境。陈廷焯评析云:"结三句开北宋先声。"(《云韶集》卷一)此后宋人聂胜琼《鹧鸪天》"枕边泪共阶前雨,隔个窗儿滴到明"、万俟咏《长相思》"一声声,一更更。窗外芭蕉窗里灯,此时无限情!梦难成,恨难平。不道愁人不喜听,空阶滴到明",乃至李清照《声声慢》"梧桐更兼细雨,到黄昏、点点滴滴。这次第,怎一个、愁字了得"等佳句,都明显本自温词。

温庭筠的六首《更漏子》词,都是由四组意象错综排列而成,词人不断地转移视角,变换时空,创造出潜气内转、虚实难辨的词境。这些意象画面的巧妙转换、组接,能够更加逼真地描绘出人物复杂、微妙感情的曲折流程,增加感情表达的深度和浓度,所以清人周济《介存斋论词杂著》评论说:"针缕之密,南宋人始露痕迹。花间极有浑厚气象,如飞卿则神理超越,不复可以迹象求矣。然细绎之,正字字有脉络。"

归国遥

双脸，[1]小凤战篦金飐艳。[2]舞衣无力风敛，[3]藕丝秋色染。　锦帐绣帏斜掩，露珠清晓簟。[4]粉心黄蕊花靥，[5]黛眉山两点。

【注释】

①双脸：两颊。南朝陈徐伯阳《日出东南隅行》："五马停珂遣借问，双脸含娇特好羞。"　②小凤战篦（bì）：雕刻有小巧生动的彩凤的篦子。篦，一种比梳子密的梳头用具，亦可插戴在鬓发上用作装饰品。唐李贺《秦宫诗》："鸾篦夺得不还人，醉睡氍毹满堂月。"王琦汇解："篦，所以去发垢，以竹为之。侈者易以犀、象、玳瑁之类。鸾篦，必以鸾形象之也。"飐（zhǎn）：风吹物使颤动摇曳。飐艳：闪亮光艳貌。　③敛：收缩。唐王勃《饯韦兵曹》诗："川霁浮烟敛，山明落照移。"这里指舞衣下垂。　④簟（diàn）：竹席。　⑤花靥（yè）：妇女颊上用彩色涂点的妆饰。多以金、翠等物做成花形、星状，故称"花靥"、"金靥"、"翠靥"、"星靥"。明杨慎《词品》卷二："唐韦固妻少时为盗刃所刺，以翠掩之。女妆遂有靥饰。"唐段成式《酉阳杂俎》前集卷八："今妇人面饰用花子，起自昭容上官氏所制，以掩点迹。"

【品评】

此词宛如一幅精美的工笔仕女图，细致地描摹出闺中女子的姿容和神态。

上片写女子的首饰、衣物，展现出华贵富丽之美。战篦的闪烁明艳，舞衣的清雅色泽，都给人以美好的视觉享受；同时也通过物象的描写，暗示了美女雅擅歌舞的才能、婀娜绰约的风姿。

下片转写她的卧床和妆饰，“锦帐”、“绣帏”的精美物象，渲染华丽居室的环境氛围；“露珠清晓簟”，给人格外清凉之感，暗示女主人公清寂的处境和心境。结拍两句是对其面妆的细部描摹。这位美人的花靥妆饰如此精心、艳丽，显露出动人心魄的风神，也隐现了内心的美好希冀。

唐圭璋先生认为此词“全写一美人颜色服饰之态，而情酝酿其中，却无一句写出”(《词学论丛·温韦词之比较》)。作品对人物情意的表达，一切都蕴藏在客观的描写之中。“舞衣无力风敛”一句，实则暗示着闺中女子意绪的低沉、情感的落寞，由此产生了含蓄蕴藉的艺术效果。

酒泉子

日映纱窗，金鸭小屏山碧。① 故乡春，烟霭隔，② 背兰釭。③　宿妆惆怅倚高阁，④ 千里云影薄。草初齐，花又落，燕双双。

【注释】

①金鸭：一种镀金的鸭型铜香炉。唐戴叔伦《春怨》诗：“金鸭香消欲断魂，梨花春雨掩重门。” ②烟霭(ǎi)：云雾。唐王勃《慈竹赋》：“祟柯振而烟霭生，繁叶动而风飚起。” ③釭(gāng)：灯。兰釭：燃兰膏的灯，亦用以指精致的灯具。

南朝齐王融《咏幔》："但愿置尊酒，兰釭当夜明。"背：谓灯尽或烛尽。　④宿妆：犹旧妆，残妆。

【品评】

此词抒写闺中女子面对暮春景色触发的思乡怀人之情。

上片描绘室内之景：日映纱窗、炉香轻袅、小屏闲展，这是清晓时分典型的香闺景致。紧接着由对屏风的描摹，顺势交代女子滋生出对于自己故乡春景的思念；然而烟霭远隔、归途渺远，只能令人徒增怨叹。

下片转写室外，女子倚阁远眺，但见碧空千里，云影飘渺。最后三句极写暮春景象，又以"燕双双"反衬出女主人公孤身独处的凄凉。

全词上片偏重表现闺中物象的密丽，隐寓女子郁塞难解的悲绪。下片将思乡情怀引向更为广远的境界；而且通过云影、芳草、落花、双燕等自然景物的渲染，越发增添了鲜明生动、清新疏朗之气。结尾三句又以景结情，含思悠远，使读者感到馀韵袅袅，馀味无穷。

酒泉子

楚女不归，[1]楼枕小河春水。[2]月孤明，风又起，杏花稀。　玉钗斜簪云鬟髻，[3]裙上金缕凤。[4]八行书，[5]千里梦，雁南飞。

【注释】

①楚女：泛指古代楚地的女子，这里指词人所怀念的对

象。 ②枕：临，靠近。《汉书·严助传》：“会稽东接于海，南近诸越，北枕大江。”颜师古注：“枕，临也。” ③簪：插，戴。云鬟髻：高耸的环形发髻。 ④金缕凤：用金线绣成的凤凰图案。 ⑤八行书：书信。《后汉书·窦章传》“更相推荐”李贤注引汉马融《与窦伯向(章)书》曰：“孟陵奴来，赐书，见手迹，欢喜何量，见于面也。书虽两纸，纸八行，行七字。”谓信纸一页八行。后世信笺亦多每页八行，因以称书信。《文苑英华》卷二一四引北齐邢卲《齐韦道逊晚春宴》诗：“谁能千里外，独寄八行书？”

【品评】

这首凄怨的情词表现漂泊不归的“楚女”伤春怀乡之苦。

上片起首一句下语沉重，倾吐出楚女滞留异乡、难归家园的无奈和痛苦。“月孤明”三个三字句，笔墨宕开，渲染环境氛围，句式短促，意象频转，字里行间渗透出青春易逝的衰残意绪。一个“孤”字，一个“稀”字，则包蕴着千种风情，万般酸楚，只是妙在说不出处。

换头细描女子的妆容和衣饰，尽显绮艳、繁复之美，但是她的怀乡之愁越发深重。结末三句因怀人心切，难得相见，故欲借书信，以寄托千里之思。这与李商隐《春雨》诗“玉珰缄札何由达，万里云罗一雁飞”同出机杼，都是托物寄情，表达出回归家乡的强烈心愿。

作品笔触细腻，因情设境，“纤词丽语，转折自如”(汤显祖评《花间集》卷一)；以景结情，增添了有馀而不尽的韵味。

酒泉子

罗带惹香，[1]犹系别时红豆。[2]泪痕新，金缕旧，[3]断离肠。　一双娇燕语雕梁，还是去年时节。绿阴浓，芳草歇，[4]柳花狂。[5]

【注释】

①罗带：丝织的衣带。隋李德林《夏日》诗："微风动罗带，薄汗染红妆。"古时常以"罗带"打成同心结，用于情人赠别。惹：沾染。　②红豆：红豆树、海红豆及相思子等植物种子的统称。其色鲜红，文学作品中常用以象征爱情或相思。唐王维《相思》诗："红豆生南国，秋来发几枝。劝君多采撷，此物最相思。"　③金缕：指金缕衣。汉桓宽《盐铁论·散不足》："今富者鼲鼯狐白凫翥，中者罽衣金缕。"马非百注："金缕，金丝衣。"　④歇：散发。南朝宋颜延之《和谢监灵运》诗："芬馥歇兰若，清越夺琳珪。"　⑤柳花狂：指柳絮随风飘舞。

【品评】

这首词"离情别恨，触绪纷来"（李冰若《栩庄漫记》）。

上片首先通过衣饰的描写，推出一位深受离别折磨的思妇形象。"红豆"意象的揭示，渲染出相思的主题。一个"犹"字显现出思妇对旧情的珍重与执着。"泪痕新，金缕旧"的对照性描摹，流露出女子忠贞的情感、深浓的愁绪。

换头由今至昔，回忆去年相聚的情景，双燕呢喃恰正隐喻着青年男女欢会的缠绵、甜美。但是往日的欢聚越是深情缱绻，也就越发反衬出此刻女子的孤单愁苦。结末三句以景结情，通过春景的繁密、柳絮的纷乱，于乐处写悲，于热闹处写孤寂，映衬出女子郁塞、迷蒙的心境。

作品一反先写景后抒情的填词惯例，而是以直赋别情开篇，以缤纷狂乱的写景结束，机杼独运，别具匠心，情景交融，景为情设，把人物的心理感受幻化成外在的自然景物，意境愈加开阔，情韵更显悠长。

定西番

汉使昔年离别。① 攀弱柳，② 折寒梅，③ 上高台。④　千里玉关春雪，雁来人不来。羌笛一声愁绝，⑤ 月徘徊。⑥

【注释】

①汉使：本指最早出使西域的汉朝使节张骞，此借指征人或沦落边地之人。　②攀弱柳：攀折柳枝表示赠别。《三辅黄图》卷六："霸桥在长安东，跨水作桥，汉人送客至此桥，折柳赠别。"　③折寒梅：折梅花赠远人，表达怀念的思绪。北魏陆凯《赠范晔》诗："折花逢驿使，寄与陇头人。江南无所有，聊赠一枝春。"　④上高台：登高台望远，寄托思乡之情。南朝齐谢朓《临高台》诗："千里常思归，登台临绮翼。"　⑤羌笛：古代的管乐器，长二尺四寸，三孔或四孔，因出于羌中，故名。唐王之涣《凉州词》之一："羌笛何须怨《杨柳》，春风不度玉门关。"愁绝：极端忧愁。　⑥月徘徊：指月影移动。唐张若虚《春江花月夜》诗："可怜楼上月徘徊，应照离人妆镜台。"

【品评】

此词表现征人思妇的离愁别怨。

上片采用铺叙的手法，点明人物、时间、情事，追述征人当年离别的情景。“攀弱柳”三句，通过一连串的动作描写，组接成动人的离别画面，蕴含着依依难舍的深情。攀柳、折梅、上高台，这些动作均围绕“汉使离别”这一中心而层层展开，既有鲜明的人物形象，又蕴涵浓浓的离别情意，所以耐人寻味。

换头处描写思妇遥想边塞风物，“千里玉关春雪”，构成一幅富有边塞特征的辽阔苍茫的画卷，寄托着对于远方亲人的急切思念；然而“雁来人不来”，表达出失望寂寥的愁苦。结末两句借助富有特征性的羌笛、明月视听意象的刻画，渲染出凄清、悲凉的情感氛围，渗透着征人思妇格外浓烈的悲怨之意。王昌龄《从军行》诗歌写道：“更吹羌笛《关山月》，无那金闺万里愁。”温词与王诗具有异曲同工之妙。

作品摆脱了温词绮美秾艳的一般风格，而是择用歌咏边塞题材的典型意象，通过短促刚直的句式、质朴简洁的语言，更为深切自然地抒写了征人思妇的愁怨，给人以独特的审美享受。

杨柳枝

宜春苑外最长条，① 闲袅春风伴舞腰。②
正是玉人肠断处，③一渠春水赤栏桥。④

【注释】

①宜春苑:古代苑囿名。秦时在宜春宫之东,汉称宜春下苑。即后所称曲江池者,唐代为教坊乐妓所居之地,故址在今陕西省西安市。《史记·秦始皇本纪》:“(赵高)以黔首葬二世杜南宜春苑中。”《艺文类聚》卷三引北周庾信《春赋》:“宜春苑中春已归,披香殿里作春衣。”长条:指纤细柔软的柳枝。南朝梁元帝《绿柳》诗:“长条垂拂地,轻花上逐风。” ②“闲袅”句:形容柳枝迎风舞动的样子,堪与舞女的纤腰相媲美。 ③玉人:美丽的女子。唐元稹《莺莺传》:“隔墙花影动,疑是玉人来。” ④赤栏桥:长安城郊桥名,后多泛指男女或朋友相会之处。唐杜佑《通典》:“隋开皇三年,筑京城,引香积渠水,自赤栏桥经第五桥西北入城。”唐顾况《题叶道士山房》诗:“水边垂柳赤栏桥,洞里仙人碧玉箫。近得麻姑书信否,浔阳向上不通潮。”

【品评】

温庭筠《杨柳枝》八首所咏内容,皆与杨柳有关。此篇咏宜春苑柳,不仅写出了杨柳的袅娜风姿,而且借咏柳来表现舞女生活,抒写离情别绪,比譬形象,风神旖旎,可谓得题神韵。

开头两句点出杨柳所生之地,细绘其随风轻舞、柔细俏美的柳丝,以此来隐喻舞女纤软的腰肢、轻盈的舞姿。三、四句借咏柳而赋离情,采用拟人的手法,将美好的春景与玉人悲苦的心情作对比,渲染着缠绵的离人伤怀之意。华钟彦《花间集注》卷一评之曰:“(末二句)言柳条虽新,而舞腰不在。玉人感物自伤,不觉一沟春水,已流过赤栏桥边。而桥边杨柳,更觉依依可怜也!”

此词写景极为清新生动，抒情则沉郁感人，语言隽秀纯净，令人想见春风拂柳，一渠春水，上架红栏小桥，一位玉人悄然独行，若有所失之状，形成不堪回首的凄凉意境，更衬托了玉人难以寄托的悲痛。

杨柳枝

苏小门前柳万条，[①]毵毵金线拂平桥。[②]
黄莺不语东风起，深闭朱门伴舞腰。[③]

【注释】

①苏小：即苏小小。南朝齐时钱塘名妓，其家门前多种柳树。唐杜牧《自宣城赴官上京》诗："谢公城畔溪惊梦，苏小门前柳拂头。"　②毵毵（sān sān）：垂拂纷披貌。唐孟浩然《高阳池送朱二》诗："澄波淡淡芙蓉发，绿岸毵毵杨柳垂。"金线：比喻初生柳条。唐施肩吾《禁中新柳》诗："万条金线带春烟，深染青丝不直钱。"平桥：没有弧度的桥。唐温庭筠《春洲曲》："门外平桥连柳堤，归来晚树黄莺啼。"　③朱门：红漆大门，代指贵族富豪之家。晋葛洪《抱朴子·嘉遁》："背朝华于朱门，保恬寂乎蓬户。"

【品评】

此词咏钱塘苏小门前柳，蕴涵着人世沧桑的感触。

开头两句描写苏小门前柳拂平桥、春意盎然。万条柳丝垂拂纷披，细如金线，随风轻摆，营造出一幅清新秀美的图景。

三、四句借题发挥。杨柳乃是南齐歌妓苏小小的形象写照，往日的轻盈舞腰早已香消玉殒，人世的盛衰变幻更令人无限伤怀。“黄莺不语”、“深闭朱门”，既写环境清幽，也暗寓着凄寂无言的怀古情思。

整首词作如同怀旧电影的默片，于自然景象的缓缓展现中，让人陷入历史的沉思，产生无限的怅惘。

杨柳枝

两两黄鹂色似金，① 袅枝啼露动芳音。②
春来幸自长如线，③可惜牵缠荡子心。④

【注释】

①“两两”句：以黄鹂衬出柳枝，取自唐杜甫《绝句》“两个黄鹂鸣翠柳”诗意。 ②芳音：美妙的声音。 ③幸自：本自，原来。唐韩愈《戏题牡丹》诗：“幸自同开俱隐约，何须相倚斗轻盈。” ④可惜：可爱。唐李商隐《巴江柳》诗：“巴江可惜柳，柳色绿侵江。”荡子：指辞家远出、羁旅忘返的男子。《文选·古诗〈青青河畔草〉》：“荡子行不归，空床难独守。”李善注：“《列子》曰：有人去乡土游于四方而不归者，世谓之为狂荡之人也。”

【品评】

此词借柳比兴，抒写闺妇对游子的思念之情。

开头两句描绘黄鹂鸟在柳枝间自在地栖息，“袅”、“啼”、“动”三字，写出了黄鹂在柳枝间的一连串欢快的活动，视觉形象轻盈灵动，色泽明丽，绿柳黄鹂，相映成趣；听觉形象娇啭动人，引发闺妇内心温馨芬芳的怀念之情。

结尾借柳抒情，表达思妇因柳兴感、思念游子之情：她企盼“长如线”的柳丝能够牵缠住游子的那颗飘荡之心，让他早日回到自己的身边。

全词情景交融，互相映衬，柳丝、黄鹂、思妇之间构成了微妙的情感同构关系，使得词旨的表达更加自然熨帖、细腻真切。

《杨柳枝》词调，在中晚唐盛传，“为词者甚众。文人才子各炫其能，莫不条似舞腰，叶如眉翠，出口皆然，颇为陈熟”（《唐音统签》引薛能《杨柳枝》序）。温庭筠的八首《杨柳枝》，却能自出新意，意蕴丰富。郑文焯评《花间集》有云：“宋人诗好处，便是唐词。然飞卿《杨柳枝》八首，终为宋诗中振绝之境，苏、黄不能到也。唐人以馀力为词，而骨气奇高，文藻温丽。有宋一代学人，专志于此，骎骎入古，毕竟不能脱唐、五代之窠臼，其道亦难矣！”（龙榆生《唐宋名家词选》引）

新添声杨柳枝[①]

一尺深红蒙曲尘，[②]天生旧物不如新。
合欢桃核终堪恨，[③]里许元来别有人。[④]

【注释】

①添声：一首词的曲调虽有定格，但在歌唱时，还可对音节韵度略有增减，使其美听。从音乐角度言，增谓之“添声”，减谓之“偷声”。　②一尺深红：即一块深红色的丝绸布。古

代妇女的装饰品；或即女子结婚时盖头的红巾，称“盖头”。曲尘：酒曲上所生菌。因色淡黄如尘，亦用以指淡黄色。唐谷神子《博异志·阎敬立》：“须臾吐昨夜所食，皆作朽烂气，如黄衣曲尘之色，斯乃榇中送亡人之食也。”此句意即：红色的绸布蒙上了尘土，呈现出酒曲那样的暗黄色。 ③合欢桃核：夫妻恩爱、百年好合的象征物。桃子的形状像心，核同“合”谐音，比喻两人心心相印、永远好合。唐皇甫松《竹枝》词：“合欢桃核两人同。”合欢桃核有两个桃仁，“仁”又跟“人”谐音双关。 ④里许：里面，里头。许，助词。唐戴叔伦《听歌回马上赠崔法曹》诗：“秋风里许杏花开，杏树旁边醉客来。”元来：表示发现原先不知的情况。唐方干《题赠李校书》诗：“却是偶然行未到，元来有路上寥天。”

【品评】

这首词表达思妇对于丈夫移情别恋的怨恼之情。

起首两句感物起兴。眼前一块原本红色鲜艳的盖头，已经蒙上了黄色的灰尘，不由得触发起思妇对于当年作为新嫁娘结婚场景的深情回忆。新婚伊始，女子得到丈夫的疼爱，缠绵缱绻，如胶似漆。然而现在已经物是人非，女子睹物伤怀，感慨万千。所以她发出了沉痛的怨叹：“天生旧物不如新。”直接抒发女子遭受丈夫冷淡甚至抛弃的痛苦，她的丈夫肯定是另结新欢、移情别恋了。

后面两句仍然采用比喻的写法。夫妻结婚后，原本应该好合恩爱，两情相悦。然而她为什么要说“终堪恨”呢？最后一句交代原因：“里许元来别有人。”原来是自己的丈夫心中装的是别的女子。这样就谴责了丈夫喜新厌旧、二三其德。后来，北宋黄庭坚的《少年心》词所云“似合欢桃核，真堪人恨。心儿里有两个人人”，明显承袭温词，表露对于移情别恋的责怨。

这首小词借鉴民歌表达方式，运用比兴、暗示、谐音双关等手法，加强了抒情表达的效果。

新添声杨柳枝

井底点灯深烛伊，[①] 共郎长行莫围棋。[②]

玲珑骰子安红豆，[③] 入骨相思知不知？[④]

【注释】

①深烛：谐音为“深嘱”，写女子深情地嘱咐情郎。伊：人称代词，你。 ②长行：即长行局。古代的一种博戏。唐李肇《唐国史补》卷上：“今之博戏，有长行最盛。其具有局有子，子有黄、黑各十五，掷采之骰有二。其法生于握槊，变于双陆。”亦指进行长行这种博戏。这里“长行”又以博戏的名称双关长途旅行、远走高飞。围棋：棋类的一种，古代叫弈，传为尧作。春秋战国时代即有关于围棋的记载，汉墓殉葬物中曾发现有石制棋盘。隋唐时传入日本，近已流传至欧美各国。早先棋盘上有纵横各十一、十五、十七道线几种，唐以后为纵横各十九道，交错成三百六十一个位。双方用黑白棋子对着，互相围攻，吃掉对方棋子，占据其位，占位多者为胜，故名“围棋”。这里“围棋”也以棋类的名称谐音双关为“违期”。③玲珑：精巧貌。骰（tóu）子：赌具，也用以占卜、行酒令或作游戏。多以兽骨制成，为小正方块，六面分刻一、二、三、四、五、六点，一、四涂以红色，馀涂黑色。掷之视所见点数或颜

色为胜负，故又称投子、色子。相传为三国魏曹植创制。安：安放。红豆：红豆树、海红豆及相思子等植物种子的统称。其色鲜红，文学作品中常用以象征爱情或相思。唐王维《相思》诗："红豆生南国，秋来发几枝。劝君多采撷，此物最相思。" ④入骨：骨制骰子上的红豆深入骨内。这里又以"入骨"谐音双关为相思达到极点。唐拾得《诗》之十二："取债夸人我，论情入骨痴。"

【品评】

这首词以女子的口吻，抒写她对情郎的深深眷恋。

开头一句展示出一幅深幽的画面，似乎女子在井底点灯映照着自己的情郎，其实是采用谐音双关的手法，表现女子对情郎的深深叮嘱；而整个画面则给人以无限幽渺的情味。次句介绍叮嘱的内容："共郎长行莫围棋。"她要与情郎远走高飞，共同追求幸福自由的生活，希望对方不要犹豫徘徊，耽误了约定的时间。这里的"长行"、"围棋"，同样采用谐音双关的手法，暗示了两人之间的爱情约定，显得深隐含蓄、意在言外。

后面两句注目于玲珑骰子上的红豆，进一步表达出女子对情郎的刻骨相思，直接倾吐了一片赤诚忠贞之情。这样的相思刻骨铭心，"知不知"的探问越发感人至深。花间词人顾敻《诉衷情》词"换我心，为你心，始知相忆深"、《荷叶杯》词"忍教成病忆佳期，知么知，知么知"也都通过质朴的语句将一片真情表达得淋漓尽致，与温庭筠词有异曲同工之妙。

此词借鉴南朝乐府民歌谐音双关的表现手法，既清新可人，又寄寓深情，笔触细腻传神，意境悠缈深致。

南歌子

手里金鹦鹉,[①] 胸前绣凤凰。偷眼暗形相。[②] 不如从嫁与,[③] 作鸳鸯。[④]

【注释】

①“手里”句:一说女子正在刺绣,她的手里拿着金鹦鹉花样的小绣件。另一说:一个很有气派的公子哥儿,手里擎着名贵的鹦鹉。 ②偷眼:偷偷地窥看。形相(xiàng):端详,细看。 ③从:副词。就,随即。《左传·隐公六年》:“长恶不悛,从自及也。”杨伯峻注:“从,随从,犹今言跟着,表时间之速。王引之以为当作徒,不可从。” ④作鸳鸯:喻指结为夫妇。

【品评】

李冰若《栩庄漫记》评价温庭筠的七首《南歌子》词有“《菩萨蛮》之绮艳,而无其堆砌,天机云锦,同其工丽”。与其《菩萨蛮》词相比,他的《南歌子》词确实更显清丽真率之美,“短调中能尖新而转换,自觉隽永可思”(汤显祖评《花间集》卷一)。此词即抒写一位清纯少女对爱情的大胆表白。

开头两句描摹少女眼前出现的俊俏男子形象。“金鹦鹉”、“绣凤凰”显示该男子华贵不凡的身份和倜傥风流的姿态,令青春少女怦然情动,心驰神荡。她“偷眼暗形相”,既想仔细看清楚男子的容貌,又感到害羞,只能用眼睛的馀光瞟他一下,急于掩饰自己忐忑不安的怀春心意。陈廷焯评此五字“开后人多少香奁佳话”(《云韶集》卷二四)。女子经过几番偷窥之后,感到非常满意,心里犯起了嘀咕:“不如从嫁与,作鸳鸯。”女子的心态是羞涩而难以言表的,通过巧妙的比喻隐现着情爱的向往,充分体现了温词内敛含蓄的审美旨归。

南歌子

似带如丝柳,[①]团酥握雪花。[②]帘卷玉钩斜。九衢尘欲暮,[③]逐香车。[④]

【注释】

①“似带”句:用似带如丝之柳形容美女纤细的腰肢。唐杜甫《绝句漫兴九首》其九:“隔户杨柳弱袅袅,恰似十五女儿腰。” ②团酥:即凝脂、凝酥,多形容梅花。宋尤袤《蜡梅》诗:“团酥与凝蜡,难学是生香。”握雪:屈指成拳握成的雪团。此句用如酥如雪的花形容美女洁白明净的面容。 ③九衢:纵横交叉的大道,繁华的街市。《楚辞·天问》:“靡蓱九衢,枲华安居。”王逸注:“九交道曰衢。”游国恩纂义:“靡蓱九衢,即谓其分散如九达之衢也。”唐韦应物《长安道》诗:“归来甲第拱皇居,朱门峨峨临九衢。” ④逐:追逐。香车:用香木做的车,泛指华美的车或轿。唐卢照邻《行路难》诗:“春景春风花似雪,香车玉舆恒阗咽。”

【品评】

此词抒写女子期盼情郎归来的情景。

开头两句巧妙地采用曲喻修辞手法,描摹出一位腰身苗条、面色白嫩的古代美女姿态。胡仔早在《苕溪渔隐丛话》中就已指出:“庭筠工于造语,极为绮靡。”这里首句先说柳条细长“似带如丝”,再以柳条比喻美女的杨柳细腰,尽显出娇柔婀娜的美好姿态。后面一句,先用团酥、握雪来比喻花的洁白娇嫩,再以花的洁白比喻美女容颜的细腻白嫩,即如《诗·卫风·硕人》所云“手如柔荑,肤如凝脂”,白居易《长恨歌》所云“春寒赐浴华清池,温泉水滑洗凝脂”,极其形象地描摹美女肌肤的光滑、丰腴、白嫩。“帘卷”三句叙写闺中人卷帘眺望,期盼情郎;并且以“九衢”香车的热闹光景,更加反衬出空闺女子的孤独处境和凄寂心绪。

作品寓抒情于描摹、叙事之中,笔触细腻新颖,给读者留下了很大的艺术想象空间。

南歌子

倭堕低梳髻,①连娟细扫眉。②终日两相思。为君憔悴尽,百花时。

【注释】

①倭堕(wǒ duò):即倭堕髻。古代妇女的一种发式,发髻向额前俯偃。《乐府诗集·相和歌辞·陌上桑》:“头上倭堕髻,耳中明月珠。”晋崔豹《古今注·杂注》:“堕马髻,今无复作者。倭堕髻,一云堕马之馀形也。” ②连娟:弯曲而纤细。《史记·司马相如列传》:“长眉连娟,微睇绵藐。”司马贞索隐引郭璞曰:“连娟,眉曲细也。”扫眉:描画眉毛。

【品评】

此词以非常拙重的笔触抒写女子对情郎的深切相思，令人感到真诚恳切，其抒情特点更加近乎民歌的明快、酣畅。

开头两句交代女子慢腾腾地梳妆打扮。“低”、“细”等字既展现出女子淡妆素雅之美，同时也暗示了她落寞无聊的心绪。“终日两相思”直接抒情，倾吐出女子内心的愁苦。最后两句更加透进一层，以景结情，反面映衬，突现出女子身形憔悴、心灰意懒的刻骨痛楚。谭献评价云：“‘百花时’三字，加倍法，亦重笔也。”(《词辨》卷一)

全词结构层层递进，以拙重率直之笔，抒发低回欲绝之情。

南歌子

转盼如波眼，①娉婷似柳腰。②花里暗相招。③忆君肠欲断，恨春宵。

【注释】

①转盼(miǎn)：转动目光。三国魏曹植《洛神赋》：“转盼流精，光润玉颜。”此句意谓明眸流转如秋水之波般闪烁。②娉婷：姿态美好貌。汉辛延年《羽林郎》诗：“不意金吾子，娉婷过我庐。” ③招：邀请。唐李白《酬崔十五见招》诗：“尔有鸟迹书，相招琴溪饮。”

【品评】

此词以女子的口吻，抒写男女间相爱、相思之情。

开头两句描摹女子的容貌、身姿：她秋波流转、柳腰娉婷，显得风情万种、婀娜妩媚。“花里”句转入对往日情事的追叙，充满着缠绵甜美的回味。但是情人杳杳，往事如烟，旧情的回忆只能更增离别的酸楚。最后两句直接抒发出今日的相思断肠之苦。“恨春宵”三字无理而妙，隐含着对当年春宵花里的追忆，也蕴藏着春宵苦短的怨叹，更寄寓着今日春宵难熬的凄楚，使得女主人公的情感表达格外丰富而深挚。

全词结构巧妙，在短短的二十三个字当中安排今昔两段感情经历，叙事与抒情有机结合，产生了独特的艺术效果。

河渎神

河上望丛祠，① 庙前春雨来时。楚山无限鸟飞迟，兰棹空伤别离。②　　何处杜鹃啼不歇？艳红开尽如血。③ 蝉鬓美人愁绝，百花芳草佳节。

【注释】

①丛祠：建在丛林中的神庙。《史记·陈涉世家》：“又间令吴广之次近所旁丛祠中，夜篝火，狐鸣呼曰：‘大楚兴，陈胜王。’”司马贞索隐引《战国策》高诱注：“丛祠，神祠。丛，树也。”　②兰棹：兰舟。唐黄滔《送君南浦赋》：“玉窗之归步愁举，兰棹之移声忍闻。”　③“艳红”句：指杜鹃花盛开，鲜艳火红如血色。

【品评】

清人陈廷焯指出:温庭筠《河渎神》三章“寄哀怨于迎神曲中,得《九歌》之遗意”(《词则·别调集》卷一)。此词以河边祠庙作为背景,抒写离愁别绪。

上片开头两句缘题而咏祠庙。主人公乘舟而行,在船中望见建在丛林中的祠庙,被濛濛春雨所笼罩,显得凄迷朦胧。眼前凄寂的景色,自然引发了行人恍惚惆怅的感触。“楚山”二句仍是借景抒情。楚山连绵不绝,雨中的鸟儿飞行缓慢,主人公身处舟中,归心似箭,急切地盼望早日返乡。“兰棹空伤别离”,运用拟人化的手法,船桨不断摇摆,咿呀作响,好像都在为作者的别离而伤心叹息。

换头两句化用了“杜鹃啼血”的典故,通过凄厉的杜鹃啼鸣、如血的满山杜鹃,渲染出浓郁的悲剧氛围。正是在这样的背景下,男性主人公从对面着笔,痴情地设想心上人也在因离别而悲愁不已。“蝉鬓美人愁绝”,呈现出美艳而伤感的色彩,引人无限悲悯。

作品的独特之处在于:艺术表现的范围从原先的闺楼锦帷开拓出来,抓住了江南春日烟雨凄迷的特点,着力展现由丛祠、楚天、飞鸟、兰棹、杜鹃、百花、芳草所构成的开阔广远之景,渲染出疏野清旷的抒情氛围,从而冲淡了蝉鬓美人的绮艳色彩,在一定程度上拓展了艳情词的艺术空间。结尾以春景之美反衬别情之苦,更加显得婉转动人。

河渎神

铜鼓赛神来,[1] 满庭幡盖徘徊。[2] 水村江浦过风雷，[3]楚山如画烟开。　离别橹声空萧索，玉容惆怅妆薄。青麦燕飞落落，[4]卷帘愁对珠阁。[5]

【注释】

①铜鼓：古代西南少数民族所使用的乐器，俗称“诸葛鼓”。筒状，底中空。鼓面光体有角；有的鼓面上铸出日光、青蛙、牛、马等形象，鼓身全部饰有几何形和人与动物的写生图像。今为壮、布依、傣、侗、水、苗、瑶等族民间珍藏，是节日和宗教活动中的重要乐器。《后汉书·马援传》：“援好骑，善别名马，于交趾得骆越铜鼓，乃铸为马式。”赛神：谓设祭酬神。用仪仗、箫鼓、杂戏迎神，集会酬祭。唐张籍《江村行》：“一年耕种长苦辛，田熟家家将赛神。”　②幡（fān）盖：供神佛所用的幢幡华盖。幢幡，指旌旗之类。华盖，指一种长柄圆顶、伞面外缘垂有流苏的仪仗物。徘徊：指赛神者高举幡盖往来走动。　③风雷：形容赛神的车马声响巨大。　④青麦：麦青时节，约在三月间，时近暮春。落落：象声词，形容燕飞的声音。唐司空图《乙巳岁重阳独登上方》诗：“落照鸣蛩候，晴霞度雁天。”　⑤珠阁：指华美的楼阁。晋孙绰《天台山赋》：“珠阁玲珑于林间，玉堂阴映于高隅。”

【品评】

此词抒写江南民间赛神会上男女相爱，散会后女子因离别而感伤。

上片突出渲染赛神会的隆重仪式和热闹气氛：赛神场面铜鼓咚咚，响彻天际；迎神时整个场地上幡盖摇动；迎神之车，行如风、声如雷，驰驱在江滨水村之间；送神之后，又见烟消雾散，楚山如画。整个上片，通过“铜鼓”、“幡盖”、“江村”、“楚山”诸多物象的串接，勾画出一幅有声有色的喧腾场景。青年男女纵游其间，一见钟情，内心燃烧起浪漫的情思。李冰若《栩庄漫记》评此词上半阕“颇有《楚辞·九歌》风味，‘楚山’一语最妙”。

下片意境陡转，表现女子因情人离别而黯然神伤。萧瑟的橹声、落落的燕飞之声，较之上片的铜鼓咚咚作响、车马声如风雷，已属非常清寂。可即便是如此幽微之音，也能触发起离别女子的无限惆怅，显得凄苦悲凉，感人至深。

作品以乐衬悲，通过上、下片景物描写的鲜明对照，映衬出别后女子心理的巨大落差，收到了更为强烈的抒情效果。

女冠子

含娇含笑，宿翠残红窈窕。① 鬓如蝉。寒玉簪秋水，② 轻纱卷碧烟。③　雪胸鸾镜里，④ 琪树凤楼前。⑤ 寄语青娥伴，⑥ 早求仙。⑦

【注释】

①宿翠残红：指女道士隔夜的妆饰已残损。窈窕：娴静美好貌。《诗·周南·关雎》：“窈窕淑女，君子好逑。”毛传：“窈窕，幽闲也。”　②寒玉：这里比喻玉簪清冷雅洁。秋水：形容簪之清凉。　③轻纱：指“披帛”、“画帛”，唐宋时流行的一种女子服饰，类似今之围巾。以轻薄纱罗裁成，上面印有花纹图案。用时将它披绕在肩背上，两端盘绕臂旁自然垂下，行走时可随手臂摆动而飘舞生姿。碧烟：形容纱之细薄，

远远望去，如同青色的烟雾。 ④雪胸：形容胸脯的洁白如雪。 ⑤琪树：本指仙境中的玉树。《文选·孙绰〈游天台山赋〉》："建木灭景于千寻，琪树璀璨而垂珠。"吕延济注："琪树，玉树。"此喻指亭亭玉立的美人。琪：美玉。凤楼：传说春秋时萧史、弄玉所居为"凤楼"，后二人成仙，"随凤凰飞去"（刘向《列仙传》卷上）。此处用以形容女冠居处的华丽。⑥寄语：传话，转告。唐刘希夷《晚春》诗："寄语同心伴，迎春且薄妆。"青娥：指美丽的少女。唐王建《白纻歌》之二："城头乌栖休击鼓，青娥弹瑟白纻舞。" ⑦求仙：谓以服药、辟谷、修炼等方法，求得长生不老，古代道家、方士多倡之。

【品评】

此词描摹一位女道士"仙骨珊珊，知非凡艳"（陈廷焯《闲情集》卷一）的美貌和仙姿。

上片开头两句首先渲染清晨女道士娇媚柔美的姿容。她带着娇态，含着微笑，如同《诗·卫风·硕人》中的美人："巧笑倩兮，美目盼兮。"然而这里的两个"含"字，则又突显了其笑不启齿、含娇不露的温雅情态，内含着无限柔情。"宿翠残红窈窕"，写其残妆尚且如此美艳，可以想见她新妆之后定然越发动人。因此汤显祖评《花间集》卷一指出："'宿翠残红窈窕'，新妆初试，当更妩媚撩人，情语不当为登徒子见也。""鬓如蝉"三句分别采用清雅、秀丽的比喻，展示女子鬓发、玉簪和轻纱之美，进一步烘托其风姿韵致。那"寒玉"的晶莹澄澈，"秋水"的清冽凉爽，都衬托出女冠清纯秀逸的气质。陆游《老学庵笔记》卷六记载："亳州出轻纱，举之若无。裁以为衣，真若烟雾。"女冠的衣饰，是以细软薄透、如包裹着碧烟的翠绿色轻纱制成，披在肩膀上，行走起来飘飘若仙，尽显高雅

脱俗的格调。故而明人沈际飞赞“寒玉”两句曰：“仙乎！幽闲之情即于风流艳词发之。”(《草堂诗馀别集》卷一)

换头描绘她揽镜自照、凤楼伫立，突出她洁白如雪的肌肤、玉树临风的体态，尽显玉洁冰清的品格和窈窕飘逸的仙风道骨。结末直抒胸臆，表达出甘心修道的意愿。

作品比喻精巧，清丽可人，流露出对于美妙神仙境界的企盼和追求。陈廷焯《云韶集》卷二四评之云：“绮语撩人，丽而秀，秀而清，故佳。清而能炼。”

清平乐

洛阳愁绝，杨柳花飘雪。①终日行人恣攀折，②桥下水流呜咽。　上马争劝离觞，③南浦莺声断肠。④愁杀平原年少，⑤回首挥泪千行。

【注释】

①飘雪：这里指柳絮飘飞如雪。　②恣：放纵，任意。《吕氏春秋·适威》：“骄则恣，恣则极物。”　③离觞：指离别的酒。唐王昌龄《送十五舅》诗：“夕浦离觞意何已，草根寒露悲鸣虫。”　④南浦：南面的水边。《楚辞·九歌·河伯》：“子交手兮东行，送美人兮南浦。”王逸注：“愿河伯送已南至江之涯。”后常用称送别之地。南朝梁江淹《别赋》：“春草碧色，春水渌波，送君南浦，伤如之何。”　⑤愁杀：谓使人极为忧愁。杀，表示程度深。《古诗十九首·去者日以疏》：“白杨多悲风，萧萧愁杀人。”平原：战国时赵邑，今山东省平原县。燕赵

古多慷慨悲歌之士，交友至深，故离愁使人格外伤感。

【品评】

此词赋咏“平原年少”的离别之情。上片最见风骨，渲染离别的自然背景。前三句写柳絮飘飞，柳枝依依，残春的景色与送友的别情交织，而“愁绝”二字恰正点出深入骨髓的痛楚。之后忽接以“桥下水流呜咽”六字，为离人眼中所见、耳中所闻，正以衬出折柳之悲，水亦为之呜咽。“如此着墨，有一片神光，自离自合”（陈廷焯《云韶集》卷一）。

下片描写置酒饯别的场景。“劝君更尽一杯酒，西出阳关无故人。”（王维《送元二使安西》）“离觞”、“断肠”、“愁杀”这些字眼，都非常显豁地流露出“平原年少”的离别之悲。结句所写尤为感人。俞陛云评之曰：“临歧忍泪，恐益其悲，更难为别。至别后回头，料无人见，始痛洒千行之泪，洵情至语也。”（《唐五代两宋词选释》）

作品写景凄丽，抒情沉挚，情调悲壮而有风骨，与一般的儿女惜别之作风格迥异，别具一种阳刚之美。

遐方怨

凭绣槛，①解罗帏。②未得君书，断肠潇湘春雁飞。③

不知征马几时归。④海棠花谢也，⑤雨霏霏。⑥

【注释】

①绣槛（jiàn）：雕绘华美的栏干。　②罗帏：罗帐。唐

卢照邻《长安古意》诗："双燕双飞绕画梁，罗帏翠被郁金香。" ③潇湘：湘江与潇水的并称，多借指今湖南地区。春雁：大雁为候鸟，于每年春分后飞往北方，秋分后又飞回南方。传说大雁飞到湖南衡山回雁峰就不再南飞。 ④征马：远行的马。南朝梁江淹《别赋》："驱征马而不顾，见行尘之时起。"这里借指出征的丈夫。 ⑤海棠花谢：指暮春时节。 ⑥霏霏：雨雪盛貌。《诗·小雅·采薇》："今我来思，雨雪霏霏。"

【品评】

此词抒写闺中女子对远在边塞的丈夫的思念。

开头两句刻画思妇独居空闺的形象。她解开罗帐，绣栏独倚，望穿秋水，其情境与《梦江南》"梳洗罢，独倚望江楼"相似，动作的描摹隐露出女主人公幽静、寂寞的神情，以及对情郎音信的期盼。"未得君书"以后，倾诉她与征夫遥相阻隔、音信渺茫的痛苦，内心的牵挂和思念显得格外急切。结末二句以景结情，极富意韵。"海棠花谢"喻示美人愁损花颜、年华虚掷；"雨霏霏"则以漫天雨丝映衬思妇纷乱的意绪、凄苦的心境。

清人陈廷焯《词则·别调集》卷一评之曰："神致宛然。"作品充分发挥长短句的形体优势和音乐特长，以细腻委婉的笔触描摹思妇内心世界的曲折波动。特别是最后"霏霏"二字的叠用，更加造成了凄婉缠绵的抒情效果。

诉衷情

莺语，花舞。春昼午。雨霏微。① 金带枕，② 宫锦。③ 凤凰帷。④ 柳弱蝶交飞，依依。辽阳音信稀，⑤ 梦中归。

【注释】

①霏微：雨雪细小貌。唐李端《巫山高》诗："回合云藏日，霏微雨带风。" ②金带枕：饰有金带的枕头，极言枕之精美。《文选·曹植〈洛神赋〉》李善注："帝示植甄后玉镂金带枕，植见之，不觉泣。" ③宫锦：宫中特制或仿造宫样所制的锦缎。唐岑参《胡歌》："黑姓蕃王貂鼠裘，葡萄宫锦醉缠头。" ④凤凰帷：织有凤凰图案的帷幕。 ⑤辽阳：县名，今属辽宁，此泛指东北边塞之地。唐崔道融《春闺二首》其二："辽阳在何处？莫望寄征袍。"

【品评】

此词抒写闺妇思念征夫之情。

开头四个短句勾勒莺啼花摇、细雨霏霏的春日正午景象，隐含着幽微迷蒙的意绪，为下面的愁怨抒写营造了浓郁的环境氛围。

随后出现的"金带枕"、"宫锦"、"凤凰帷"三种物象，富有装饰美，点明闺房之内装饰的华贵，同时也暗示了环境的清冷，思妇的孤寂。庭院当中，柔细的柳丝与轻盈的蝴蝶共同翩翩起舞，显露依恋不舍之意。在写景的背后，也正勾起当日闺妇与征夫两情相悦、如胶似漆时的甜蜜和温馨，寄寓着此刻睹物思人的深切情意。结末两句点明词旨，格调越加深沉；而且五字与三字的组接方式，令最后的“梦中归”惆怅之情的表达显得格外神韵悠缈、馀味无穷。

作品利用该词调短促参差的句式、频繁交错的韵脚，通过密集意象的叠加，渲染出深浓的相思愁苦。陈廷焯评之曰：“节愈促，词愈婉。结三字，凄绝。”（《词则·别调集》卷一）

梦江南

千万恨，恨极在天涯。① 山月不知心里事，水风空落眼前花。摇曳碧云斜。②

【注释】

①天涯：犹天边，指极远的地方。语出《古诗十九首·行行重行行》：“相去万馀里，各在天一涯。” ②摇曳（yè）：晃荡，飘荡。碧云：青云，碧空中的云。《文选·江淹〈杂体诗·效惠休“别怨”〉》：“日暮碧云合，佳人殊未来。”张铣注：“碧云，青云也。”

【品评】

此词通篇抒写女子的愁恨。

开头两句纯用白描，直接抒发愁情：怀念流浪天涯的情人。这里的“恨”，就像是过去妇女嗔骂自己的丈夫是“冤家”、“挨千刀的”一样，实际是以恨之切，衬爱之深，思之极；

民歌中“顶真”修辞手法的运用，使得语句明快流畅，愁情的表达更具爆发力量。

后三句触景生情，借物抒怀。“山月不知心里事”，女子情极而痴，责怨明月的无情，偏偏映照在独守空房的思妇身上。这样的写法属于无理而妙，诸如李煜《虞美人》“春花秋月何时了？往事知多少”、苏轼《水调歌头》“转朱阁，低绮户，照无眠。不应有恨，何事长向别时圆”等，都通过对于天上圆月的怨恼，反衬出人间世界孤身独处的凄寂。“水风空落眼前花”，叹息春花随风飘落，暗喻自己的青春消逝。作品前四句所写的愁怨之情是比较显豁的，但是最后一句纯粹写景：“摇曳碧云斜。”黄昏时分，斜阳摇摇晃晃地在天边坠落。这一句看似写景，实则是以物动写心动，通过这摇晃下坠的斜阳，描摹出凝望碧云的女子动荡迷离的心绪，从而创造出低回深婉、情韵无穷的艺术境界。冯延巳《谒金门》词“风乍起，吹皱一池春水”，唐琬《钗头凤》词“人成各，今非昨，病魂常似秋千索”，都表达出异质同构、心物一体的情景关系，与温词有异曲同工之妙。

这是一种需要用心去细细品味才能体会得到的感情境界，也是只有唐宋词才具备的难以言喻的优美。需要我们透过温庭筠词的物境，心细如发地体悟它的悠缈情意，方能品味出其中的妙处。

梦江南

梳洗罢，独倚望江楼。过尽千帆皆不是，斜晖脉脉水悠悠。[1]肠断白蘋洲。[2]

【注释】

①斜晖：指傍晚西斜的阳光。脉脉：含情凝视的样子。《古诗十九首·迢迢牵牛星》："盈盈一水间，脉脉不得语。"悠悠：连绵不尽貌。晋左思《吴都赋》："直冲涛而上濑，常沛沛以悠悠。" ②肠断：形容极度悲痛。晋干宝《搜神记》卷二十："临川东兴，有人入山，得猿子，便将归。猿母自后逐至家。此人缚猿子于庭中树上，以示之。其母便搏颊向人，欲乞哀状，直谓口不能言耳。此人既不能放，竟击杀之，猿母悲唤，自掷而死。此人破肠视之，寸寸断裂。"白蘋洲：泛指长满白色苹花的沙洲。唐李益《柳杨送客》诗："青枫江畔白蘋洲，楚客伤离不待秋。"蘋：多年生草本植物名，也称四叶菜、田字草。生浅水中，叶有长柄，柄端四片小叶成田字形，夏秋开小白花，全草入药，也可作猪饲料。《诗·召南·采蘋》："于以采蘋？南涧之滨。"毛传："蘋，大蓱也。"

【品评】

此词描摹思妇等候远人归来的动人情景。

开头两句交代女子晓妆初罢，随即倚楼眺望，可见其盼归心情之殷切。"过尽"二句寓情于景，千帆过尽，不见归舟，可见凝望之久，凝恨之深；眼前惟有脉脉斜晖，悠悠绿水，江天极目，情何以堪！末句揭出肠断之意，情味深长，馀味无穷。

作品空灵疏荡，别具风神，于轻描淡写之中，倾注着炽烈的倾诉。明人沈际飞评之曰："痴迷、摇荡、惊悸、惑溺，尽此二十馀字。"（《草堂诗馀别集》卷一）清人陈廷焯亦赞之云："绝不着力，而款款深深，低徊不尽，是亦谪仙才也。吾安得不服古人？"（《云韶集》卷一）

河 传

江畔，相唤。晓妆鲜，仙景个女采莲。① 请君莫向那岸边，少年。好花新满船。② 红袖摇曳逐风暖。③ 垂玉腕，④ 肠向柳丝断。浦南归？浦北归？莫知。晚来人已稀。

【注释】

①仙景：形容风景秀丽清幽如仙境。个女：有些女子或那些女子。 ②君：指采莲女。“请君”三句，乃舟人对采莲女的规劝。 ③红袖：这里指采莲女子。 ④玉腕：洁白温润的手腕。南朝宋刘铄《白纻曲》：“仙仙徐动何盈盈，玉腕俱凝若云行。”

【品评】

此词描绘江南采莲女的生活和情思。

上片开头四句展现船上采莲女的姿容之美，令人如临仙境，如遇仙女。后三句系舟人对采莲女的规劝。他故意“提醒”采莲姑娘不要到那岸边，去接近翩翩美少年。这几句话带着调侃、挑逗的味道，具有浓郁的生活情趣。“少年”的出现，既为江南水乡采莲图增添了一道亮丽浪漫的风景，同时也由此引发了采莲女子青春的萌动。

换头浓墨点染采莲女红袖飘举、玉腕低垂的秀美之姿，然而此刻她心神不宁，心有所属。“肠向柳丝断”，她抬头远望“那岸边”的美少年，却早已人迹杳无，少女的内心充满着失落、惆怅。结末四句刻画采莲女子意乱情迷、喃喃自语，想要追寻少年离去的方向。然而“晚来人已稀”一句，则又加深了暮色寂寥的情味，渲染着少女落寞的愁绪。

作品描写了采莲女一天的生活经历，同时也刻画其青春情爱的内心波澜，格调清淡，情致真率，具有浓郁的江南民歌气息。陈廷焯指出：“《河传》一调，最难合拍。飞卿振其蒙。五代而后，便成绝响。”（《白雨斋词话》卷七）温庭筠正是巧妙地利用了该词调参差错落、轻盈跳荡的体式特征，将人物的心灵世界描摹得自然逼真、栩栩如生。刘毓盘《词史》即云：“其真能破诗为词者，始于李白之《忆秦娥》词，极于温庭筠的《河传》词。”

蕃女怨

碛南沙上惊雁起，①飞雪千里。玉连环，②金镞箭，③年年征战。画楼离恨锦屏空，④杏花红。

【注释】

①碛(qì)南：沙漠之南。《北史·魏本纪一·道武帝》：“冬十月戊戌，北征蠕蠕，追破之于大碛南商山下。”碛：沙漠。唐杜甫《送人从军》诗：“今君渡沙碛，累月断人烟。”这里泛指边境地区。 ②玉连环：连结成串的玉环。《战国策·齐策》：“秦始皇尝使使者，遗君王后玉连环。”这里指征人佩带的饰物。 ③金镞(zú)箭：饰以金属箭头的箭，泛指弓箭，常用为信契。《周书·异域传下·突厥》：“其征发兵马，科税杂

畜，辄刻木为数，并一金镞箭，蜡封印之，以为信契。”镞，箭头。　④锦屏：指妇女居处，闺阁。

【品评】

此词抒写征夫和思妇的生活与情感。

起首两句“有力如虎”（陈廷焯《词则·别调集》卷一），着力描绘塞外荒漠奇寒的景象。接着，“玉连环”三个短句表现关塞戍卒“年年征战”的苦辛，而且“环”与“还”字谐音双关，由此引发征人与思妇无法团聚的怨恼。词末“锦屏空”、“杏花红”的闺阁背景与江南春色，与北方边塞苦寒艰辛的生活环境相互映照，越发衬托出两地阻隔的无限怅恨与悲愁，字里行间充斥着青春消逝、红颜易老的感伤，也反映了长年征战给广大人民所造成的痛苦和灾难。

作品渲染苍茫阴沉、雄阔悲壮的边塞画面，在弥漫着香艳之气的晚唐五代词坛，确实给人以耳目一新之感。

荷叶杯

镜水夜来秋月，[1]如雪。采莲时。小娘红粉对寒浪，[2]惆怅。正思惟。[3]

【注释】

①镜水：平静明净的水。唐李肇《唐国史补》卷下：“凡造物由水土，故江东宜纱绫、宜纸者，镜水之故也。”　②小娘：此指采莲的少女。红粉：女子化妆所用的胭脂和铅粉，这里指妆扮得十分美丽的少女面庞。寒浪：寒凉的水波。　③思

惟：思量，思念。《汉书·张汤传》：“使专精神，忧念天下，思惟得失。”

【品评】

此词抒写少女月夜采莲的惆怅。

词人以清丽的笔触、优美的意象、生动的比喻，描绘了一幅清幽雅丽的秋夜采莲图。采莲常常蕴含着男女情爱意旨的表达，南朝乐府民歌《西洲曲》中即云：“开门郎不至，出门采红莲。采莲南塘秋，莲花过人头。低头弄莲子，莲子青如水。置莲怀袖中，莲心彻底红。”女子爱恋情郎的心清澈如水、热情似火，显得格外纯真、赤诚。另如晚唐皇甫松的《采莲子》词：“船动湖光滟滟秋，贪看年少信船流。无端隔水抛莲子，遥被人知半日羞。”情窦初开的采莲少女被岸上的英俊少年迷住了，爱情的火焰悄悄燃起。她下意识地抛出一颗莲子，一颗少女初恋的心。所以，这里的采莲活动也隐含着对情爱的渴望和追求。

作品善于捕捉采莲女子一瞬间的情感：她面对自己映在水光之中的娇颜，顿生孤寂与惆怅，“红粉”与“寒浪”的映照，“惆怅”心情的揭示，“思惟”意念的抒发，都令这清雅的荷塘月夜增添了一丝淡淡的感伤色彩。

荷叶杯

楚女欲归南浦，朝雨。湿愁红。[1] 小船摇漾入花里，波起。隔西风。[2]

【注释】

①愁红:指经风雨摧残的花,亦以喻女子的愁容。唐李贺《黄头郎》诗:"南浦芙蓉影,愁红独自垂。" ②隔西风:指风吹波起,小船荡入荷花深处,已被阻隔而看不见了。西风:指秋风。

【品评】

此词描写雨中行船送别美人的情景。

开头三句写女子离别之际的景色和情态,雨湿花愁,既是写眼前景,也暗绘出女子泪洒娇容的愁态,衬托依依不舍的悲绪。"小船"二句交代风吹波起,小船摇荡离去。结末"隔西风"三字,表明人已远逝,在她身后留下一片细细的波纹;"隔西风"三字,寄寓着伤离怨别的无限怅恨。

作品"节短韵长"(陈廷焯《词则·别调集》卷一),情景交融,真挚感人,于凄迷的景物描摹中渗透着萧瑟迷茫的情意。

韦庄诗选

台 城①

江雨霏霏江草齐，②六朝如梦鸟空啼。③
无情最是台城柳，④依旧烟笼十里堤。⑤

【注释】

①台城：六朝时的禁城。宋洪迈《容斋续笔·台城少城》："晋宋间谓朝廷禁省为台，故称禁城为台城。"按，晋之"台城"，在今江苏省南京市鸡鸣山南干河沿北，其地本三国吴后苑城，东晋成帝时改建作新宫，遂为宫城。历宋、齐、梁、陈，皆为台省（中央政府）和宫殿所在地，因专名台城。宋陈亮《戊申再上孝宗皇帝书》："台城在钟阜之侧，……其地据高临下，东环平冈以为固，西城石头以为重，带玄武湖以为险，拥秦淮、清溪以为阻。" ②霏霏：雨密盛貌。宋范仲淹《岳阳楼记》："若夫淫雨霏霏，连月不开。" ③六朝：三国吴、东晋和南朝的宋、齐、梁、陈，相继建都建康（吴名建业，今南京市），史称为六朝。《宋史·张守传》："建康自六朝为帝王都。" ④最是：犹正是。杜甫《咏怀古迹五首》其二："最是楚宫俱泯灭，舟人指点到今疑。" ⑤烟笼：杜牧《泊秦淮》诗："烟笼寒水月笼沙，夜泊秦淮近酒家。"

【品评】

“江南佳丽地，金陵帝王州”（谢朓《入朝曲》），古都金陵经历了六朝繁华，隋代以来受到统治者着意打压，往日的南朝宫苑变成了颓垣残壁，适以引发文人墨客驻足于此，抒发出无限沉痛的盛衰兴亡之叹，由此兴起了金陵怀古的文学潮流。台城是六朝宫城，君臣宴欢之乐，歌舞喧阗，都发生在这风光旖旎的奢华之地。中唐诗人刘禹锡《金陵五题·台城》诗即咏道：“台城六代竞豪华，结绮临春事最奢。万户千门成野草，只缘一曲《后庭花》。”“竞”、“奢”二字写尽了南朝君王奢靡无度的生活情态。然而正是在这纸醉金迷的声色享乐当中，六代繁华就此衰歇。“万户千门成野草”，通过今昔对照，表达出历史的沧桑巨变。晚唐诗人韦庄同样流连在台城古迹，抚今追昔，无限感怀，于是创作了这一首融情于景的佳作。

诗歌采用侧面烘染的手法，开头没有直接写台城之景，而是从大处着眼，描绘金陵迷蒙清寂的春色：暮春三月，江南草长，细雨霏霏，烟水迷离。这样的景致不仅展现出江南温婉灵秀之气，更将读者带入如烟如雾的空灵境界当中。因此，“六朝如梦鸟空啼”即触景生情，引发出对于金陵往事的无限感喟。杜牧《江南春》诗中也写道：“南朝四百八十寺，多少楼台烟雨中。”都是通过烟雨迷离的景致，触发深沉的南朝咏叹，为诗歌的情意表达增添了历史厚度。这里的“梦”字，既是由首句的凄清春景而生发出来的缥缈空灵之感，又是对于六朝繁华兴废的虚无幻灭之叹。“鸟空啼”，则是时空合一、以声传情，以幽渺的鸟啼之声，陡接以如梦的历史，更加突显出历史的沧桑。南宋词人吴文英《齐天乐》词所云“三千年事残鸦外”，与此有异曲同工之妙。而此处的“空”字，越发渲染出环境的冷寂，抒发出诗人内心的凄清。

后面两句专注于台城之畔烟柳景致的描摹。如果说前面两句是触景生情而发出的深沉咏叹的话，那么第三句“无情最是台城柳”，则是语调陡转，意绪产生很强的顿挫。晚唐诗人李商隐《蝉》诗中“五更疏欲断，一树碧无情”，以满树碧绿之色，反衬蝉（亦即作者自喻）的身世之悲。这里，台城柳为何最是“无情”呢？末句给出了答案：“依旧烟笼十里堤。”它丝柳飘拂，千载依旧，见证了六朝的盛衰兴废，成为后代文人墨客抚今追昔的“活化石”，引发出人们自然永恒而人事变幻的无限感伤。所以，这里的“无情”，实则无理而妙，恰正展露出诗人敏感多情的气质和沉重怅惘的末世情怀。即如范大士《历代诗发》卷二二所云：“陵谷变迁之感，人自多情，故觉柳无情也。”这也正是晚唐文人的一种普遍心态。这里面不仅包含了对于六朝兴亡的历史咏叹，也暗含着诗人怀古伤今、对于晚唐国运的现实忧患，还萦绕着作者自身人生漂泊的悲怨感伤。从艺术角度来讲，韦庄继承了刘禹锡《金陵五题》中“万户千门成野草”、“旧时王谢堂前燕，飞入寻常百姓家”、“淮水东边旧时月，夜深还过女墙来”等句的写法，以历史永恒的自然意象，对照人事巨变的沧桑历史；这里将十里堤上的依依烟柳，对照台城故迹的断井颓垣，人事幻灭之感显得愈加深沉而浓烈。杜牧在《泊秦淮》诗中怀古伤今：“商女不知亡国恨，隔江犹唱《后庭花》。”他不但伤悼南朝灭亡，同时也谴责晚唐社会纸醉金迷的生活，预感历史的教训将会重演。韦庄此诗也暗含了类似的意绪，但是则以淡远的景致含蓄表达，显得更加深隐沉着。而且，最后两句一顿一舒，张弛有度，增添了晚唐诗歌独有的情韵。最后一句，不但与首句写景构成呼应，将整首诗歌包蕴在空灵迷离的意象圈内，而且也造成了一种缥缈的远境，令人吟咏不已，回味无穷。

纵观这首精美的怀古绝句，诗人通过江雨、江草、啼鸟、烟柳等富有江南地域特色的意象组接和渲染，给人造成烟水迷离的审美感知；然后又用“梦”、“空”、“无情”、“依旧”等语汇的提顿，流露出诗人丰富的主观情意；而且，“韦庄只因为在关键的地方嵌入了‘六朝’、‘台城’、‘十里堤’，才一下子使短诗的内涵增加了汲取不尽的深度”（黄裳《晚春的行旅》）。作品情景交融，虚处传神，展现出迷离悠远、空灵秀逸的艺术魅力。

古离别

晴烟漠漠柳毵毵，① 不那离情酒半酣。②
更把玉鞭云外指，③ 断肠春色在江南。④

【注释】

①晴烟：晴朗的烟气。唐宋之问《汉江宴别》诗：“秋虹映晚日，江鹤弄晴烟。”漠漠：迷蒙貌。谢朓《游东田》诗：“远树暧阡阡，生烟纷漠漠。”毵毵（sān sān）：垂拂纷披貌。唐施肩吾《春日钱塘杂兴》诗之一：“酒姥溪头桑袅袅，钱塘郭外柳毵毵。” ②不那：无奈。唐孙蜀《中秋夜戏酬顾道流》诗：“不那此身偏爱月，等闲看月即更深。” ③云外：指高空、云表。汉张衡《天象赋》：“动则飞跃于云外，止则盘萦于汉沂。” ④断肠：形容极度思念或悲痛。三国魏曹丕《燕歌行》：“念君客游思断肠，慊慊思归恋故乡。”

【品评】

这首诗歌是韦庄送别友人南下江南之作。

起首一句描绘北方水畔的春日旖旎图景：晴烟漠漠，春风骀荡，杨柳毵毵，春色清新。这是令人赏心悦目的迷人景象。但是它又是以乐景衬哀情，为接下来的离别设置了情感氛围。中国古代审美文化中，从《诗·小雅·采薇》"昔我往矣，杨柳依依"以来，杨柳意象即承载着离别相思的情结。王维《送元二使安西》诗"渭城朝雨浥轻尘，客舍青青柳色新"，即透过长安清新柳色的渲染，反衬出故人远别的惆怅。王昌龄《闺怨》诗则通过闺中少妇"忽见陌头杨柳色"的刹那感受，反跌出"悔教夫婿觅封侯"的青春怨叹。此处，在同样烟景如画的柳色映衬下，诗人却与挚友离筵饯别。"不那离情酒半酣"，形成情景关系的陡然反跌，充满着无可奈何的悲郁和凄楚。"酒半酣"，借酒消愁，却并不忘情沉醉；而是有所节制，在理智与情感中间，生发出更富诗意的喟叹。

后面两句诗人深情地挥动玉鞭，悬想千里之外：此地春光明媚，已然使人如此不忍离别；君行前往江南，那里必定春光更美，春色更浓，然而也更能引发出亲友离别的断肠之悲！这里，诗歌运用动作描写，表现出诗人的深情潇洒；又采取"从对面着笔"的手法，遥想朋友此去江南的"断肠"之悲，恰正加倍表达出身处北地的诗人不忍离别的情意。从情景关系而言，它又延续了开头两句以乐景衬哀情的表达方式，进行更深一层的递进，显得包蕴丰满，更加深化了离恨的浓度。盛唐诗人常建曾经写有《送宇文六》诗："花映垂杨汉水清，微风林里一枝轻。即今江北还如此，愁杀江南离别情。"和韦庄此诗相比，两者所择取的意象、所表达的情意基本相同，但是常诗显得写景明丽、抒情直露，表现出盛唐诗歌的自然本色；

韦诗则格调凝重、意蕴深沉，带有晚唐诗歌深情绵邈的风韵。

从结构上分析，诗歌前两句由眼前景，抒离别情；后两句由离别情，想别后景，诗中有画，虚实相生。而且首尾两句同样写浓郁春色，不过一者为北地春色，一者为江南春色，两者相较，江南春色更浓，然而对于离人而言，更增“断肠”之悲，运思巧妙，包蕴层深。诗歌更通过“不那”、“更把”等重笔词汇的组接，形成了顿挫有致的诗意层次，将诗人起伏跌宕的离别之情淋漓尽致地表达出来。

送日本国僧敬龙归①

扶桑已在渺茫中，②家在扶桑东更东。
此去与师谁共到，③一船明月一帆风。

【注释】

①日本国：唐东夷国名。《旧唐书·东夷列传》：“日本国者，倭国之别种也。以其国在日边，故以日本为名。或曰倭国自恶其名不雅，改为日本。” ②扶桑：东方古国名，后亦代称日本。《南齐书·东南夷传赞》：“东夷海外，碣石、扶桑。”《梁书·诸夷传·扶桑国》：“扶桑在大汉国东二万馀里，地在中国之东，其土多扶桑木，故以为名。”渺茫：烟波浩渺无垠的样子。唐殷尧藩《送客游吴》诗：“吴国水中央，波涛白渺茫。”③师：此处指敬龙和尚。共到：犹同行。

【品评】

唐朝时期，日本国向大唐王朝派遣了多批“遣唐使”，学习中原文化。例如晁衡（日本名阿倍仲麻吕），学成之后留在唐朝廷内做官，与李白、王维等友谊深厚。天宝十二载(753)，晁衡以唐朝使者身份返回日本，途中遇大风，传说被溺死。李白闻讯后，写下了《哭晁卿衡》诗，表达了无限怀念之情："明月不归沉碧海，白云愁色满苍梧。""遣唐使"中包括很多请益僧和学问僧，来到中国学佛求经。此诗所赠的敬龙和尚，就是即将学成归国的得道高僧。

诗歌开头交代敬龙和尚归国的方向。"扶桑已在渺茫中"，极目远眺，烟波浩渺，前路茫茫，首先渲染出遥远而神秘的氛围。"家在扶桑东更东"，采取翻进一层的手法，越发突显其归途的遥不可及，字里行间包含着对友人的关情，以及从此以后天各一方的惆怅。

既然挚友返乡无法挽留，还是预祝他一路顺风吧。后面两句自问自答，运用形象的画面，表达出对于敬龙顺利归途的由衷祝福。诗人以辽阔的大海为背景，将"明月"和"风"拟人化，好像她们都是敬龙大师的好朋友，陪伴着他返回故乡。"共到"二字显示出人与风月的亲切，伫立船头的敬龙大师，享受明月清辉的朗照，徐来清风的吹拂，水波不兴，襟怀澄澈。如此清朗美好的海上画面，寄托着诗人对友人的深情祝愿，也表露出作者与敬龙大师一样澄澈空明的心灵世界。

整首诗歌画面渺远，情味深长，既抒写出深浓真挚的朋友之情，也表现了爽朗高洁的人格魅力，情景交融，浑然一体，显示出自然高妙的艺术境界。

金陵图①

谁谓伤心画不成，画人心逐世人情。②
君看六幅南朝事，③老木寒云满故城。④

【注释】

①金陵图：描绘有金陵形胜、史迹的画图。金陵，《旧唐书·地理志》："楚金陵邑，秦为秣陵。吴名建业，宋为建康。晋分秣陵置临江县，晋武改为江宁。武德三年，于县置扬州，仍置东南道行台，改江宁为归化。六年，辅公祏反，据其地。七年，公祏平，置行台尚书省，改扬州为蒋州。废茅州，以句容二县来属蒋州。八年，罢行台，改蒋州，置扬州大都督府。改归化县为金陵。"故址即今江苏省南京市。唐李白《金陵歌送别范宣》："金陵昔时何壮哉，席卷英豪天下来。" ②画人：犹画师。唐段成式《酉阳杂俎续集·寺塔记上》："曼殊院东廊，大历中，画人陈子昂画廷下象马人物，一时之妙也。" ③南朝：我国南北朝时期，据有江南地区的宋、齐、梁、陈四朝的总称。因四朝皆建都于建康，即今南京市，故后人或借指南京。唐周贺《送康绍归建业》诗："南朝秋色满，君去意如何？帝业空城在，民田坏冢多。" ④寒云：寒天的云。晋陶潜《岁暮和张常侍》诗："向夕长风起，寒云没西山。"故城：此处指金陵。

【品评】

这是一首题画之作。诗人欣赏了六幅描绘南朝史事的图画,有感于心,写下了这首诗歌。

比韦庄略早一些的诗人高蟾,曾经写过一首《金陵晚望》诗:"曾伴浮云归晚翠,犹陪落日泛秋声。世间无限丹青手,一片伤心画不成。"诗人身处晚唐动荡的时代,深感国势衰颓,无力挽救,故而伤痛悲楚,内心凄怆。他强调这一片"伤心"难以心摹手绘,正是突显其悲愁的刻骨铭心、无可诉告。

韦庄面对晚唐时世多艰,也屡屡抒写伤心情境。他在《长安旧里》诗中即写道:"满目墙匡春草深,伤时伤事更伤心。"但是在这首诗中,他却与高蟾诗歌反其道而行之,首先反问:"谁谓伤心画不成。"起句突兀而富有气势,实则为下面赞美金陵图画的精神气韵埋下了伏笔。接下来他解释道:世俗的画家之所以画不出触动人灵魂的伤心之作,是因为他们只想着争逐现世的名利,迎合世人庸俗的心理,或去粉饰太平,或去玩弄技巧,或去无病呻吟,所谓艺术,仅仅成为邀宠取誉的手段和工具。这正是浮华的时代产生的庸俗艺术。只有真诚地面对生活,深掘出社会底蕴,肩负起历史使命的画家,才能够深切感受到时代之悲,并且运用自己高超的绘画技法,形象展现出"伤心"之境。

接下来,诗人以《金陵图》作为例证,揭示出这些画作所展露出来的黍离麦秀之景、怀古伤今之意。画面中的老木寒云、断壁残垣,充斥着浓郁的衰残气象,引发出观众对于南朝往事的无限感怀,同时也自然由这故城的荒凉冷落,联想到大唐国运的衰微,字里行间渗透着深沉的历史忧患意识。

全诗将议论、抒情、写景有机结合在一起,既高度赞美了图画作者的高超技艺,更重要的是,借画咏史,藉景抒情,将怀古与伤今打通一气,通过画面衰残景致的渲染,流露出弥漫晚唐的"伤心"意绪。

楚行吟

章华台下草如烟，[1]故郢城头月似弦。[2]
惆怅楚宫云雨后，[3]露啼花笑一年年。[4]

【注释】

①章华台：楚离宫名，故址在今湖北省监利县西北，晋杜预以为春秋时楚灵王所建者即此。台高十丈，基广十五丈。草如烟：状草之茂盛。 ②郢（yǐng）城：即郢都，春秋、战国时楚国都，故址在今湖北省荆州市东北。《楚辞·九章·哀郢》："发郢都而去闾兮，怊荒忽其焉极？"洪兴祖补注："前汉南郡江陵县，故楚郢都。楚文王自丹阳徙此。后九世平王城之。" ③楚宫：古楚国的宫殿。唐杜甫《咏怀古迹》之二："最是楚宫俱泯灭，舟人指点到今疑。"云雨：《文选·宋玉〈高唐赋〉》："昔者楚襄王与宋玉游于云梦之台，望高唐之观，其上独有云气。……王问玉曰：'此何气也？'玉对曰：'所谓朝云者也。'王曰：'何谓朝云？'玉曰：'昔者先王尝游高唐，怠而昼寝。梦见一妇人，曰：妾巫山之女也，为高唐之客。闻君游高唐，愿荐枕席。王因幸之。去而辞曰：妾在巫山之阳，高丘之阻，旦为朝云，暮为行雨，朝朝暮暮，阳台之下。'"后因用"云雨"指男女欢会。 ④露啼花笑：此状楚宫之景致。

【品评】

这是一首咏怀楚地故迹、抒写思古幽情的诗作。

诗人徜徉在春秋时期雄霸南方的楚国离宫遗址，历史的沧桑之感油然而生。放眼望去，碧草如烟，弦月高挂，渲染出凄清落寞的情感氛围。作者面对如此幽冷寂静的景象，不由得思接千古，浮想联翩，追怀往日楚宫的奢靡繁华，特别是楚王巫山梦游的神奇浪漫。这正是引发后代文人无限神往的情欲传奇，由此更可体现出楚地文化自由放纵的精神实质。然而，如此美妙的云雨之欢，终究伴随着无情的历史变幻而顿然消逝，只能留给我们无限的遐想和惆怅。最后一句“露啼花笑一年年”，以景结情，以自然物象的亘古永恒，反衬人事欢乐的稍纵即逝、惘然难寻。中唐诗人李贺多写“芙蓉泣露香兰笑”（《李凭箜篌引》）、“冷红泣露娇啼色”（《南山田中行》）等诗句，赋予花草、露水以人的情感色彩，显示幽冷神秘的艺术魅力。韦庄此诗也借鉴了这样的写法，而且更以露、花的啼笑多情，对照楚宫云雨的渺远无踪，由此生发出沉重的历史咏叹。

白樱桃[1]

王母阶前种几株，[2]水精帘外看如无。[3]
只应汉武金盘上，[4]泻得珊珊白露珠。[5]

【注释】

①白樱桃：樱桃之一种。《艺文类聚》卷八六引《广志》：“樱桃有大八分者，白色多肥者，凡三种，有白色者。” ②王母：即西王母，神话传说中一个地位崇高的女神。唐杜甫《秋兴》诗之五：“西望瑶池降王母，东来紫气满函关。”传说西王母曾植桃于昆仑山。汉班固《汉武帝内传》：汉武帝与王母会

见。“王母自设天厨,真妙非常。……又命侍女,更索桃果。须臾,以玉盘盛仙桃七颗,……母以四颗与帝,三颗自食。……帝食辄收其核。王母问帝,帝曰:‘欲种之。’母曰:‘此桃三千年一生实。中夏地薄,种之不生。’帝乃止。” ③水精帘:用水晶制成的帘子,比喻晶莹华美的帘子。唐李白《玉阶怨》诗:“却下水精帘,玲珑望秋月。” ④汉武金盘:指汉武帝迷信神仙,于建章宫铸神明台,立铜仙人舒掌捧铜盘承接甘露,冀饮以延年。《汉书·郊祀志上》:“其后又作柏梁、铜柱、承露仙人掌之属矣。”颜师古注:“《三辅故事》云:建章宫承露盘高二十丈,大七围,以铜为之,上有仙人掌承露,和玉屑饮之。” ⑤珊珊:晶莹貌。唐孟郊《寒溪九首》其八:“溪老哭甚寒,涕泗冰珊珊。”这里状白樱桃晶莹明洁,如同白色露珠。

【品评】

这首咏物诗,通过神话传说的运用和精巧比喻的刻画,将白樱桃的珍贵非凡、晶莹剔透表现得真切而生动。

诗人首先引用西王母植桃昆仑山的神话,表明白樱桃品种珍稀,绝非凡品。然后,透过水精帘幕观看樱桃树,却说“看如无”。何以如此?原来他暗用了巧妙的比喻,将白色的樱桃比作一颗颗洁白如玉的水晶。

非但如此,他还进一步加以想象,将其比作汉武帝承露盘中晶莹透亮的露珠。这两个比喻的运用,一明一暗,新颖别致,将樱桃珊珊可爱的形态、晶莹洁白的色泽极其形象逼真地展现了出来。

村 笛

《箫韶》九奏韵凄锵,[1]曲度虽高调不伤。[2]
却见孤村明月夜,[3]一声牛笛断人肠。[4]

【注释】

①《箫韶》:舜乐名。九奏:指古代行礼奏乐九曲。《书·益稷》"《箫韶》九成,凤凰来仪",孔传:"备乐九奏而致凤凰。"孔颖达疏:"成,谓乐曲成也。郑云:'成,犹终也。每曲一终,必变更奏。'故经言九成,传言九奏,《周礼》谓之九变,其实一也。"凄锵:象声词,多形容有节奏的声响。南朝齐谢朓《七夕赋》:"回龙驾之容裔,乱凤管之凄锵。" ②曲度:歌曲的节拍、音调。《后汉书·马援传》:"多聚声乐,曲度比诸郊庙。"李贤注:"曲度,谓曲之节度也。" ③孤村:孤零零的村庄。唐韦应物《自巩洛舟行入黄河即事寄府县僚友》诗:"孤村几岁临伊岸,一雁初晴下朔风。" ④牛笛:牧牛人的笛子所吹奏出来的声音。唐杜荀鹤《题汪明府山居》诗:"牛笛漫吹烟雨里,稻苗平入水云间。"

【品评】

这首咏物诗,通过《箫韶》之乐与村笛之乐的声情差异,隐现出诗人丰富复杂的人生感怀。

《诗经》是我国最早的诗歌总集,依据音乐来源的不同,可以分为风、雅、颂三个部分。一般来讲,颂主要是用于宗庙祭祀活动演奏的音乐,显得庄重典雅,缺乏足够的吸引力。

风则是来自各地民间的音乐，更加带有原生态的生活情趣，显得鲜活而生动。韦庄诗歌里的《箫韶》，就类似《诗经》中的颂，虽然铿锵有力，节奏有序，但是似乎总是缺乏足够感人的情感魅力。这是庙堂文学艺术共有的弱点。

诗人漫步山间水畔，在孤村明月的朗照下，亲近了自然，也接近了真实的自我。就在此时，那凄厉悠扬的牛笛吹起，一下子触引出诗人平日压抑在胸中的郁苦和愁闷。这里面，有官场倾轧之苦，有身遭离乱之悲，有怀才不遇之愤，所有种种皆通过这浑朴无华、催人肠断的笛声感发出来，异常真实，无需掩饰。在人生的落寞中，村笛之声不仅寄托和宣泄了诗人诸多不平和怨愤，同时也帮助他找回了真我，得到心灵的慰藉。

立春日作[①]

九重天子去蒙尘，[②]御柳无情依旧春。[③]
今日不关妃妾事，始知辜负马嵬人。[④]

【注释】

①立春：二十四节气之一，在阳历二月三、四或五日。《逸周书·时训》："立春之日，东风解冻；又五日，蛰虫始振；又五日，鱼上冰。"《礼记·月令》："（孟春之月）立春之日，天子亲帅三公、九卿、诸侯、大夫，以迎春于东郊。还反，赏公、卿、诸侯、大夫于朝。" ②九重天子：古制天子之居有门九重，因代指帝王。唐温庭筠《会昌丙寅丰岁歌》："九重天子调天下，春绿将年到西野。"这里指唐僖宗。蒙尘：古代多指帝

王失位逃亡在外，蒙受风尘。《后汉书·刘虞传》："今天下崩乱，主上蒙尘。" ③御柳：宫禁中的柳树。唐沈佺期《和户部岑尚书参迹枢揆》诗："御柳垂仙掖，公槐覆礼闱。" ④马嵬人：即杨玉环。因安史之乱爆发被认为是罪魁祸首，而在马嵬驿(今陕西省兴平县)赐死。《旧唐书·玄宗杨贵妃传》："从幸至马嵬，禁军大将陈玄礼密启太子，诛国忠父子。既而四军不散，玄宗遣力士宣问，对曰'贼本尚在'，盖指贵妃也。力士复奏，帝不获已，与妃诀，遂缢死于佛室。时年三十八，瘗于驿西道侧。"

【品评】

唐僖宗广明元年(880)，黄巢起义军攻陷长安。僖宗西逃入蜀，韦庄避难长安附近的山中。次年，韦庄困居长安城内，于立春日触景生情，创作了这首诗歌。

唐玄宗于安史之乱爆发后，仓皇逃至西蜀避难；如今僖宗也沿着同样的路线逃奔西蜀。所以此诗将两者巧妙地联系起来，隐含着对君王昏聩导致天下大乱的责怨。开头两句以御柳依旧反衬人事变幻。"无情"二字，正如作者《台城》"无情最是台城柳，依旧烟笼十里堤"，烘托出京城"国破山河在"的凄凉冷落景象。

后面两句抚今追昔，感慨时代动荡的成因和教训。晚唐时代的社会动荡何以产生？本质原因在于君王昏聩无能、朝政混乱不堪。那么，安史之乱又是如何发生的呢？由今推及，所谓的红颜祸水也只是无谓的托词而已。这里表面上是为杨玉环翻案，实则总结出深刻的历史教训，将社会动荡的罪魁祸首指向了最高统治者，体现了诗人非凡的卓识胆略和忧患精神。

河清县河亭①

由来多感莫凭高，②竟日衷肠似有刀。③
人事任成陵与谷，④大河东去自滔滔。⑤

【注释】

①河清：李吉甫《元和郡县图志》卷五《河南道一》：河南府河清县，南至府六十里，本汉轵县地，唐初置大基县，后以犯玄宗讳改为河清。故地约在今河南省济源市南坡头一带，处黄河北岸。河亭：河、湖旁边的亭子。 ②由来：历来。唐杜甫《上韦左相二十韵》："岂是池中物，由来席上珍。"多感：谓易伤感，多感触。唐杜牧《初春有感寄歙州邢员外》诗："闻君亦多感，何处倚栏干？"凭高：凭借高处。唐李白《天台晓望》诗："凭高登远览，直下见溟渤。" ③衷肠：犹衷情，内心的感情。唐韩偓《天鉴》诗："神依正道终潜卫，天鉴衷肠竟不违。" ④人事：指人世间事。《乐府诗集·杂曲歌辞十三·焦仲卿妻》："自君别我后，人事不可量。"任：听凭，任凭。三国魏嵇康《琴赋》："齐万物兮超自得，委性命兮任去留。"陵与谷：《诗·小雅·十月之交》："高岸为谷，深谷为陵。"毛传："言易位也。"郑玄笺："易位者，君子居下，小人处上之谓也。"这里比喻世事巨变。唐韩偓《乱后春日途经野塘》诗："眼看朝市成陵谷，始信昆明是劫灰。" ⑤大河：即黄河。《楚辞·九章·悲回风》："望大河之洲渚兮，悲申徒之抗迹。"滔滔：大水奔流貌。汉王粲《赠文叔良》诗："瞻彼黑水，滔滔其流。"

【品评】

这是一首登临远眺、感怀时世的诗歌。

自古以来，文人墨客常常凭高望远，抒发出复杂的人生情怀，有的满怀豪情壮志，有的表达离别相思，更多的则是感喟怀才不遇、壮志未酬之悲，最著名的莫过于唐代陈子昂的《登幽州台歌》。正因为如此，韦庄诗歌首句规劝道："由来多感莫凭高"，似乎可以避免因凭高望远所触发的思绪茫茫、多愁善感。其实这又采取了一种反向表达的手法，因"多感"而不忍"凭高"，其内心本已郁积着万般沉重的愁苦。所以接以"竟日衷肠似有刀"，更加直接表露出诗人心如刀绞、肝肠寸断的痛楚。他的"衷肠"，不仅仅是对于个人命运多舛的感伤，更多的则是对于晚唐时代政治黑暗、生活混乱、国运衰颓的无限忧患。

作为一介书生，对于国家的前途忧心忡忡，然而又无能为力，徒然忧患也无济于事。后面两句看似自我排解：人世间的事任由它沧桑巨变，只有那滔滔黄河日夜不停地向东奔流。这两句笔力雄壮，气势磅礴，作者似乎已经从先前的感伤抑郁之中排解出来，站在自然永恒的高度理解人事变幻的客观规律。其实，这也是一种似达而郁的写法，以黄河滔滔东流一去不回，越发痛感大唐江山无可挽回的绝望！

章台夜思[1]

清瑟怨遥夜，[2]绕弦风雨哀。[3]
孤灯闻楚角，[4]残月下章台。

芳草已云暮，故人殊未来。⑤
乡书不可寄，⑥秋雁又南回。⑦

【注释】

①章台：即章华台，春秋时楚国离宫。《左传·昭公七年》："及即位，为章台之宫，纳亡人以实之。"杜预注："章台，南郡华容县。" ②清瑟：指瑟。瑟音清逸，故称。晋陶潜《闲情赋》："褰朱帏而正坐，泛清瑟以自欣。"遥夜：长夜。南朝宋谢灵运《燕歌行》："调弦促柱多哀声，遥夜明月鉴帷屏。" ③绕弦：谓瑟音萦绕，不绝于耳。 ④楚角：指悲凉的角声。⑤"故人"句：化用南朝梁江淹《杂体诗·效惠休〈别怨〉》："日暮碧云合，佳人殊未来。"表达失落、惆怅之意。殊：犹，尚。南朝宋谢灵运《南楼中望所迟客》诗："圆景早已满，佳人殊未适。" ⑥乡书：家信。唐王湾《次北固山下》诗："乡书何处达，归雁洛阳边。" ⑦秋雁：秋季南回之雁。南朝梁江淹《莲华赋》："秋雁度兮芳草残，琴柱急兮江上寒。"

【品评】

这是韦庄具有代表性的望乡怀人之作。

开头四句描写章台夜景。清瑟之声在长夜幽然响起，其音怨苦萧索，每一发声，若凄风苦雨绕弦而来；更有远处楚角声传来，倍增凄厉悲凉的听觉感受。这里有萧索清瑟、凄厉楚角之音，还有孤灯、残月、故国离宫这些清冷凄凉的视觉意象，共同营构出一派幽寂凄楚的情感氛围。

后面四句直接抒写章台夜思。诗人化用江淹"日暮碧云合，佳人殊未来"诗句，由草木变衰，触发所思不见的惆怅。他只得仰望雁行空过，感慨天远书沉的无奈。寄情于景，"一片空灵，含情无际”（俞陛云《诗境浅说》）。

此诗笔势老健，神韵悠长，起承转合自然流畅。周咏棠《唐贤小三昧续集》评之曰：“起得有情，接得有力，所谓万钧石在手中转也。此诗与飞卿‘古戍落黄叶’之作，皆晚唐之绝品也。”

长安清明

早是伤春梦雨天，①可堪芳草更芊芊。②
内官初赐清明火，③上相闲分白打钱。④
紫陌乱嘶红叱拨，⑤绿杨高映画秋千。⑥
游人记得承平事，⑦暗喜风光似昔年。

【注释】

①早是：已是。唐王勃《秋江送别》诗之一：“早是他乡值早秋，江亭明月带江流。”梦（méng）雨：迷濛细雨。唐李商隐《重过圣女祠》诗：“一春梦雨常飘瓦，尽日灵风不满旗。” ②可堪：犹言那堪，怎堪。唐李商隐《春日寄怀》诗：“纵使有花兼有月，可堪无酒又无人。”芊芊（qiān qiān）：苍翠，碧绿。《文选·宋玉〈高唐赋〉》：“仰视山巅，肃何芊芊。”一本作“千千”。李善注：“千千，青也。千与芊古字通。”李周翰注：“芊芊，山色也。” ③内官：指国君左右的亲近臣僚。《左传·宣公十二年》：“内官序当其夜，以待不虞，不可谓无备。”杜预注：“内官，近官。”孔颖达疏：“其内官亲近王者，为次序以当其夜，若今宿直递持更也。”清明火：《周礼·夏官·司爟》：“掌行火之政令，四时变国火，以救时疾。”郑司农注引鄹子

曰:"春取榆柳之火。"古代寒食禁火,唐宋在清明时取榆柳火赏赐近臣、戚里等,故称为清明火。 ④上相:对宰相的尊称。《史记·郦生陆贾列传》:"足下位为上相,食三万户侯,可谓极富贵无欲矣。"白打:古代蹴鞠戏的一种形式。明王志坚《表异录·言动》:"白打,蹴鞠戏也。两人对踢为白打,三人角踢为官场。"唐王建《宫词》之八一:"寒食内人长白打,库中先散与金钱。" ⑤紫陌:指京师郊野的道路。汉王粲《羽猎赋》:"济漳浦而横阵,倚紫陌而并征。"红叱拨:名马名。唐天宝中,西域进汗血马六匹,分别以红、紫、青、黄、丁香、桃花叱拨为名。也泛指骏马。 ⑥秋千:我国民间传统体育运动。在木架或铁架上悬挂两绳,下拴横板。人在板上或站或坐,两手握绳,利用蹬板的力量身躯随而前后向空中摆动。唐杜甫《清明》诗之二:"十年蹴鞠将雏远,万里秋千习俗同。" ⑦承平:治平相承,太平。唐鲍防《杂感》诗:"汉家海内承平久,万国戎王皆稽首。"

【品评】

唐僖宗广明元年(880),黄巢农民起义军攻陷长安;光启元年(885),李克用又进逼京师。经过多年的战争洗劫,长安城早已满目疮痍。昭宗景福二年(893)至乾宁元年(894),韦庄在长安应进士试。此诗即创作于这一时期。

首联暗用了杜甫《登楼》"花近高楼伤客心,万方多难此登临"的诗意,抒发别有怀抱的诗人的伤春愁绪。诗人在春雨霏霏的阴沉天气中,内心郁苦愁闷,更由那芊芊芳草增添凄迷冷落之情。"早是"、"可堪"这两个虚词,构成语意表达的递进关系,将作者内心的凄楚表现得深长而急切,为整首诗歌确立了感情的基调。

但是，接下来所描写的并不是诗人自己的情态举止，而是朝廷内外游人的赏春之乐。颔联描写宫中清明节的风俗和游乐。韩翃《寒食》诗有云："春城无处不飞花，寒食东风御柳斜。日暮汉宫传蜡烛，轻烟散入五侯家。"此诗"内官"句即描写皇宫内清明节取榆柳火赏赐近臣的节俗。一个"初"字，暗示了此时动乱刚定，朝廷复行旧日礼制。"上相"句描写宫中蹴鞠游戏之乐，一个"闲"字，则交代了贵为朝廷宰相却无所作为的状态。

颈联描写宫外景象：在京师郊野的道路上，红色的骏马嘶鸣不已，游春的男子络绎不绝；在绿杨掩映的庭院中，女子们正在欢快地荡着秋千。这里的色彩鲜艳夺目，所见所闻热闹非凡，"乱"字、"高"字，都尽显出晚唐时代人们沉湎在纵恣冶游的"世纪末"的狂欢之中。

尾联展现身处其间的"游人"的欣慰。他们觉得如今的热闹喧阗，就像是昔年的升平风光，又可以忘却动乱的痛苦记忆，无所顾忌地享受眼前的快乐。然而，所谓的"升平"都是表象！诗人正是透过这虚假的繁荣，感受到了国势岌岌可危的形势，深藏着浓重的现实忧愁。他用冷峻的目光，看似闲淡地刻画长安城清明时分热闹如昔、游人如织的欢快画面，实则暗含着深沉的讽刺、斥责之意，以"游人"之喜乐，愈加反衬出作者"伤时伤世复伤心"的悲郁之情。因此，姚姬传评论此诗曰："伤乱而作此，故佳。若正序承平而为是语，则无味矣。"（《七言今体诗钞》卷六）

三堂东湖作①

满塘秋水碧泓澄，②十亩菱花晚镜清。③
影动新桥横䗖蝀，④岸铺芳草睡䴔䴖。⑤
蟾投夜魄当湖落，⑥岳倒秋莲入浪生。⑦
何处最添诗客兴，黄昏烟雨乱蛙声。

【注释】

①三堂：唐虢州（今河南省灵宝市）刺史宅中庭园名，以屡经文士题咏而著名。唐韩愈《奉和虢州刘给事使君三堂新题二十一咏》序："虢州刺史宅连水池竹林，往往为亭台岛渚，目其处为三堂。"廖莹中辑注："三堂建于开元中，吕温尝记之。谓三者，明臣子在三之节；堂者，励宗室肯堂之义。"唐贾岛《题虢州三堂吴郎中》诗："半岸泥沙孤鹤立，三堂风雨四门开。" ②泓澄：水深而清。南朝梁简文帝《玩汉水》诗："杂色昆仑水，泓澄龙首渠。" ③菱花：菱的花。南朝梁简文帝《采菱曲》："菱花落复含，桑女罢新蚕。"晚镜：谓晚间水面波平如镜。唐刘禹锡《白侍郎大尹自河南寄示池北新葺水斋即事招宾十四韵兼命同作》："潭心澄晚镜，渠口起晴雷。" ④䗖蝀(dì dōng)：虹的别名。《诗·鄘风·䗖蝀》："䗖蝀在东，莫之敢指。"毛传："䗖蝀，虹也。" ⑤䴔䴖(jiāo jīng)：即池鹭。唐杜甫《曲江陪郑八丈南史饮》诗："雀啄江头黄柳花，䴔䴖鸂鶒满晴沙。" ⑥蟾投夜魄：即"蟾魄"，月亮的别名。唐元稹《纪怀赠李六户曹崔二十功曹五十韵》："华表当蟾魄，高楼挂玉绳。" ⑦岳倒秋莲：即"岳莲"，指西岳华山莲花峰。唐杜甫

《题郑县亭子》诗:"云断岳莲临大路,天晴宫柳暗长春。"

【品评】

据夏承焘《韦端己年谱》,唐僖宗乾符四年(877),四十二岁的韦庄移居虢州。此诗即作于虢州村居时。作品以清新爽朗的笔触,描绘东湖美景,寄寓悠然自得的闲适情怀。

诗歌首句直接扣题,表现满塘秋水的碧绿色泽和澄澈景象。然后从不同角度描绘各种画面:湖面上波平如镜,清澈的水中飘浮着十亩菱花。一座新桥横跨湖中,远远望去,好似一条彩虹,影子在水中荡漾。岸边芳草如茵,池鹭静静地躺卧其间,显得是那样地悠闲自在。在明净的湖面上,一轮明月投影其中,远处群山的倒影环绕在它的周围,就像是一朵朵盛开的莲花。作者以湖面为中心,将湖上菱花与新桥、岸边芳草与池鹭、天上明月、周围群山等等景致汇集一处,比喻新颖,笔势雄阔,展现出夜色笼罩下东湖宁静幽美的画面。

结末两句,诗人另开新境,转而赞美黄昏烟雨中乱蛙齐鸣的景象,认为这才是最添诗兴的环境氛围。这里所写与前面六句的夜晚画面的宁静幽美,构成了时间的差异、静闹的区别。然而,这烟雨中乱蛙齐鸣的景象,恰恰展现出东湖的淳朴野趣和远离尘嚣的幽静,为整首诗歌涂抹上烟雨迷蒙、苍茫深广的意蕴,更能激发起作者返归自然的浓郁诗情和诗兴。

这首诗歌语言优美,结构新颖,动静结合,声情并茂,特别是最后一句,令人产生丰富的遐想,留下悠远无尽的馀味。

西塞山下作①

西塞山前水似蓝，②乱云如絮满澄潭。③
孤峰渐映湓城北，④片月斜生梦泽南。⑤
爨动晓烟烹紫蕨，⑥露和香蒂摘黄柑。⑦
他年却棹扁舟去，⑧终傍芦花结一庵。⑨

【注释】

①西塞山：在今湖北省黄石市东。《水经注·江水》："（黄石）山连径江侧，东山偏高，谓之西塞。"唐齐己《过西塞山》诗："残日衔西塞，孤舟向北洲。边鸿渡汉口，楚树出吴头。" ②水似蓝：形容水色青绿。唐白居易《忆江南》词："日出江花红胜火，春来江水绿如蓝。" ③乱云：纷乱的云。南朝梁王筠《望夕霁》诗："连山卷乱云，长林息众籁。"澄潭：澄澈的潭水。唐杜甫《野老》诗："渔人网集澄潭下，贾客船随返照来。" ④孤峰：孤立高耸的山峰。唐张说《送梁六自洞庭山作》诗："巴陵一望洞庭秋，日见孤峰水上浮。"湓（pén）城：即"湓口"，古城名，当地以湓水入长江口而得名。汉初灌婴始筑此城，故址在今江西省九江市。后改名湓城，唐初又改浔阳，为沿江镇守要地。唐曹松《九江送方干归镜湖》诗："客路抛湓口，家林入镜中。" ⑤片月：弦月。南朝陈徐陵《走笔戏书应令》诗："片月窥花簟，轻寒入锦巾。"梦泽：即云梦泽，古薮泽名。汉魏之前所指云梦范围并不很大，晋以后的经学家才将云梦泽的范围越说越大，把洞庭湖都包括在内。唐李白《大猎赋》序："楚国不过千里，梦泽居其大半。" ⑥爨

(cuàn):烧火煮饭。《左传·宣公十五年》:“易子而食,析骸以爨。”杜预注:“爨,炊也。”晓烟:早晨的炊烟。紫蕨:多年生草本植物。生在山野,嫩叶可食,俗称蕨菜;根茎呈紫黑色,可供食用或酿造。《诗·召南·草虫》:“陟彼南山,言采其蕨。”陆玑疏:“蕨,山菜也,周、秦曰蕨,齐、鲁曰鳖,初生似蒜,茎紫黑色,可食。”南朝宋谢灵运《酬从弟惠连》诗:“山桃发红萼,野蕨渐紫苞。” ⑦香蒂:这里是指黄柑之蒂。蒂,指花或瓜果与枝茎相连的部分。战国楚宋玉《高唐赋》:“绿叶紫裹,丹茎白蒂。”黄柑:果名,柑的一种。宋苏轼《峻灵王庙碑》:“石峰之侧多荔支、黄柑,得就食。” ⑧却棹:犹回转、返回。扁(piān)舟:小船。《史记·货殖列传》:“范蠡既雪会稽之耻,乃喟然而叹曰:‘计然之策七,越用其五而得意。既已施于国,吾欲用之家。’乃乘扁舟浮于江湖。” ⑨芦花:芦絮,芦苇花轴上密生的白毛。隋江总《赠贺左丞萧舍人》诗:“芦花霜外白,枫叶水前丹。”庵:圆顶草屋。《释名·释宫室》:“草圆屋曰蒲。蒲,敷也;总其上而敷下也。又谓之庵。庵,奄也;所以自覆奄也。”晋葛洪《神仙传·焦先》:“居河之湄,结草为庵。”

【品评】

此诗盖作于唐昭宗景福元年(892)秋,韦庄入京应举途径西塞山时。作者舟行水上,描绘西塞山的环境和物产,表达卜居于此的隐逸之意。

这首诗歌的艺术特色主要表现在两个方面。其一是视角变换,结构巧妙。首联侧重写低头俯视所见近景:西塞山前水色青绿,一碧无际;天上的乱云如絮,倒映在澄澈江水中,形成色彩的对照和映衬,显得悠然而和谐。颔联转写抬头仰望所见远景:随着舟行渐近,江北庐山的景致逐渐映入眼帘；随着时间的推移，云梦之南的片月逐渐挂上高空。颈联描写西塞山的特产紫蕨和黄柑，为这里的自然美景增添了浓郁的生活情趣。最后，诗人在如此幽闲风物的吸引下，抒发出于此结茅归隐的心愿。整首诗歌画面跳荡活泼，结构井然有序，既体现出舟行水上、移步换景的特色，又展露出作者精心组接的高超技艺。其二是突破时空，想象丰富。颔联所写庐山、梦泽，空间距离比较遥远，不一定真能眺望得见。诗人将这两个空间悬隔的意象组接于此，营造出渺远辽阔的境界，与王昌龄《从军行》“青海长云暗雪山，孤城遥望玉门关”具有异曲同工之妙。颈联所写紫蕨和黄柑，一者采食于仲春时节，一者采摘于秋冬之际。诗人将两者合写，正是展现此地一年四季的美味风物。这正是诗歌表现艺术所特有的手法和魅力。

忆　昔

昔年曾向五陵游，①《子夜歌》清月满楼。②
银烛树前长似昼，③露桃花里不知秋。④
西园公子名无忌，⑤南国佳人号莫愁。⑥
今日乱离俱是梦，夕阳唯见水东流。

【注释】

①五陵：长陵、安陵、杨陵、茂陵、平陵五县的合称，均在渭水北岸今陕西省咸阳市附近，为西汉五个皇帝陵墓所在地。汉元帝以前，每立陵墓，辄迁徙四方富豪及外戚于此居住，令供奉园陵，称为陵县。《汉书·游侠传·原涉》：“郡国

诸豪及长安五陵诸为气节者，皆归慕之。” ②《子夜歌》：乐府“吴声歌曲”名。《宋书·乐志一》：“《子夜哥》者，有女子名子夜，造此声。晋孝武太元中，琅邪王轲之家有鬼哥《子夜》。殷允为豫章时，豫章侨人庾僧度家亦有鬼哥《子夜》。殷允为豫章，亦是太元中，则子夜是此时以前人也。”现存晋、宋、齐三代歌词四十二首，写爱情生活中的悲欢离合，多用双关隐语。 ③银烛：即明烛。东晋王嘉《拾遗记》卷五：“(汉)元封元年，浮忻国贡兰金之泥。此金出汤泉，盛夏之时，水常沸涌，有若汤火，飞鸟不能过。国人常见水边有人冶此金为器。金状混混若泥，如紫磨之色；百铸其色变白，有光如银，名曰银烛。” ④露桃：语本《乐府诗集·相和歌辞三·鸡鸣》：“桃生露井上，李树生桃旁。”后因用“露桃”称桃树、桃花。唐顾况《瑶草春》诗：“露桃秾李自成蹊，流水终天不向西。” ⑤西园：在河南省临漳县邺县旧治北，传为曹操所建。三国魏曹植《公宴诗》：“清夜游西园，飞盖相追随。”无忌：本指战国魏公子无忌。《史记·信陵君列传》：“魏公子无忌者，魏昭王少子，而魏安釐王异母弟也。昭王薨，安釐王即位，封公子为信陵君。”这里当为代指曹丕。韦縠《才调集》补注卷三：“公子当是曹丕。今曰无忌，盖以当时公子纵心于游乐，可直名之为无忌耳，非误认曹丕为信陵君也。” ⑥莫愁：古乐府中传说的女子。一说为洛阳人，为卢家少妇。南朝梁武帝《河中之水歌》：“河中之水向东流，洛阳女儿名莫愁……十五嫁为卢家妇，十六生儿字阿侯。”另一说为石城人(在今湖北省钟祥县)。《旧唐书·音乐志二》：“石城有女子名莫愁，善歌谣，《石城乐》和中复有‘莫愁’声，故歌云：‘莫愁在何处？莫愁石城西。艇子打两桨，催送莫愁来。’”

【品评】

伟大的现实主义诗人杜甫在安史之乱中，备尝流离颠沛之苦。他创作了一首《忆昔》诗，深情追忆“开元全盛日”人口的繁阜（“小邑犹藏万家室”）、经济的发达（“公私仓廪俱丰实”）、社会的稳定（“远行不劳吉日出”），由此反衬出身处乱世的凄凉。晚唐诗人韦庄创作了这首同题诗作，则通过昔日贵族少年的冶游之乐，感怀国势衰颓的可悲。

韦庄曾一度寓居在长安附近，后移居虢州。僖宗广明元年（880）十二月，黄巢起义军攻破长安时，他正在京城应试，遂困居城内，目睹都城惨遭洗劫，抚今追昔，无限感慨，于是写下这首七言律诗。

诗歌开头六句，围绕开头的“昔年”两字，追述往日于此的冶游之乐。五陵是唐代豪门贵族聚居之地，李白《少年行》中便有“五陵年少金市东，银鞍白马度春风”诗句，杜甫《秋兴八首》其三也云：“同学少年多不贱，五陵衣马自轻肥。”韦庄当年曾经目睹五陵年少夜以继日、纸醉金迷地冶游狂欢。《子夜歌》，语意双关，既是实指所唱的歌曲名称，又可表明宴乐的时间已至深夜，故以“月满楼”加以映衬，显示歌声清扬、月色朗照的美好场景。五陵年少冶游其间，自然极尽欢娱，纵情享乐。

颔联“银烛”句，取邢邵“夕宴银为烛”诗意，描写王公贵族通宵达旦地宴饮狂欢。“露桃”句出自王昌龄《春宫曲》“昨夜风开露井桃”句，暗讽宫廷之内长年昏聩、迷恋酒色。“长似昼”、“不知秋”，强调他们的奢靡享乐昼夜不停、长年不衰。正是由于如此地沉迷在华屋盛筵之中，他们无法察觉时代之“秋”已然来临，一步步断送了大唐的美好江山。

颈联用典更为巧妙。汉末曹操在邺都建有西园，“西园公子”本指曾经于此宴游纵欢的曹丕、曹植。又由曹魏之“魏”引出战国时期的魏公子信陵君无忌。信陵君喜纳贤士，养客千人，也是宴游无度的风流人物。非但如此，这“无忌”二字，还暗讽了贵家公子花天酒地、无所顾忌的狂态。“南国”句既化用典故，表现宴会之上声色享乐的场景；而且这“莫愁”二字，恰又表明这帮享乐之徒成天醉生梦死、不知忧愁。

以上六句写足了“昔年”上流社会奢靡无度的生活情状。尾联“今日乱离”情意陡转，直面现实，发出感叹：昔年的一切繁华、灯红酒绿、歌舞喧阗尽归无情空幻之梦。诗人面对无可挽回的时代危局，旧地重游，唯见残阳如血，碧水东流，内心深处充满无限的沧桑之感、黍离之悲。

整首诗歌采用鲜明跌宕的对比手法，抚今追昔，婉而多讽，感慨遥深；典故的嵌入，双关、象征、暗示等修辞手法的运用，又使诗作富有弦外之音、味外之味，具备了多重理解的丰富意蕴和表达深度。清人黄叔灿《唐诗笺注》卷六评析此诗曰：“上六句俱言昔日宴游，太平时叙，极意欢娱。结言乱离之后回首当时，竟成梦寐，而夕阳西下，水自东流，真令人悲叹不尽也。”

陪金陵府相中堂夜宴①

满耳笙歌满眼花，②满楼珠翠胜吴娃。③
因知海上神仙窟，④只似人间富贵家。
绣户夜攒红烛市，⑤舞衣晴曳碧天霞。⑥
却愁宴罢青蛾散，⑦扬子江头月半斜。⑧

【注释】

①金陵府相：指镇海军节度使周宝。王国维《秦妇吟跋》："考是时周宝以镇海军节度使同平章事镇润州，则相公谓周宝也。（韦）庄遇黄巢之乱，寓居洛中，旋客江南，……其后有《陪金陵府相中堂夜宴》诗、《观浙西府相畋游》诗，又有《官庄》诗，……是庄且曾为周宝客。此诗当即初至江南贽（周）宝之作矣。"金陵，本指上元县（今江苏南京），此指浙西节度治所润州丹徒县（今江苏镇江）。中堂：唐于中书省设政事堂，以宰相领其事，后因称宰相为中堂。 ②笙歌：吹笙唱歌。唐王维《奉和圣制十五夜燃灯继以酺宴应制》："上路笙歌满，春城漏刻长。" ③珠翠：借指盛装女子。唐陆龟蒙《杂伎》诗："六宫争近乘舆望，珠翠三千拥赭袍。"吴娃：吴地美女。《文选·枚乘〈七发〉》："使先施、徵舒、阳文、段干、吴娃、闾娵、傅予之徒……嬿服而御。"李善注："皆美女也。" ④神仙窟：神仙居处。亦用以比喻隐居处或逍遥自在的住所。唐樊夫人《答裴航》诗："一饮琼浆百感生，玄霜捣尽见云英。蓝桥便是神仙窟，何必崎岖上玉清。" ⑤绣户：雕绘华美的门户，多指妇女居室。南朝宋鲍照《拟行路难》诗之三："璇闺玉墀上椒阁，文窗绣户垂罗幕。"攒（cuán）：簇聚，聚集。红烛市：谓红烛簇聚如市。唐王仁裕《开元天宝遗事》卷下："杨国忠子弟每至上元夜，各有千炬红烛，围于左右。" ⑥曳（yè）：牵引，拖。《易·既济》："曳其轮，濡其尾，无咎。"高亨注："曳，以手引之。"碧天霞：形容舞衣颜色如同碧天的云霞。唐刘禹锡《和令狐相公郡斋对紫薇花》诗："明丽碧天霞，丰茸紫绶花。" ⑦青蛾：青黛画的眉毛。南朝宋刘铄《白纻曲》："佳人举袖耀青蛾，掺掺擢手映鲜罗。"这里借指少女、美人。 ⑧扬子江：长江在今江苏仪征、扬州一带，古称"扬子江"，因扬子津而得名。

【品评】

此诗是韦庄在润州参加镇海军节度使周宝的盛大宴会，有感而作。

首联连用三个“满”字，渲染宴会的热闹喧阗：满耳所闻笙歌嘹亮，满眼所见繁花似锦，益以满楼的红粉佳丽，个个佩戴着珠翠饰物，花容月貌艳压吴娃。

置身在这样的府第繁华中，诗人只觉如入仙境。故而于颔联发出慨叹：今日方知即便是海上神话中的仙境，也不过只能像这样的“人间富贵家”。作者匠心独运，正话倒说，用仙境不过如此的表达方式，越发渲染出歌舞喧阗、花团锦簇的宴会场面的极度豪奢。沈德潜评之曰：“只是说人间富贵几如海上神仙，一用倒说，顿然换境。”（《唐诗别裁集》卷一六）

颈联细致描摹宴会的环境和歌舞。豪华的府第雕梁画栋，整个宴会烛聚如市，灯火辉煌，人们沉湎在不夜天的淋漓欢畅之中。歌女们翩翩起舞，彩衣飘飞，宛如烂熳的碧空云霞。这里“攒”字、“曳”字，丝丝入扣地刻画出灯市如昼、轻歌曼舞的盛大场景，表现出众位宾客夜以继日、极尽欢娱的声色享乐。

以上六句把宴会的流光溢彩、歌舞喧阗写到了极致。尾联却陡然一转，设想酒阑宴罢、客散楼空的清寂景象。一个“愁”字与开头的三个“满”字构成呼应和对照，点出了诗人深沉忧患的情怀，扬子江头残月冷照，进一步映衬出作者丰富复杂的人生感怀、时代悲绪；同时对握有重兵的周宝沉湎酒色、穷奢极欲，也暗含微讽、规劝之意。俞陛云《诗境浅说》分析道：“作者不为谀颂语以悦贵人，而作当头棒喝，为酬酢诗中所仅见。”

与东吴生相遇及第后出关作

十年身事各如萍，[①]白首相逢泪满缨。[②]
老去不知花有态，乱来唯觉酒多情。[③]
贫疑陋巷春偏少，[④]贵想豪家月最明。[⑤]
且对一樽开口笑，未衰应见泰阶平。[⑥]

【注释】

①身事：指人的经历和遭遇。南朝宋鲍照《游思赋》："抚身事而识苦，念亲爱而知乐。"各如萍：谓各自皆若浮萍，行踪不定。唐杜甫《别常徵君》诗："各逐萍流转，来书细作行。" ②缨：系冠的带子。以二组系于冠，结在颔下。《孟子·离娄上》："沧浪之水清兮，可以濯我缨。" ③唯觉：犹独觉。④陋巷：简陋的巷子。《论语·雍也》："贤哉，回也！一箪食，一瓢饮，在陋巷，人不堪其忧，回也不改其乐。"借指贫寒。晋潘岳《杨仲武诔》："虽舅氏隆盛，而孤贫守约，心安陋巷，体服菲薄，馀甚奇之。" ⑤豪家：指有钱有势的人家。《管子·轻重甲》："吾国之豪家迁封食邑而居者，君章之以物，则物重；不章以物，则物轻。" ⑥泰阶：古星座名，即三台。上台、中台、下台共六星，两两并排而斜上，如阶梯，故名。这里借指朝廷。唐贾至《闲居秋怀寄阳翟陆赞府封丘高少府》诗："信矣草创时，泰阶速贤良。"

【品评】

韦庄从唐僖宗中和三年（883）流落江南起，直到昭宗乾宁元年(894)擢第,经历了十二年流离颠沛之苦。此诗抒写他及第后与东吴生相遇所感发的人生悲慨。

首联劈头便感慨万端,喟叹自己与朋友十年来如水上的浮萍,天涯沦落,流离失所。如今他们得以白首重逢,痛定思痛,涕泗滂沱。

颔联交代他们叙旧的内容,包含这十年来的悲苦处境和苍老心境。他们岁月蹉跎,再也没有青年时代风流赏花的兴致了;他们遭遇时乱,唯有借酒浇愁,排解内心的酸楚和寂寞。

颈联情绪陡然激动,抒发他们身处贫富悬殊的时代的愤懑不平。这里"贫"与"贵","陋巷"与"豪家","春偏少"与"月最明"构成鲜明的对照,揭示了深刻的社会矛盾和民生疾苦,表达出对于上层统治者的无声控诉。因此,开头六句从"老"、"乱"、"贫"等不同的角度,介绍了诗人的悲惨人生遭遇、动荡时代背景以及黑暗社会现实,也交代了首联何以"泪满缨"的深刻原因。正如朱三锡《东喦草堂评订唐诗鼓吹》卷十所云:"十年漂泊,白首相逢,宜泪也;白首而更逢世乱,又宜泪也;白首世乱而更遭家贫,又宜泪也。"

尾联破涕为笑,聊以宽慰,期望国家从此风调雨顺,国泰民安;既表达了对于国家前途的美好愿望,也流露出作者积极进取的人生态度。

全诗以"泪"始,以"笑"结,首尾呼应,结构井然,总结了诗人十年来的人生坎坷,揭露了贫富悬殊的社会矛盾,同时又深受"诗圣"杜甫的精神影响,体现了儒家知识分子的拳拳报国情怀。

上元县①浙西作

南朝三十六英雄，②角逐兴亡尽此中。③
有国有家皆是梦，为龙为虎亦成空。④
残花旧宅悲江令，⑤落日青山吊谢公。⑥
止竟霸图何物在，⑦石麟无主卧秋风。⑧

【注释】

①上元县：县名，故址在今江苏省南京市。李吉甫《元和郡县图志》卷二五《江南道一》载，润州上元县，属浙西观察使，本金陵地。秦改为秣陵，后又称蒋州、江宁等。唐废升州，改江宁为上元县。　②三十六英雄：泛指南朝称名一时的豪杰，非实数。　③角逐：竞相争逐。《战国策·齐策三》：“且王之先帝，驾犀首而骖马服，以与秦角逐。”　④为龙为虎：喻英雄俊杰。三国魏应璩《与尚书诸郎书》：“二三执事，以龙虎之姿，遭风云之会。”唐李白《古风》之一：“龙虎相啖食，兵戈逮狂秦。”　⑤江令：隋江总先后仕南朝梁、陈及隋三朝，仕陈时官至尚书令，世称“江令”。唐欧阳询《道失》诗：“不下结绮阁，空迷江令语。雕戈动地来，误杀陈后主。”唐刘禹锡《江令宅》诗：“南朝词臣北朝客，归来唯见秦淮碧。池台竹树三亩馀，至今人道江家宅。”　⑥谢公：指晋谢安。南朝宋刘义庆《世说新语·任诞》：“桓子野每闻清歌，辄唤：‘奈何！’谢公闻之曰：‘子野可谓一往有深情。’”唐李白《示金陵子》诗：“谢公正要东山妓，携手林泉处处行。”　⑦止竟：究竟。韦庄《多情》诗：“止竟多情何处好，少年长抱长年悲。”霸

图：霸者的雄图。《晋书·凉武昭王李玄盛传》："玄盛以纬世之量，当吕氏之末，为群雄所奉，遂启霸图。" ⑧石麟：古代帝王陵前的石雕麒麟。南朝梁任昉《述异记》卷上："丹阳大姑陵，陵下有石麟二枚，不知年代。"唐温庭筠《金虎台》诗："碧草连金虎，青苔蔽石麟。"

【品评】

此诗约作于唐昭宗中和、光启年间韦庄客居浙西时。经历了唐末社会动荡的韦庄，因避战乱来到金陵，追怀南朝往事，感慨时代忧患。

首联紧扣题目，概括金陵城的荣耀历史和沧桑命运。作为南朝都城，历代英雄在此纷扰争逐，宋、齐、梁、陈像走马灯一样在这里改朝换代，如今所剩下的，只是颓垣残壁的历史陈迹，令人徒增往事如烟、沧海桑田的嗟叹唏嘘。所有的"角逐"皆归空幻，一个"尽"字，把一切英雄、一切历史兴亡就此收束。

颔联采用互文的手法，进一步感慨南朝衰亡的可悲。"有国有家"侧重表现南朝国家沦亡，"为龙为虎"则强调龙盘虎踞的金陵王气也就此消歇，往日的一切繁华最终好似南柯一梦。

颈联流连昔日故迹，选取南朝时期的两个典型人物，分别加以咏叹。江总历仕梁、陈、隋朝，享尽荣华富贵；政治家谢安耽爱山水，素有东山之志。然而，像这样的风流人物早已作古，只有残花旧宅、落日青山依然在目，怎能不让凭吊者睹物伤怀，潸然悲怆！

最后一联自问自答。诗人探问"止竟霸图何物在"，实则总结南朝灭亡的历史教训，感发历史盛衰的无限空幻。然后接以写景"石麟无主卧秋风",南朝帝王墓前石麒麟躺卧在茫茫荒野、瑟瑟秋风之中,落日斜照,残阳如血,倍显凄恻悲怆!"无主"二字,更增历史的无情和幻灭。韦庄咏怀南朝历史,实则心绪凄怆;他所唱出的怀古悲歌,分明寄寓着对于唐王朝行将崩溃的悲悼。

汧阳间①

汧水悠悠去似絣,②远山如画翠眉横。③
僧寻野渡归吴岳,④雁带斜阳入渭城。⑤
边静不收蕃帐马,⑥地贫唯卖陇山鹦。⑦
牧童何处吹羌笛,⑧一曲《梅花》出塞声。⑨

【注释】

①汧(qiān)阳:古邑名,西周末秦穆公所都。秦置县,治所在今陕西省陇县南。古称汧阳,今名千阳。晋潘岳《马汧督诔》:"既已袭汧,而馆其县。" ②汧水:水名。渭水支流,今名千河。源出甘肃省六盘山南麓,上游东南流经陕西省陇县千阳注入渭河。古以河中出五色鱼,因又称龙鱼川。絣(bēng):通"绷",引绳使直,这里形容水流笔直。 ③翠眉:古代女子用青黛画眉,这里形容远山青翠欲滴。 ④野渡:荒落之处或村野的渡口。唐韦应物《滁州西涧》诗:"春潮带雨晚来急,野渡无人舟自横。"吴岳:古代山名,在今陕西省。《史记·封禅书》:"自华以西,名山七,名川四。曰华山,薄山……岳山,岐山,吴岳,鸿冢,渎山。"裴骃集解引徐广曰:"在汧也。" ⑤渭城:地名。本秦都咸阳,汉高祖元年改名新

城，后废。武帝元鼎三年复置，改名渭城。东汉并入长安县。治所在今陕西咸阳东北二十里。唐王维《观猎》诗："风劲角弓鸣，将军猎渭城。" ⑥边静：边境平静。蕃帐马：从胡地贩来的马。蕃帐，胡人幕帐，这里代指胡地。 ⑦陇山：山名，六盘山南段的别称，古时又称陇坂、陇坻。北魏郦道元《水经注·斤江水》："陇山、终南山、惇物山在扶风武功县西南也。"陇山多产鹦鹉。唐岑参《赴北庭度陇思家》诗："陇山鹦鹉能言语，为报家人数寄书。"故鹦鹉又称"陇鸟"。唐李商隐《五言述德抒情诗一首四十韵献上杜七兄仆射相公》："陇鸟悲丹觜，湘兰怨紫茎。" ⑧羌笛：古代的管乐器。长二尺四寸，三孔或四孔。因出于羌中，故名。唐王之涣《凉州词》之一："羌笛何须怨杨柳，春风不度玉门关。" ⑨《梅花》：《梅花落》的省称，汉乐府横吹曲名。《乐府诗集·横吹曲辞四·梅花落》郭茂倩题解："《梅花落》本笛中曲也。按，唐大角曲，亦有《大单于》、《小单于》、《大梅花》、《小梅花》等曲，今其声犹有存者。"唐李白《观胡人吹笛》诗："十月吴山晓，《梅花》落敬亭。"出塞声：《出塞曲》之声。唐李颀《古意》诗："今为羌笛出塞声，使我三军泪如雨。"

【品评】

据夏承焘先生《韦端己年谱》考证，唐昭宗乾宁三年(896)，凤翔节度使李茂贞攻占长安，昭宗出逃，韦庄随驾供职。次年四月，奉使入蜀。此诗即作于出使途中行经汧阳县时。

前半首描写途中所见，流露出对秦地山川的留恋之情。开头两句刻画汧水笔直似线，远山苍翠如眉，纵横交错，动静结合，构成了富有立体感的画面。傍晚时分，云游的僧人准备渡河，返回山寺；天上的大雁背着斜阳，飞入渭城。这是一幅渺远而又温馨的场景，就像陶潜《饮酒》诗所歌咏的那样："山气日夕佳，飞鸟相与还。"让人自然联想到回归家园，寻找心灵的归宿。然而，诗人却在此时偏偏要远离家乡，远赴蜀地，对故国、故乡的留恋显得格外浓烈。

颈联描写战乱时期短暂休战的宁静和当地农民生活的困苦。虽然边境暂时平静，但是由于此地土地贫瘠，老百姓只得靠卖鹦鹉为生，表现出长期战乱所造成的民生凋敝的惨象。诗人在这里，已从自己人生遭遇的感怀，提升到同情民生、忧时伤世的境界。最后一联更进一步借凄厉的羌笛之声渲染、强化悲情的表达。他分明从牧童所吹起的《梅花落》曲调当中，听出了如同《出塞曲》那样的悲凉。这笛声的凄厉，正映衬着诗人心境的凄楚、晚唐时代的悲凉，意蕴深广，情味悠长，令人悲慨，使人感愤。因此，钱谦益、何焯评之"字字有血泪而使人不觉"(《唐诗鼓吹评注》卷十)。

关河道中①

槐陌蝉声柳市风，②驿楼高倚夕阳东。③
往来千里路长在，聚散十年人不同。④
但见时光流似箭，⑤岂知天道曲如弓。⑥
平生志业匡尧舜，⑦又拟沧浪学钓翁。⑧

【注释】

①关河：指函谷等关与黄河。《史记·苏秦列传》："秦四塞之国，被山带渭，东有关、河，西有汉中。"张守节正义："东

有黄河，有函谷、蒲津、龙门、合河等关。” ②槐陌：两旁植有槐树的街道。唐郑谷《感怀投时相》诗：“孤吟马迹抛槐陌，远梦渔竿掷苇乡。”柳市：泛指柳树成荫的街市。 ③驿楼：驿站的楼房。唐张说《深渡驿》诗：“猿响寒岩树，萤飞古驿楼。”④“往来”两句：谓韦庄离长安南游，行程遥远和历时久长。⑤但见：只见。 ⑥“岂知”句：焉知天道之曲如张弓。《老子》第七十七章：“天之道其犹张弓乎，高者抑之，下者举之，有馀者损之，不足者补之。”韦縠《才调集补注》卷三引郝天挺云：“反其意用之，盖怨之之词也。”天道：犹天理，天意。《易·谦》：“谦亨，天道下济而光明。”晋陶潜《怨诗楚调示庞主簿邓治中》：“天道幽且远，鬼神茫昧然。” ⑦平生：平素，往常。唐杜甫《梦李白》诗：“出门搔白首，若负平生志。”志业：志向与事业。南朝梁沈约《临川王子晋南康侯子恪迁授诏》：“门下侍中临川王子晋，志业清敏，器尚夷通。”匡：辅佐，辅助。《诗·小雅·六月》：“王于出征，以匡王国。”马瑞辰通释：“匡者，助也。‘以匡王国’，犹云‘以佐天子’也。”尧舜：唐尧和虞舜的并称，远古部落联盟的首领，古史传说中的圣明君主。《易·系辞下》：“黄帝、尧、舜，垂衣裳而天下治。”⑧“又拟”句：谓准备隐居江湖。《孟子·离娄上》：“有孺子歌曰：‘沧浪之水清兮，可以濯我缨；沧浪之水浊兮，可以濯我足。’”钓翁：渔翁。《楚辞·渔父》：“渔父莞尔而笑，鼓枻而去。乃歌曰：‘沧浪之水清兮，可以濯我缨；沧浪之水浊兮，可以濯我足。’”

【品评】

此诗盖作于咸通二年(861)秋，韦庄自虢州入京应举途中，感慨世道不平、志业不遂，抒写人生理想和思归情怀。

首联紧扣诗题，描写眼前景致：蝉噪槐阴，风来柳畔，而驿楼则高倚于斜阳之外。这样的画面安宁而朴野，夕阳斜照更为所有物象涂抹上暮色苍茫的色泽。

在这样的景物触引下，诗人感发出自己十年来千里奔波、聚散离合的人生遭际。颔联“千里”对仗“十年”，分别从空间和时间的角度交代了命运多艰，而“路长在”突显流离颠沛之苦，“人不同”则表现岁月蹉跎之悲。

颈联首句承接上联末句对于时光荏苒的感慨，“岂知天道曲如弓”则另翻一层意思，直接流露出由于社会黑暗、朝政腐朽，导致自己怀才不遇、壮志难酬的无限悲叹。

面对如此污浊的世道，诗人无可奈何，但是仍然执著地坚守“达则兼济天下，穷则独善其身”的政治理念。尾联即表达了自己的济世安邦理想和放达隐逸情怀，展现出作者拳拳报国之志和鄙弃世俗荣华的人格追求。

题盘豆驿水馆后轩①

极目晴川展画屏，②地从桃塞接蒲城。③
滩头鹭占清波立，原上人侵落照耕。④
去雁数行天际没，孤云一点净中生。
凭轩尽日不回首，楚水吴山无限情。⑤

【注释】

①盘豆驿：今河南灵宝西北黄河南岸。《隋书·杨素传》：“大业中，元感至阌乡，上盘豆。”水馆：临水的馆舍或驿站。南朝梁江淹《池上酬刘记室》诗：“水馆次文羽，山叶下暝

露。”后轩：后廊。 ②晴川：晴天下的江面。唐崔颢《黄鹤楼》诗：“晴川历历汉阳树，芳草萋萋鹦鹉洲。” ③桃塞：即桃林塞，在今河南灵宝以西、陕西潼关以东地区，为周武王放牛处。《书·武成》：“偃武修文，归马于华山之阳，放牛于桃林之野，示天下弗服。”孔传：“山南曰阳，桃林在华山东，皆非长养牛马之地，欲使自生自死，示天下不复乘用。”蒲城：唐县名，治所在今陕西省蒲城县。 ④侵：接近，临近。唐杜甫《陪诸贵公子丈八沟携妓纳凉晚际遇雨》诗之二：“缆侵堤柳系，幔卷浪花浮。”仇兆鳌注：“侵，迫近也。”落照：夕阳的馀晖。南朝梁简文帝《和徐录事见内人作卧具》：“密房寒日晚，落照度窗边。” ⑤楚水吴山：泛指长江中下游一带山水。

【品评】

此诗盖作于韦庄虢州村居期间，通过极目所见之景，抒发江南之忆。

首联从总体落笔。驿馆后轩面临大川，诗人极目而望，旷远之风景如画，顿然给人以神清气爽之感。颔联描摹两个富有情味的景象：远处清波之上，白鹭顾影卓立，显得格外悠闲自在；平川原野之上，农民躬耕田亩的身影，逐渐融入火红的晚霞。这样的画面不仅清新浑朴，而且渲染出和平宁静的村野气息。

颈联转入抒情。诗人写鸿雁远去，隐含与远方亲友音信杳然的惆怅；孤云浮动，象征着诗人内心的孤寂，一种漂泊无依的感伤油然而生。正因为如此，诗人凭栏远眺，触目感怀，表达出对于楚山吴水的无限情怀。这里既包含对江南亲友的深切思念，也渗透着作者自己对往昔冶游江南生活的遐想和追忆。

思归

暖丝无力自悠扬，[1]牵引东风断客肠。
外地见花终寂寞，异乡闻乐更凄凉。
红垂野岸樱还熟，[2]绿染回汀草又芳。[3]
旧里若为归去好，[4]子期凋谢吕安亡。[5]

【注释】

①暖丝：指春天新绿的柳条。　②野岸：野外水流的涯岸。南朝梁何逊《慈姥矶》诗："野岸平沙合，连山远雾浮。"　③回汀：曲折的洲渚。唐李商隐《细雨》诗："潇洒傍回汀，依微过短亭。"　④旧里：故里。唐张九龄《与弟游家园》诗："林鸟飞旧里，园果酿新秋。"　⑤子期：即向秀，字子期，河内怀（今河南省武陟县西南）人。秀为三国魏"竹林七贤"之一，与嵇康、吕安交善，其《思旧赋序》云："余与嵇康、吕安居止接近。其人并有不羁之才，然嵇志远而疏，吕心旷而放，其后各以事见法。……余逝将西迈，经其旧庐。于时日薄虞渊，寒冰凄然，邻人有吹笛者，发声寥亮。追思曩昔游宴之好，感音而叹，故作赋云。"凋谢：死亡。唐韩愈《寄崔二十六立之》诗："朋交日凋谢，存者逐利移。"吕安：字仲悌，东平（治所在今山东省东平县东）人。

【品评】

这是一首抒写思归意绪、凄婉感人的诗作。

首联言柳丝飘荡牵引春风，对此而客肠欲断。颔联承此意脉，再度表明自己见花寂寞、闻乐凄凉，进一步渲染出思归之绪。

颈联细笔描摹眼前的江南春色：樱桃成熟，红垂野岸；芳草萋萋，绿染回汀。如此清新明丽之景最能引发文人墨客对于美好春光的赞颂。然而，这异乡的景致越是美丽，就越发牵惹出天涯游子的落寞惆怅。而且这里的"还"字、"又"字，宛如李煜《虞美人》词中的"小楼昨夜又东风"，隐含着诗人心怀埋怨、不忍目睹的郁苦。

尾联直接抒发乡关之思，然而"若为"二字颇值玩味。此时的北方故乡战乱频仍，民不聊生；即便回到故乡，只能面对颓垣残壁、故旧凋零的悲惨景况。所以，他在《菩萨蛮》词中深情喟叹道："未老莫还乡，还乡须断肠。"这样的作品形象展现出晚唐北方文人有家难回、进退维谷的悲楚命运。

叹落花

一夜霏微露湿烟，①晓来和泪丧婵娟。②
不随残雪埋芳草，尽逐香风上舞筵。③
西子去时遗笑靥，④谢娥行处落金钿。⑤
飘红堕白堪惆怅，⑥少别秾华又隔年。⑦

【注释】

①霏微：飘洒。南朝梁何逊《七召·神仙》："雨散漫以沾服，云霏微而袭宇。"湿烟：潮湿的烟气。唐王建《温门山》诗："暖气成湿烟，濛濛窗中白。" ②和泪：含泪。婵娟：形容花木秀美动人。三国魏阮籍《咏怀》之二六："庭木谁能近？秋

月复婵娟。”《文选·成公绥〈啸赋〉》：“藉皋兰之猗靡，荫修竹之婵娟。”李周翰注：“婵娟，竹美貌。” ③香风：带有香气的风。唐杨师道《赋终南山用风字韵应诏》：“登临日将晚，兰桂起香风。”舞筵：舞蹈时铺地用的席子或地毯。《旧唐书·西戎传·波斯国》：“自开元十年至天宝六载，凡十遣使来朝，并献方物。四月，遣使献玛瑙床。九年四月，献火毛绣舞筵、长毛绣舞筵、无孔真珠。” ④西子：西施。《孟子·离娄下》：“西子蒙不洁，则人皆掩鼻而过之。”这里用以比喻花。唐王建《故梁国公主池亭》诗：“素柰花开西子面，绿榆枝散沈郎钱。”笑靥(yè)：古代妇女脸上的妆饰品。 ⑤谢娥：晋代太傅谢安家的美女，亦泛指大户人家的美女。唐韩琮《题商山店》诗：“商山驿路几经过，未到仙娥见谢娥。”金钿(tián)：指嵌有金花的妇人首饰。南朝梁丘迟《敬酬柳仆射征怨》诗：“耳中解明月，头上落金钿。” ⑥飘红堕白：谓落英缤纷。惆怅：因失意或失望而伤感、懊恼。 ⑦少别：暂时分别。秾华：繁盛艳丽的花朵。

【品评】

这是一首笔法独特、想象新颖的咏叹落花的佳作。

首联描写昨夜露湿梢头，花瓣随之飘落，晓起观之凋零于地，不禁凄怆感伤，和泪悲悼。这里以“婵娟”状花，显其柔婉美好之态，包含着诗人珍爱、惋惜之意。

如果照此笔调写下去，也就是一首凄婉感人的咏花诗。作者却匠心独运，想象奇特，颔联写落花不甘心就此随着残雪埋没，而是伴着香风飘上舞筵，再次向人们展现妩媚娇艳的美态，反将落花写得异样有情。

颈联再将落花比拟为西施和谢娥，在自己飘然远逝之前，向人们送去无限的依恋和美好，更显异样的可爱、可怜。

诗人为姹紫嫣红的飘堕零落而深致感伤；并且由春花的凋零，感受到年华易逝、青春不再的惆怅。

全诗咏叹落花，并非一味凄惨，而是将落花写得格外艳丽、多情，赋予其独特的衰残之美、凄然之美，这是凋零之前的最后味道，然而她越是娇美，就越能勾起欣赏者无限怅惘之意。朱三锡《东嵒草堂评订唐诗鼓吹》卷十评价道："写得愈有情愈觉伤心，写得愈可爱愈觉可怜。此皆唐人妙法，不可不学也。"

人们往往会为美好事物的凋零而感伤不已。晚唐诗人多咏落花，李商隐《花下醉》"客散酒醒深夜后，更持红烛赏残花"、《落花》"芳心向春尽，所得是沾衣"等诗句，都通过对落花的歌咏，表露出诗人凄凉的身世之悲、时世之叹。人们在叹惜落花，也在悲叹自身的不幸命运，悲叹这个行将没落的时代，字里行间充满着无限凄怆的情致。

听赵秀才弹琴

满匣冰泉咽又呜，① 玉音闲淡入神清。②
巫山夜雨弦中起，③ 湘水清波指下生。④
蜂簇野花吟细韵，⑤ 蝉移高柳迸残声。⑥
不须更奏《幽兰》曲，⑦ 卓氏门前月正明。⑧

【注释】

①匣：这里指琴匣。冰泉：清泉。常用其声形容琴声。唐元稹《五弦弹》诗："风入春松正凌乱，莺含晓舌怜娇妙。呜

呜暗溜咽冰泉，杀杀霜刀涩寒鞘。” ②玉音：清越优雅的声音。晋陶潜《读〈山海经〉》诗之七：“灵凤抚云舞，神鸾调玉音。”闲淡：幽雅清淡。入神：《易·系辞下》：“精义入神，以致用也。”孔颖达疏：“言圣人用精粹微妙之义，入于神化。寂然不动，乃能致其所用。”后多用以指一种技艺达到神妙之境。《古诗十九首·今日良宴会》：“弹筝奋逸响，新声妙入神。” ③巫山：山名，在重庆、湖北两省边境，北与大巴山相连，形如“巫”字，故名。战国宋玉《高唐赋》序：“昔者先王尝游高唐，怠而昼寝。梦见一妇人，曰：‘妾巫山之女也，为高唐之客。闻君游高唐，愿荐枕席。’王因幸之。去而辞曰：‘妾在巫山之阳，高丘之阻，旦为朝云，暮为行雨，朝朝暮暮，阳台之下。’旦朝视之如言，故为立庙，号曰朝云。” ④湘水：湘江。源出广西壮族自治区，流入湖南省，为湖南省最大的河流。汉东方朔《七谏·自悲》：“测汨罗之湘水兮，知时固而不反。”这里化用了湘灵鼓瑟的传说。《楚辞·远游》：“使湘灵鼓瑟兮，令海若舞冯夷。” ⑤蜂簇：群蜂簇拥。细韵：细小响声。 ⑥迸：迸发。残声：尾音。 ⑦《幽兰》：古琴曲名。战国楚宋玉《风赋》：“臣援琴而鼓之，为《幽兰》、《白雪》之曲。” ⑧卓氏：指西汉临邛大富商卓王孙之女卓文君。《史记·司马相如列传》：“是时卓王孙有女文君新寡，好音，故相如缪与令相重，而以琴心挑之。……及饮卓氏，弄琴，文君窃从户窥之，心悦而好之。……文君夜亡奔相如。”唐许浑《赠萧炼师》诗：“莫比班家扇，宁同卓氏琴。”

【品评】

此诗夸赞赵秀才鼓琴音乐之妙。琴声起伏低昂，犹如白居易《琵琶行》中的“幽咽泉流冰下难”、“冰泉冷涩弦凝绝”；

音乐清润和婉，格调高雅入神。

颔联由琴声进行艺术想象，展现出巫山夜雨、湘水清波的优美画卷，并且化用巫山神女、湘灵鼓瑟等神话传说，赋予眼前的音乐更为美妙的韵致。

颈联再作细笔描摹。“蜂簇”句状写琴声的低促幽细，“蝉移”句则音调陡然升高，发出铿然激越的声响。胡以梅评之曰：“凡惊蝉移树，则遽高其声，远曳而去，‘迸’字妙，此句拟琴声馀韵可为入神。”(《唐诗贯珠》卷五八)

尾联表达对赵秀才的赞美，言其技艺已如司马相如之鼓琴，不必更学宋玉演奏《幽兰》曲，恐卓氏门前月正明而感动文君矣。

登汉高庙闲眺①

独寻仙径上高原，②云雨深藏古帝坛。③
天畔晚峰青簇簇，④槛前春树碧团团。⑤
参差郭外楼台小，⑥断续风中鼓角残。⑦
一带远光何处水，⑧钓舟闲系夕阳滩。⑨

【注释】

①汉高庙：即汉高祖庙。《三辅黄图》卷之五：“高祖庙，在长安西北故城中。《关辅记》曰：‘秦庙中钟四枚，皆在汉高祖庙中。’《三辅旧事》云：‘高庙钟重十二万斤。’”　②仙径：仙路，这里指通往汉高庙的道路。高原：高地。唐王维《田园乐》诗之五：“山下孤烟远村，天边独树高原。”　③云雨：云和雨。唐李绅《南梁行》：“斜阳瞥映浅深树，云雨翻迷崖谷间。”

古帝坛:祭祀古代帝王的坛场,这里指汉高庙。 ④天畔:天边,天际。唐宋之问《新年作》诗:“乡心新岁切,天畔独潸然。”簇簇:丛列成行貌。唐王建《横吹曲辞·陇头水》:“陇东陇西多屈曲,野麋饮水长簇簇。胡兵夜回水旁住,忆着来时磨剑处。” ⑤槛(jiàn):栏干。《楚辞·九歌·东君》:“暾将出兮东方,照吾槛兮扶桑。”洪兴祖补注:“槛,栏也。”团团:簇聚貌。唐李白《古风》诗:“秋露白如玉,团团下庭绿。” ⑥参差:不齐貌。《诗·周南·关雎》:“参差荇菜,左右流之。”郭:外城,古代在城的外围加筑的一道城墙。《礼记·礼运》:“城郭沟池以为固。”楼台:高大建筑物的泛称。唐杜甫《院中晚晴怀西郭茅舍》诗:“复有楼台衔暮景,不劳钟鼓报新晴。” ⑦鼓角:战鼓和号角声。唐杜甫《绝句》诗:“风起春城暮,高楼鼓角悲。” ⑧远光:远处的光亮。唐元稹《湘南登临湘楼》诗:“霞刹分危榜,烟波透远光。” ⑨钓舟:犹渔船。唐李涉《硖石遇赦》诗:“荷蓑不是人间事,归去沧江有钓舟。”夕阳滩:夕阳映照的滩头。

【品评】

这是一首登高远眺、触目伤怀的写景佳作。

诗歌题目饶有意味,“汉高庙”是登高远眺的地点,不过这一历史古迹所蕴含的前代辉煌,又赋予诗作更为深入的怀古伤今之意。“闲眺”二字是整首诗歌的诗眼,不仅介绍了观览景物的视角,也揭示了作品的情感格调。

首联交代汉高庙的地理位置。其写法正如杜甫《蜀相》“丞相祠堂何处寻,锦官城外柏森森”,都用了“寻”字,表达出作者着意寻找、专程拜望的崇仰心情。“云雨”句表明此庙的偏僻冷落,其状况亦如《蜀相》中的“映阶碧草自春色,隔叶黄鹂空好音”，人们已经早已忘怀汉高祖建立的丰功伟业。

以下六句描写登庙所见远处的晚峰、春树、楼台，鼓角之声从风中断续传来，尾联更点出夕阳斜照下的钓舟，所有景物都令人产生暮色苍茫的感受。整个画面看似闲淡渺远，实则饱含深意。作者立足于汉高庙这一特定历史古迹，置身于晚唐时代落日余晖的时代背景当中，抚今追昔，无限感怀，生发出“夕阳无限好，只是近黄昏”（李商隐《乐游原》）的深沉感慨。

中渡晚眺[①]

魏王堤畔草如烟，[②]有客伤时独扣舷。[③]
妖气欲昏唐社稷，[④]夕阳空照汉山川。[⑤]
千重碧树笼春苑，[⑥]万缕红霞衬碧天。
家寄杜陵归不得，[⑦]一回回首一潸然。[⑧]

【注释】

①中渡：指诗人渡洛水。 ②魏王堤：唐时名胜之一。洛水流入洛阳城内，过皇城端门，经尚善、旌善两坊之北，南溢为池，贞观中赐魏王泰，故名魏王池，有堤与洛水相隔，名魏王堤。唐白居易《魏王堤》诗：“何处未春先有思？柳条无力魏王堤。” ③有客：韦庄自指。扣舷：手击船边，多用为歌吟的节拍。唐王维《送綦毋校书弃官还江东》诗：“清夜何悠悠，扣舷明月中。” ④妖气：妖异之气。汉王充《论衡·言毒》：“妖气生美好，故美好之人多邪恶。”社稷：古代帝王、诸侯所祭的土神和谷神。社，土神；稷，谷神。旧时多用为国家

的代称。《礼记·檀弓下》:“能执干戈以卫社稷。” ⑤山川:山岳,江河。《易·坎》:“天险,不可升也,地险,山川丘陵也,王公设险以守其国。” ⑥千重:千层,层层叠叠。这里状树之繁茂。春苑:春天的园林。唐李商隐《柳》诗:“曾逐东风拂舞筵,乐游春苑断肠天。” ⑦杜陵:地名,在今陕西省西安市东南。古为杜伯国。秦置杜县,汉宣帝筑陵于东原上,因名杜陵。并改杜县为杜陵县。晋曰杜城县,北魏曰杜县,北周废。唐卢照邻《长安古意》诗:“挟弹飞鹰杜陵北,探丸借客渭桥西。”韦庄离开长安前,其家居于杜陵,故言。 ⑧潸(shān)然:流泪貌。唐杜甫《送梓州李使君之任》诗:“君行射洪县,为我一潸然。”

【品评】

这首感怀时世的诗歌创作于唐僖宗中和三年(883)春,当时韦庄因躲避黄巢兵乱而客居洛阳。

首联扣题,描写舟行洛水,远见魏王堤畔碧草如烟,却无法引发诗人赏春之意。他独自扣舷而歌,抒发伤时之悲。颔联承接“伤时”之意,表达出对于黄巢农民起义军破坏社稷纲常、导致天下大乱的刻骨仇恨;“夕阳”句突出一个“空”字,突显战乱兵燹致使国运衰颓、荒凉冷落。

颈联对仗工整,极写眼前花团锦簇、彩霞满天的大好春光。但是,对于战乱时代背井离乡、漂泊流离的诗人来说,越是美丽的异乡春色,就越发勾起对于自己家乡的无尽思念。所以,尾联直接宣泄出有家难归的痛楚悲凉。“一回回首一潸然”,文字的复叠饶有民歌风味,更加真切自然地抒发出作者的思乡之情。

秦妇吟

中和癸卯春三月，[1]洛阳城外花如雪。[2]
东西南北路人绝，[3]绿杨悄悄香尘灭。[4]
路旁忽见如花人，[5]独向绿杨阴下歇。
凤侧鸾欹鬓脚斜，[6]红攒黛敛眉心折。[7]
借问女郎何处来？含颦欲语声先咽。[8]
回头敛袂谢行人，[9]丧乱漂沦何堪说！[10]
三年陷贼留秦地，[11]依稀记得秦中事。[12]
君能为妾解金鞍，[13]妾亦与君停玉趾。[14]

【注释】

①中和癸卯：即唐僖宗中和三年(883)。 ②花如雪：状花之繁盛。李商隐《送王十三校书分司》诗："多少分曹掌秘文，洛阳花雪梦随君。" ③路人绝：谓路人断绝。 ④悄悄(qiǎo qiǎo)：寂静貌。唐元稹《会真诗三十韵》："更深人悄悄，晨会雨濛濛。"香尘：芳香之尘，多指女子之步履而起者。语出晋王嘉《拾遗记・晋时事》："(石崇)又屑沉水之香如尘末，布象床上，使所爱者践之。"唐沈佺期《洛阳道》诗："行乐归恒晚，香尘扑地遥。" ⑤如花人：形容女子非常美丽。韦庄《长安春》诗："家家楼上如花人，千枝万枝红艳新。"

⑥凤：指凤钗。鸾：指鸾形的钗子。欹(qī)：歪斜，倾斜。《荀子・宥坐》："吾闻宥坐之器者，虚则欹，中则正，满则覆。"鬓脚：即鬓角。 ⑦红：指女子面颊。攒(cuán)：簇聚，聚集。

黛:指女子眉毛。敛:皱。唐罗隐《残花》诗:“黛敛愁歌扇,妆残泣镜台。”唐温庭筠《咏颦》诗:“毛羽敛愁翠,黛娇攒艳春。”眉心:双眉之间。唐白居易《春词》:“低花树映小妆楼,春入眉心两点愁。”折:犹眉头紧锁。 ⑧含颦:皱眉,形容哀愁。唐刘禹锡《忆江南》词:“丛兰浥露似沾巾,独坐亦含颦。”咽(yè):声塞。唐岑参《醉后戏与赵歌儿》诗:“向使逢着汉帝怜,董贤气咽不能语。” ⑨敛袂:整饬衣袖,行礼拜揖的准备动作。《史记·货殖列传》:“故齐冠带衣履天下,海岱之间敛袂而往朝焉。”谢:告知。唐白居易《长恨歌》:“含情凝睇谢君王,一别音容两渺茫。” ⑩丧乱:死亡祸乱。后多用以形容时势或政局动乱。《诗经·大雅·云汉》:“天降丧乱,饥馑荐臻。”漂沦:漂泊流落。唐白居易《江南遇天宝乐叟》诗:“从此漂沦落南土,万人死尽一身存。”何堪:岂可,哪里能。用反问的语气表示不可。 ⑪三年陷贼:指黄巢于僖宗广明元年(880)十二月入长安,至僖宗中和三年(883)四月李克用破黄巢收复京师,先后凡三年。秦地:指秦国所辖的地域。《战国策·秦策一序》:“苏、张说,外自弘农故关以西,京兆、扶风、冯翊、北地、上郡、西河、安定、天水、陇西皆秦地。”《晋书·地理志上》:“及平王东迁洛邑,以岐、酆之地赐秦襄公,则为秦地,累世都之,至始皇,遂平六国。” ⑫秦中:古地区名。指今陕西中部平原地区,因春秋、战国时地属秦国而得名,也称关中。《史记·封禅书》:“杜主,故周之右将军,其在秦中最小鬼之神者。”《汉书·娄敬传》:“秦中新破,少民,地肥饶,可益实。”颜师古注:“秦中谓关中,故秦地也。” ⑬金鞍:金饰的马鞍。南朝梁庾信《马射赋》:“控玉勒而摇星,跨金鞍而动月。” ⑭玉趾:白嫩如玉的脚。晋王康琚《反招隐》诗:“凝霜凋朱颜,寒泉伤玉趾。”南朝梁沈约《少年新婚为之咏》:“裾开见玉趾，衫薄映凝肤。”

前年庚子腊月五，[1]正闭金笼教鹦鹉。[2]
斜开鸾镜懒梳头，[3]闲凭雕栏慵不语。[4]
忽看门外起红尘，[5]已见街中擂金鼓。[6]
居人走出半仓惶，[7]朝士归来尚疑误。[8]
是时西面官军入，拟向潼关为警急。[9]
皆言博野自相持，尽道贼军来未及。[10]
须臾主父乘奔至，[11]下马入门痴似醉。[12]
适逢紫盖去蒙尘，[13]已见白旗来匝地。[14]
扶羸携幼竞相呼，[15]上屋缘墙不知次。[16]
南邻走入北邻藏，东邻走向西邻避。
北邻诸妇咸相凑，[17]户外崩腾如走兽。[18]
轰轰昆昆乾坤动，[19]万马雷声从地涌。
火迸金星上九天，十二官街烟烘烔。[20]
日轮西下寒光白，[21]上帝无言空脉脉。[22]
阴云晕气若重围，[23]宦者流星如血色。[24]
紫气潜随帝座移，[25]妖光暗射台星坼。[26]
家家流血如泉沸，处处冤声声动地。
舞伎歌姬尽暗捐，[27]婴儿稚女皆生弃。[28]
东邻有女眉新画，[29]倾国倾城不知价。[30]
长戈拥得上戎车，[31]回首香闺泪盈把。[32]
旋抽金线学缝旗，[33]才上雕鞍教走马。[34]
有时马上见良人，[35]不敢回眸空泪下。[36]
西邻有女真仙子，[37]一寸横波剪秋水。[38]

妆成只对镜中春，年幼不知门外事。
一夫跳跃上金阶，[39]斜袒半肩欲相耻。[40]
牵衣不肯出朱门，[41]红粉香脂刀下死。[42]
南邻有女不记姓，昨日良媒新纳聘。[43]
琉璃阶上不闻行，[44]翡翠帘间空见影。[45]
忽看庭际刀刃鸣，[46]身首支离在俄顷。[47]
仰天掩面哭一声，女弟女兄同入井。[48]
北邻少妇行相促，[49]旋拆云鬟拭眉绿。[50]
已闻击托坏高门，[51]不觉攀缘上重屋。[52]
须臾四面火光来，欲下回梯梯又摧。
烟中大叫犹求救，梁上悬尸已作灰。
妾身幸得全刀锯，[53]不敢踟蹰久回顾。[54]
旋梳蝉鬓逐军行，[55]强展蛾眉出门去。[56]
旧里从兹不得归，[57]六亲自此无寻处。[58]
一从陷贼经三载，[59]终日惊忧心胆碎。
夜卧千重剑戟围，[60]朝餐一味人肝脍。[61]
鸳帏纵入岂成欢？[62]宝货虽多非所爱。[63]
蓬头垢面狵眉赤，[64]几转横波看不得。
衣裳颠倒言语异，[65]面上夸功雕作字。[66]
柏台多士尽狐精，[67]兰省诸郎皆鼠魅。[68]
还将短发戴华簪，[69]不脱朝衣缠绣被。[70]
翻持象笏作三公，[71]倒佩金鱼为两史。[72]
朝闻奏对入朝堂，[73]暮见喧呼来酒市。[74]
一朝五鼓人惊起，[75]叫啸喧争如窃议。[76]
夜来探马入皇城，[77]昨日官军收赤水。[78]

赤水去城一百里，朝若来兮暮应至。
凶徒马上暗吞声，[79]女伴闺中潜生喜。
皆言冤愤此时销，必谓妖徒今日死。
逡巡走马传声急，[80]又道官军全阵入。
大彭小彭相顾忧，[81]二郎四郎抱鞍泣。[82]
沉沉数日无消息，[83]必谓军前已衔璧。[84]
簸旗掉剑却来归，[85]又道官军悉败绩。[86]
四面从兹多厄束，[87]一斗黄金一升粟。
尚让厨中食木皮，[88]黄巢机上刲人肉。[89]
东南断绝无粮道，[90]沟壑渐平人渐少。[91]
六军门外倚僵尸，[92]七架营中填饿殍。[93]
长安寂寂今何有？废市荒街麦苗秀。
采樵斫尽杏园花，[94]修寨诛残御沟柳。[95]
华轩绣毂皆销散，[96]甲第朱门无一半。[97]
含元殿上狐兔行，[98]花萼楼前荆棘满。[99]
昔时繁盛皆埋没，[100]举目凄凉无故物。[101]
内库烧为锦绣灰，[102]天街踏尽公卿骨。[103]

【注释】

①前年庚子：即唐僖宗广明元年(880)。腊月五：农历十二月初五。　②“金笼”句：唐王涯《宫词》：“教来鹦鹉语初成，久闭金笼惯认名。”　③鸾镜：《太平御览》卷九一六引南朝宋范泰《鸾鸟诗》序：“罽宾王结罝峻祁之山，获一鸾鸟，王甚爱之，欲其鸣而不能致。乃饰以金樊，飨以珍馐。对之逾戚。三年不鸣。夫人曰：‘闻鸟见其类而后鸣，可悬镜以映

之！’王从言。鸾睹影感契，慨焉悲鸣，哀响中宵，一奋而绝。”后即以“鸾镜”指妆镜。唐骆宾王《代女道士王灵妃赠道士李荣》诗：“龙飙去去无消息，鸾镜朝朝减容色。” ④慵：懒散。⑤红尘：车马扬起的飞尘。汉班固《西都赋》：“红尘四合，烟云相连。”唐杜牧《过华清宫》诗之一：“一骑红尘妃子笑，无人知是荔枝来。” ⑥金鼓：四金和六鼓。四金指錞、镯、铙、铎。六鼓指雷鼓、灵鼓、路鼓、鼖鼓、鼛鼓、晋鼓。金鼓用以节声乐，和军旅，正田役。亦泛指金属制乐器和鼓。《左传·僖公二十二年》：“三军以利用也，金鼓以声气也。”杨伯峻注：“庄十年《传》云‘夫战，勇气也’，此气即勇气；又云‘一鼓作气’，足见金鼓所以励勇气节者。金鼓以声为用而制其气，故曰声气。”南朝梁沈约《齐明帝哀策文》：“伐金鼓以清道，扬悲笳而启路。” ⑦居人：家居之人。《诗经·郑风·叔于田》：“叔于田，巷无居人。”仓惶：亦作“仓皇”、“仓遑”、“仓徨”、“仓黄”，匆忙急迫。唐独孤授《运斤赋》：“利器见投，尚仓惶于麾下。”⑧朝士：朝廷之士，泛称中央官员。汉陆贾《新语·怀虑》：“战士不耕，朝士不商，邪不奸直，圆不乱方。”疑误：迷惑贻误。《东观汉记·尹敏传》：“谶书非圣人所作，其中多近鄙别字，颇类世俗之辞，恐疑误后生。”唐卢仝《寄男抱孙》诗：“传读有疑误，辄告咨问取。” ⑨潼关：关隘名，古称桃林塞。东汉时设潼关，故址在今陕西省潼关县东南，处陕西、山西、河南三省要冲，素称险要，历代皆为军事要地。北魏郦道元《水经注·河水四》：“河在关内，南流，潼激关山，因谓之潼关。”警急：危急。唐杜甫《夕烽》诗：“照秦通警急，过陇自艰难。”⑩博野：县名，在今河北中部。汉置蠡吾县，属涿州。后魏改为博野，因地在博水之野而得名。相持：双方对立、争持，互不相让。《战国策·魏策四》：“秦、赵久相持于长平之下而无决。”《旧五代史·李茂贞传》:“唐乾符中,镇州有博野军宿卫京师,屯于奉天。”又据《资治通鉴》卷二五四,广明元年(880)十二月一日,黄巢军至潼关,僖宗遣博野等军东向驰援,未及至而关已破。 ⑪须臾:片刻。主父:婢妾、仆役对男主人之称。《战国策·燕策一》:“妻使妾奉卮酒进之。妾知其药酒也,进之则杀主父,言之则逐主母,乃阳僵弃酒。”这里当作为妻对夫的敬称。乘奔:乘坐奔驰的快马。北魏郦道元《水经注·江水二》:“虽乘奔御风,不以疾也。” ⑫痴似醉:因惊恐而发呆的样子。 ⑬紫盖:紫色车盖,帝王仪仗之一。借指帝王车驾。南朝梁沈约《齐故安陆昭王碑文》:“陪龙驾于伊洛,侍紫盖于咸阳。”蒙尘:古代多指帝王失位逃于外,蒙受风尘。《左传·僖公二十四年》:“天子蒙尘于外,敢不奔问官守?”据《资治通鉴》卷二五四,广明元年十二月五日,黄巢军进逼长安,田令孜“帅神策兵五百奉帝(僖宗)自金光门出,惟福、穆、泽、寿四王及妃嫔数人从行,百官皆莫知之”。 ⑭白旗:此指黄巢军的旗帜。据《资治通鉴》卷二五四,黄巢军队抵达潼关时,“白旗满野,不见其际”。匝(zā)地:遍地。唐王勃《还冀州别洛下知己序》:“风烟匝地,车马如龙。” ⑮羸:指瘦弱困惫的人。《淮南子·诠言训》:“两人相斗,一羸在侧,助一人则胜,救一人则免。”高诱注:“羸,劣人也。” ⑯缘:攀援。《韩非子·外储说左上》:“赵主父令工施钩梯而缘播吾。”次:顺序,次序。 ⑰咸:皆,都。凑:会合,聚集。 ⑱崩腾:奔腾。唐张籍《废居行》:“胡马崩腾满阡陌,都人避乱唯空宅。”走兽:泛指兽类。《孟子·公孙丑上》:“麒麟之于走兽,凤凰之于飞鸟,泰山之于丘垤,河海之于行潦,类也。” ⑲轰轰:象声词,形容大声连续作响。唐韩愈《此日足可惜赠张籍》诗:“饮食岂知味,丝竹徒轰轰。”昆昆:即“焜焜”,形容火光冲天的样子。乾坤：指天地。《易·说卦》："乾为天……坤为地。"唐杜甫《登岳阳楼》诗："吴楚东南坼，乾坤日夜浮。"⑳金星：闪烁的火花。唐李端《度关山》诗："拂剑金星出，弯弧玉羽鸣。"九天：谓天空最高处。《孙子·形篇》："善攻者，动于九天之上。"梅尧臣注："九天，言高不可测。"十二官街：唐长安皇城南北七街，东西五街，因以"十二街"借指长安城的街道。唐韩愈《南内朝贺归呈同官》诗："绿槐十二街，涣散驰轮蹄。"烘炯（tóng）：火盛貌。 ㉑日轮：太阳。日形如车轮而运行不息，故名。北周庾信《镜赋》："天河渐没，日轮将起。"寒光：给人以寒冷感觉的光。南朝宋鲍照《拟行路难》诗之一："红颜零落岁将暮，寒光宛转时欲沉。" ㉒上帝：天帝。《易·豫》："先王以作乐崇德，殷荐之上帝，以配祖考。"脉脉：犹默默。唐孟郊《乙酉岁舍弟扶侍归兴义庄居后独止舍待替人》诗："僮仆强与言，相惧终脉脉。" ㉓晕：日月周围的光圈。南朝陈徐陵《关山月》诗之二："苍茫萦白晕，萧瑟带长风。"重围：层层包围。《三国志·吴书·太史慈传》："冒白刃，突重围。" ㉔宦者：星官名。《后汉书·宦者传序》："宦者四星，在皇位之侧。"唐杨炯《浑天赋》："天王对于摄提，皇极临于宦者。"流星：比喻迅疾。唐王昌龄《少年行》诗："青槐夹两道，白马如流星。" ㉕紫气：紫色云气，古代以为祥瑞之气，附会为帝王、圣贤等出现的预兆。《史记·老子韩非子列传》"莫知其所终"司马贞索隐引汉刘向《列仙传》："老子西游，关令尹喜望见其有紫气浮关，而老子果乘青牛而过。"帝座：亦作"帝坐"，古星名，属天市垣，即武仙座α星。战国甘德、石申《星经》："帝座一星在市中，神农所贵，色明润。"《后汉书·襄楷传》："荧惑入太微，犯帝坐。" ㉖妖光：妖邪之光。台星：即三台六星。《晋书·天文志上》："三台六星，两两而居，起文昌，列抵太微。一曰天柱，三公之位也。在人曰三公，在天曰三台，主开德宣符也。西近文昌二星曰上台，为司命，主寿。次二星曰中台，为司中，主宗室。东二星曰下台，为司禄，主兵，所以昭德塞违也。又曰三台为天阶，太一蹑以上下。一曰泰阶。上阶，上星为天子，下星为女主；中阶，上星为诸侯三公，下星为卿大夫；下阶，上星为士，下星为庶人；所以和阴阳而理万物也。君臣和集，如其常度，有变则占其人。"坼（chè）：裂开。　㉗捐：舍弃。《说文·手部》："捐，弃也。"《庄子·在宥》："黄帝退，捐天下，筑特室，席白茅，闲居三月。"　㉘婴儿稚女：指年幼的儿女。　㉙东邻：战国楚宋玉《登徒子好色赋》："楚国之丽者，莫若臣里，臣里之美者，莫若臣东家之子。"后因以"东邻"指美女。唐李白《效古》诗之二："自古有秀色，西施与东邻。"　㉚倾国倾城：《汉书·外戚传上·李夫人》："延年侍上（汉武帝）起舞，歌曰：'北方有佳人，绝世而独立，一顾倾人城，再顾倾人国。宁不知倾城与倾国，佳人难再得！'"后因以"倾国倾城"形容女子极其美丽。　㉛拥：裹挟，推送。《宋史·忠义传一·李若水》："粘罕令拥之去，反顾骂益甚。"戎车：兵车。《诗·小雅·采薇》："戎车既驾，四牡业业。"　㉜泪盈把：犹满把。把，一手握取的数量。唐杜甫《玉华宫》诗："忧来藉草坐，浩歌泪盈把。"　㉝缝旗：缝制军队的旗帜。唐朱庆馀《望萧关》诗："儿童能探火，妇女解缝旗。"　㉞雕鞍：刻饰花纹的马鞍。走马：指骑马。《诗·大雅·緜》："古公亶父，来朝走马。"　㉟良人：古时女子对丈夫的称呼。《孟子·离娄下》："齐人有一妻一妾而处室者，其良人出，则必餍酒肉而后反。"赵岐注："良人，夫也。"　㊱回眸：回顾。唐元稹《阳城驿》诗："送我不出户，决我不回眸。"　㊲仙子：仙女。唐白居易《长恨歌》：

“楼阁玲珑五云起，其中绰约多仙子。”这里比喻容貌姣好的女子。 ㊳横波：比喻女子眼神流动，如水横流。《文选·傅毅〈舞赋〉》：“眉连娟以增绕兮，目流睇而横波。”李善注：“横波，言目邪视，如水之横流也。”秋水：比喻明澈的眼波。唐白居易《如梦令》词：“鬟鬓亸轻松，凝了一双秋水。” ㊴金阶：黄金的台阶。三国魏曹操《气出唱》诗：“乃到王母台，金阶玉为堂，芝草生殿旁。” ㊵斜袒半肩：袒臂露肩，谓粗野无礼。耻：侮辱，羞辱。《左传·昭公五年》：“耻匹夫不可以无备，况耻国乎？是以圣王务行礼，不求耻人。” ㊶朱门：红漆大门，指贵族豪富之家。晋葛洪《抱朴子·嘉遁》：“背朝华于朱门，保恬寂乎蓬户。” ㊷红粉香脂：妇女化妆用的胭脂和铅粉。《古诗十九首·青青河畔草》：“娥娥红粉妆，纤纤出素手。”这里借指美女。 ㊸良媒：好媒人。《诗·卫风·氓》：“匪我愆期，子无良媒。”纳聘：即纳币，古婚礼六礼之一。《史记·大宛列传》：“天子问群臣，议计，皆曰：必先纳聘，然后乃遣女。” ㊹琉璃阶：用琉璃镶饰的台阶，比喻豪华富贵。 ㊺翡翠帘：饰以翡翠羽毛的帘帷。《楚辞·招魂》：“翡帷翠帐，饰高堂些。” ㊻庭际：即庭院。 ㊼支离：分散，分离。《文选·王延寿〈鲁灵光殿赋〉》：“捷猎鳞集，支离分赴。”李善注：“支离，分散也。”俄顷：片刻，一会儿。晋郭璞《江赋》：“倏忽数百，千里俄顷，飞廉无以睎其踪，渠黄不能企其景。” ㊽女弟女兄：即妹妹、姐姐。 ㊾行：副词。将，将要。《商君书·算地》：“民胜其地务开。地胜其民者事来。开则行倍。”高亨注：“行，将也。”相促：靠近。 ㊿云鬟：高耸的环形发髻。拭：揩，擦。眉绿：即眉黛。古代妇女多以黛画眉，黛色青黑。 51击托：捣毁，推倒。高门：借指富贵之家，高贵门第。《庄子·达生》：“有张毅者，高门县薄，无不走也。”成玄英疏：“高门，富贵之家也。” ㉜重屋：指高楼。《新唐书·西域传上·东女》：“所居皆重屋，王九层，国人六层。” ㉝刀锯：古代刑具。《国语·鲁语上》：“中刑用刀锯。”韦昭注：“割劓用刀，断截用锯。”这里代指刑罚。 ㉞踟蹰：徘徊不前貌。《诗·邶风·静女》：“爱而不见，搔首踟蹰。” ㉟蝉鬓：古代妇女的一种发式。两鬓薄如蝉翼，故称。晋崔豹《古今注·杂注》：“魏文帝宫人绝所宠者，有莫琼树、薛夜来、陈尚衣、段巧笑四人，日夕在侧。琼树乃制蝉鬓。缥缈如蝉翼，故曰蝉鬓。”逐：跟随。《楚辞·九歌·河伯》：“灵何为兮水中，乘白鼋兮逐文鱼。”王逸注：“逐，从也。” ㊱蛾眉：蚕蛾触须细长而弯曲，因以比喻女子美丽的眉毛。《诗·卫风·硕人》：“螓首蛾眉，巧笑倩兮。” ㊲旧里：犹故里。从兹：从此。 ㊳六亲：历来说法不一。《老子》：“六亲不和有孝慈。”王弼注：“六亲：父、子、兄、弟、夫、妇。”《管子·牧民》：“上服度，则六亲固。”尹知章注：“六亲，谓父母兄弟妻子。”汉贾谊《新书·六术》篇，以父、昆弟、从父昆弟、从祖昆弟、从曾祖昆弟、族兄弟为“六亲”。《史记·管晏列传》：“上服度则六亲固。”张守节正义：“六亲谓外祖父母一，父母二，姊妹三，妻兄弟之子四，从母之子五，女之子六也。”《左传·昭公二十五年》：“为父子、兄弟、姑姊、甥舅、昏媾、姻亚，以象天明。”晋杜预注：“六亲和睦，以事严父，若众星之共辰极也。”即以父子、兄弟、姑姊、甥舅、婚媾、姻娅为六亲。 ㊴一从：自从。宋王安石《少年见青春》诗：“一从鬓上白，百不见可喜。”经三载：秦妇于中和三年三月奔至洛阳，距广明元年末黄巢军入长安恰三载。 ㊵剑戟：泛指武器。《国语·齐语五》：“美金以铸剑戟，试诸狗马。” ㊶肝脍（kuài）：切肝。《庄子·盗跖》：“休卒徒太山之阳，脍人肝而铺之。”脍：切细的肉。《论语·乡党》：“食不厌精，脍不厌细。” ⑫鸳帏：犹鸳帐。明谢说《四喜记·风月青楼》：“风情万种，一宿鸳帏爱已浓。” ⑬宝货：泛指金银财宝。汉桓宽《盐铁论·本议》：“工不出，则农用乏；商不出，则宝货绝。农用乏，则谷不殖；宝货绝，则财用匮。” ⑭蓬头垢面：头发蓬乱，面有尘垢。言人不事修饰，外表不整洁。狵(máng)眉：一作“庞眉”。此处状眉毛粗大。 ⑮衣裳颠倒：谓急促惶遽中不暇整衣，举止失措。《诗·齐风·东方未明》：“东方未明，颠倒衣裳。颠之倒之，自公召之。” ⑯雕作字：指面上刺字。⑰柏台：御史台的别称。汉御史府内列植柏树，常有野鸟数千栖其上，后因以柏台称御史台。唐宋之问《和姚给事寓直之作》：“柏台迁鸟茂，兰署得人芳。” ⑱兰省：即兰台，指秘书省。唐郑谷《次韵和礼部卢侍郎江上秋夕寓怀》：“梦归兰省寒星动，吟向莎洲宿鸟惊。”狐精、鼠魅：这里皆喻指朝廷当中奸佞狡猾的小人。 ⑲华簪：华贵的冠簪。古人用簪把冠连缀在头发上，华簪为贵官所用，故常用以指显贵的官职。晋陶潜《和郭主簿》之一：“此事真复乐，聊用忘华簪。” ⑳朝衣：君臣上朝时穿的礼服。《孟子·公孙丑上》：“立于恶人之朝，与恶人言，如以朝衣朝冠坐于涂炭。”绣被：用彩线刺绣的被子。《后汉书·李忠传》：“以所乘大骊马及绣被衣服赐之。” ㉑翻持：颠倒着拿。象笏：象牙制的手板。古代品位较高的官员朝见君主时所执，供指画和记事。《礼记·玉藻》：“史进象笏，书思对命。”郑玄注：“书之于笏，为失忘也。”三公：古代中央三种最高官衔的合称。周以太师、太傅、太保为三公。一说以司马、司徒、司空为三公。西汉以丞相(大司徒)、太尉(大司马)、御史大夫(大司空)为三公，东汉以太尉、司徒、司空为三公。唐宋沿东汉之制，以太尉、司徒、司空为三公，但已非实职。明清沿周制，以太师、太傅、太保为三公，惟只用作大臣的最高荣衔。 ⑫金鱼:金质的鱼符。唐代亲王及三品以上官员佩带,开元初,从五品亦佩带,用以表示品级身份。唐韩愈《河南少尹李公墓志铭》:"天子使贵人持紫衣金鱼以赐。"两史:指内史监、令各一人。隋文帝改中书省为内史省,置内史监、令各一员。隋炀帝改为内书省。唐高祖武德初复为内史省,三年改为中书省。后亦用以称中书省的官员。 ⑬奏对:臣属当面回答皇帝提出的问题。唐郑綮《开天传信记》:"安西衙将刘文树,口辩,善奏对,上每嘉之。"朝堂:汉代正朝左右官议政之处,后泛指朝廷。 ⑭喧呼:喧闹呼叫。《尉缭子·治本》:"焉有喧呼酖酒以败善类乎?"酒市:酒家,酒店。唐沈彬《结客少年场行》:"片心惆怅清平世,酒市无人问布衣。" ⑮五鼓:五更。北齐颜之推《颜氏家训·书证》:"汉、魏以来,谓为甲夜、乙夜、丙夜、丁夜、戊夜;又云鼓,一鼓、二鼓、三鼓、四鼓、五鼓;亦云一更、二更、三更、四更、五更,皆以五为节。"亦指第五更。《晋书·良吏传·邓攸》:"攸去郡,不受一钱。百姓数千人留牵攸船,不得进,攸乃小停,夜中发去。吴人歌之曰:'纨如打五鼓,鸡鸣天欲曙。邓侯挽不留,谢令推不去。'" ⑯叫啸:发出高而长的叫声。南朝宋谢灵运《七里濑》诗:"荒林纷沃若,哀禽相叫啸。"喧争:吵闹、争夺。唐杜甫《秋日夔府咏怀寄郑监李宾客一百韵》:"富贵空回首,喧争懒著鞭。"窃议:私下议论。《关尹子·九药》:"人之有失,虽已受害于已失之后,久之窃议于未失之前。" ⑰探马:从事侦查工作的骑兵。唐杜荀鹤《塞上》诗:"戍楼三号火,探马一条尘。"皇城:京城的内城,亦泛指京城。《旧唐书·地理志一》:"皇城在西北隅,谓之西内。" ⑱官军:此指唐朝军队。赤水:北魏郦道元《水经注·渭水》:"径望仙宫东,又北与赤水会。" ⑲吞声:不出声,不说话。

《后汉书·宦者传·曹节》:“群公卿士,杜口吞声,莫敢有言。” ⑳逡(qūn)巡:顷刻,极短时间。唐张祜《偶作》诗:“遍识青霄路上人,相逢只是语逡巡。”走马:骑马疾走,驰逐。唐杜甫《去秋行》:“去秋涪江木落时,臂枪走马谁家儿?” ㉛大彭小彭:陈寅恪《韦庄秦妇吟校笺》:“‘大彭小彭’者,殆与大奴小奴同其义也。”顾忧:担忧。《管子·形势》:“譕臣者可以远举,顾忧者可与致道。” ㉜二郎四郎:陈寅恪《韦庄秦妇吟校笺》:“‘二郎四郎’疑与‘大彭小彭’同是泛称,非实指黄巢黄揆也。……此二句诗意,只谓主人及奴仆,即举家上下全体忧泣而已,非有所实指也。” ㉝沉沉:形容音信杳无。唐杜牧《月》诗:“三十六宫秋夜深,昭阳歌断信沉沉。” ㉞衔璧:《左传·僖公六年》:“许男面缚衔璧,大夫衰绖,士舆榇。”杜预注:“缚手于后,唯见其面,以璧为贽,手缚故衔之。”后因称国君投降为“衔璧”。 ㉟簸旗掉剑:即“簸掉旗剑”,犹摇晃旗帜和武器。唐柳宗元《设渔者对智伯》:“震动大海,簸掉巨岛。” ㊱败绩:指军队溃败。 ㊲从兹:从此。厄束:困厄,艰难窘迫。 ㊳尚让:黄巢农民军大将,此时为起义所建政权的宰相。木皮:即树皮。《新唐书·黄巢传》:“于时畿民栅山谷自保,不得耕,米斗钱三十千,屑树皮以食。” ㊴黄巢:唐末农民起义军领袖,曹州冤句(今山东菏泽西南)人。本以贩盐为业,后率众数千响应王仙芝起义,转战南北,从者甚众。后入长安建政权,国号大齐,年号金统。由于唐统治阶级勾结沙陀军对起义军进行镇压,黄巢在山东泰山被杀。机:通“几”,几案。刲(kuī):割。唐元稹《感梦》诗:“我病百日馀,肌体顾若刲。” ㊵粮道:运粮的道路。《六韬·疾战》:“敌人围我,断我前后,绝我粮道,为之奈何?” ㊶沟壑:山沟,这里借指野死之处。唐陈子昂《为将军程处弼谢放流表》："收骸沟壑，返魄幽泉。"孟浩然《晚春卧病寄张八》诗："常恐填沟壑，无由振羽仪。" ⑫六军：天子所统领的军队。宋宋敏求《长安志》卷六："太和门外之北，从西第一曰左羽林军，第二左龙武军，第三左神策军，已上谓之左三军；九仙门外之北，从东第一曰右羽林军，二曰右龙武军，第三曰右神策军，谓之右三军。"左右三军合称六军。 ⑬七架营：陈寅恪《韦庄秦妇吟校笺》："故七萃即禁军之义，唐人文中颇用之。……然则'策'字、'架'字俱为'萃'字之形误，而'贾'字又系'架'音之讹转也。盖六军门外，七萃营中，皆相对为文，若作七架营，则不可解也。"饿殍(piǎo)：饿死的人。《后汉书·仲长统传》："及至一方有警，一面被灾，未逮三年，校计骞短，坐视战士之蔬食，立望饿殍之满道。" ⑭采樵：打柴。斫尽：砍光。杏园：园名，故址在今陕西省西安市郊大雁塔南，唐代新科进士赐宴之地。唐贾岛《下第》诗："下第唯空囊，如何住帝乡。杏园啼百舌，谁醉在花旁？" ⑮御沟：流经宫苑的河道。晋崔豹《古今注·都邑》："长安御沟谓之杨沟，谓植高杨于其上也。"南朝齐谢朓《入朝曲》："飞甍夹驰道，垂杨荫御沟。" ⑯华轩：指富贵者所乘的华美车子。南朝梁江淹《杂体诗·效左思〈咏史〉》："金张服貂冕，许史乘华轩。"绣毂(gǔ)：指富家女子所乘的车子。唐虞世南《门有车马客行》："赭汗千金马，绣毂五香车。" ⑰甲第：旧时豪门贵族的宅第。《史记·孝武本纪》："赐列侯甲第，僮千人。"裴骃集解引《汉书音义》："有甲乙第次，故曰第。"亦指豪门贵族。唐杜甫《醉时歌》："甲第纷纷厌粱肉，广文先生饭不足。" ⑱含元殿：唐宫殿名。高宗时所建，本名蓬莱宫，遗址在今陕西省西安市。狐兔：狐和兔，喻指坏人。 ⑲花萼楼：唐玄宗于兴庆宫西南建花萼相辉之楼，简称花萼楼。《旧唐书·让皇帝宪传》："玄宗于兴庆宫西南置楼，西面题曰花萼相辉之楼……玄宗时登楼，闻诸王音乐之声，咸召登楼，同榻宴谑，或便幸其第，赐金分帛，厚其欢赏。"荆棘：比喻奸佞小人。《文选·袁宏〈三国名臣序赞〉》："思树芳兰，翦除荆棘。"李善注："荆棘以喻小人。" (100)埋没：湮没，泯灭。 (101)故物：旧物，前人遗物。《古诗十九首·回车驾言迈》："所遇无故物，焉得不速老？" (102)内库：皇宫的府库。《魏书·高祖纪下》："其御府衣服、金银、珠玉、绫罗、锦绣，太官杂器，太仆乘具，内库弓矢，出其太半，班赉百官及京师士庶。"《旧唐书·经籍志序》："内库皆是太宗、高宗先代旧书，常令宫人主掌。" (103)天街：京城中的街道。唐韩愈《早春呈水部张十八员外》诗之一："天街小雨润如酥，草色遥看近却无。"公卿：泛指高官。汉荀悦《汉纪·昭帝纪》："始元元年，春二月。黄鹄下建章宫太液池中，公卿上寿。"

来时晓出城东陌，①城外风烟如塞色。②
路旁时见游奕军，③坡下寂无迎送客。④
霸陵东望人烟绝，⑤树锁骊山金翠灭。⑥
大道俱成棘子林，⑦行人夜宿墙匡月。⑧
明朝晓至三峰路，⑨百万人家无一户。
破落田园但有蒿，摧残竹树皆无主。
路旁试问金天神，⑩金天无语愁于人。
庙前古柏有残枿，⑪殿上金炉生暗尘。
一从狂寇陷中国，⑫天地晦冥风雨黑。⑬
案前神水咒不成，⑭壁上阴兵驱不得。⑮
闲日徒歆奠飨恩，⑯危时不助神通力。⑰

我今愧恧拙为神，[18]且向山中深避匿。
寰中箫管不曾闻，[19]筵上牺牲无处觅。[20]
旋教魇鬼傍乡村，[21]诛剥生灵过朝夕。[22]
妾闻此语愁更愁，天遣时灾非自由。
神在山中犹避难，何须责望东诸侯！[23]
前年又出杨震关，[24]举头云际见荆山。[25]
如从地府到人间，顿觉时清天地闲。[26]
陕州主帅忠且贞，[27]不动干戈惟守城。
蒲津主帅能戢兵，[28]千里晏然无戈声。[29]
朝携宝货无人问，夜插金钗唯独行。
明朝又过新安东，[30]路上乞浆逢一翁。[31]
苍苍面带苔藓色，[32]隐隐身藏蓬荻中。[33]
问翁本是何乡曲？[34]底事寒天霜露宿？[35]
老翁暂起欲陈辞，[36]却坐支颐仰天哭。[37]
乡园本贯东畿县，[38]岁岁耕桑临近甸。[39]
岁种良田二百廛，[40]年输户税三千万。[41]
小姑惯织褐绝袍，[42]中妇能炊红黍饭。[43]
千间仓兮万斯箱，[44]黄巢过后犹残半。
自从洛下屯师旅，[45]日夜巡兵入村坞。[46]
匣中秋水拔青蛇，[47]旗上高风吹白虎。[48]
入门下马若旋风，[49]罄室倾囊如卷土。[50]
家财既尽骨肉离，今日垂年一身苦。[51]
一身苦兮何足嗟，山中更有千万家。
朝饥山草寻蓬子，[52]夜宿霜中卧荻花。[53]

【注释】

①陌:道路。《文选·沈约〈学省愁卧〉诗》:"秋风吹广陌,萧瑟入南闱。"李善注引《广雅》:"陌,道也。" ②风烟:这里指战乱、战火。唐高适《信安王幕府诗》:"四郊增气象,万里绝风烟。"塞色:指塞外的景象。前蜀贯休《出塞曲》:"塞色干戈束,军容喜气屯。" ③游奕军:游弋、巡逻的军队。《南史·樊猛传》:"时猛与左卫将军蒋元逊领青龙八十艘为水军,于白下游奕,以御隋六合兵。" ④坡下:谓灞桥一带。唐王仁裕《开元天宝遗事》卷三:"长安东灞陵有桥,来迎去送,皆至此桥,为离别之地。" ⑤霸陵:汉文帝陵名。《史记·孝文本纪》:"治霸陵皆以瓦器,不得以金银铜锡为饰,不治坟,欲为省,毋烦民。" ⑥骊山:在陕西省西安市,因古骊戎居此得名,是著名的游览、休养胜地,又名郦山。《汉书·刘向传》:"秦始皇帝葬于骊山之阿,下锢三泉,上崇山坟,其高五十馀丈,周回五里有馀。"金翠:金黄、翠绿之色。 ⑦棘子:荆棘。《三国志·魏书·管辂传》"兄弟三人,皆得躃疾"裴松之注引《管辂别传》:"兄弟躃来三十馀载,脚如棘子,不可复治。" ⑧墙匡:围墙,墙垣。北魏贾思勰《齐民要术·养鸡》:"别筑墙匡,开小门;作小厂,令鸡避雨日。"韦庄《长安旧里》诗:"满目墙匡春草深,伤时伤事更伤心。" ⑨三峰:指华山的莲花、毛女、松桧三山峰。唐陶翰《望太华赠卢司仓》诗:"行吏到西华,乃观三峰壮。" ⑩金天神:华岳神名。唐玄宗先天二年封华岳神为金天王。唐玄宗《西岳太华山碑铭》:"加视王秩,进号金天。" ⑪枿(niè):树木砍伐后留下的根株。 ⑫一从:自从。狂寇:这里是对黄巢起义军的贬称。陷:攻破,占领。中国:这里指京师。《诗·大雅·民劳》:"惠此中国,以绥四方。"毛传:"中国,京师也。" ⑬晦冥:昏暗,

阴沉。 ⑭神水：古指有神奇功效的灵水。北周庾信《温汤碑》："醴泉消疾，闻乎建武之朝；神水蠲疴，在乎咸康之世。"咒：旧时道士、方士、神巫等施行法术时的一种口诀。《北史·艺术传上·由吾道荣》："其人道家，符水禁咒，阴阳历数，天文药性，无不通解。" ⑮阴兵：神兵，鬼兵。唐卢仝《冬行诗》之三："野风结阴兵，千里鸣刀枪。" ⑯闲日：犹平日、平时。徒：白白地。歆：谓祭祀时神灵享用祭品的香气。《诗·大雅·生民》："其香始升，上帝居歆。"郑玄笺："其馨香始上行，上帝则安而歆享之。"奠飨（xiǎng）：置酒食以祭祀。⑰神通力：神奇不可思议的力量。《法华经·如来寿量品》："（偈言）我常住于此，以诸神通力，令颠倒众生，虽近而不见。" ⑱愧恧（nǜ）：惭愧。《宋书·张畅传》："道民忝为城主，而损威延寇，其为愧恧，亦已深矣。"拙：犹言不善于。《庄子·逍遥游》："夫子固拙于用大矣。" ⑲寰中：宇内，天下。晋孙绰《喻道论》："焉复睹夫方外之妙趣、寰中之玄照乎？"箫管：排箫和大管，泛指管乐器。《诗·周颂·有瞽》："既备乃奏，箫管备举。"郑玄笺："箫，编竹管，如今卖饧者所吹也；管，如篴，并而吹之。" ⑳牺牲：供祭祀用的纯色全体牲畜。《周礼·地官·牧人》："凡祭祀，共其牺牲。"郑玄注："牺牲，毛羽完具也。" ㉑魇（yǎn）：做恶梦，发生梦魇。又指用法术使人受祸或神智迷糊。 ㉒诛剥：诛求、剥削。生灵：人民，百姓。唐杜荀鹤《再经胡城县》诗："今来县宰加朱绂，便是生灵血染成。" ㉓责望：责备抱怨。《韩非子·外储说左上》："挟夫相为则责望，自为则事行。"东诸侯：指淮南节度使高骈等人。㉔杨震关：东汉杨震为潼关西华阴人，好学博览，时称"关西孔子"，后因别称潼关为"杨震关"。 ㉕云际：云中，言其高远。《文选·曹植〈七启〉》："游心无方，抗志云际。"李周翰

注:“云际,言高也。”荆山:在今河南省灵宝市阌乡南,相传黄帝采首山铜铸鼎于此,亦名覆釜山。《史记·封禅书》:“黄帝采首山铜,铸鼎于荆山下。” ㉖地府:迷信说法,人世之外,另有世界,设有百官,专管鬼魂死人,称为地府,又称阴间。这两句是说韦庄逃出黄巢所控制的范围,顿觉神清气爽,进入另一个天地。 ㉗陕州:李吉甫《元和郡县图志》卷六:“陕州,今为陕虢观察使理所。……后魏孝文帝太和十一年,置陕州。……十八年,罢陕州。孝武帝永熙中重置,西魏文帝大统三年,又罢。周明帝复置,屯兵于此以备齐。隋大业二年复罢,以其地属河南郡。义宁元年,改置弘农郡,武德元年改为陕州,广德元年改为大都督府。”据《资治通鉴》卷二五四,时陕州主帅谓陕虢观察使王重盈。 ㉘蒲津:本为蒲州西重要关津,此以称全州。据《资治通鉴》卷二五四,时蒲津主帅为河中节度使(治蒲州)王重荣。戢(jí)兵:息兵,停止军事行动。《左传·宣公十二年》:“夫武,禁暴、戢兵、保大、定功、安民、和众、丰财者也。” ㉙晏然:安宁,安定。唐王昌龄《风凉原上作》诗:“海内方晏然,庙堂有奇策。”戈声:指战争、战乱。 ㉚新安:县名。李吉甫《元和郡县图志》卷五:河南府,“新安县,本汉旧县,属弘农郡。……隋开皇十六年改置榖州,贞观元年,新安属河南府。”唐杜甫《新安吏》诗:“客行新安道,喧呼闻点兵。” ㉛乞浆:乞讨。 ㉜苍苍:指发鬓灰白。唐白居易《卖炭翁》诗:“满面尘灰烟火色,两鬓苍苍十指黑。”苔藓色:形容面容憔悴,面色青黑。 ㉝隐隐:隐约不分明貌。南朝宋鲍照《还都道中》诗之二:“隐隐日没岫,瑟瑟风发谷。”蓬荻:借指荒野偏僻之处。南朝乐府民歌《乌夜啼》:“巴陵三江口,蓬荻齐如麻。” ㉞乡曲:家乡,故里。《战国策·齐策一》:“卖仆妾售乎闾巷者,良仆妾也;出妇嫁乡曲

者，良妇也。” ㉟底事：何事。唐刘肃《大唐新语·酷忍》：“天子富有四海，立皇后有何不可，关汝诸人底事，而生异议！” ㊱陈辞：诉说。 ㊲支颐：以手托下巴。唐白居易《除夜》诗：“薄晚支颐坐，中宵枕臂眠。” ㊳乡园：家园，故乡。南朝梁何逊《春暮喜晴酬袁户曹苦雨》诗：“乡园不可见，江水独自清。”本贯：原籍。东畿县：李吉甫《元和郡县图志》卷五《河南道一》：“新安县，畿，东至（河南）府七十里。” ㊴耕桑：种田和养蚕，泛指从事农业。汉杨恽《报孙会宗书》：“身率妻子，戮力耕桑。”近甸：指都城近郊。《晋书·食货志》：“此又三魏近甸，岁当复入数十万斛谷。” ㊵廛（chán）：古代一夫所耕田，即百亩。《商君书·君臣》：“农不离廛者，足以养二亲，治军事。”《周礼·地官·遂人》：“夫一廛，田百亩。” ㊶输：交出，献纳。《左传·襄公九年》：“魏绛请施舍，输积聚以贷，自公以下，苟有积者，尽出之。”杜预注：“输，尽也。” ㊷小姑：这里指少女、小姑娘。唐温庭筠《兰塘词》诗：“小姑归晚红妆浅，镜里芙蓉照水鲜。”褐（hè）：指粗布或粗布衣，古时贫贱者所服，最早用葛、兽毛，后通常指大麻、兽毛的粗加工品。《诗·豳风·七月》：“无衣无褐，何以卒岁？”郑玄笺：“褐，毛布也。”绝（shī）：粗绸。唐白居易《村居苦寒》诗：“褐裘覆绝被，坐卧有馀温。”唐薛用弱《集异记·集翠裘》：“梁公指所衣紫绝袍曰：‘臣以此敌。’” ㊸中妇：这里指妻子。唐卢照邻《横吹曲辞》：“寄书谢中妇，时看鸿雁天。”红黍：即红粟，储藏过久而变为红色的陈米。宋王禹偁《赠吕通秘丞》诗：“闻君公事苦喧卑，红粟堆边独敛眉。” ㊹箱：指车厢。《诗·小雅·甫田》：“乃求千斯仓，乃求万斯箱。” ㊺洛下：指洛阳城。㊻村坞：村庄，多指山村。北周庾信《杏花》诗：“依稀映村坞，烂熳开山城。” ㊼秋水：形容剑光冷峻明澈。唐白居易《李都尉古剑诗》:“湛然玉匣中,秋水澄不流。”青蛇:古宝剑名,亦泛指剑。唐白居易《汉高祖斩白蛇赋》:“彼戮鲸鲵与截犀兕,未若我提青蛇而斩白蛇。” ㊽高风:强劲的风。唐李白《赠崔侍郎》诗:“高风摧秀木,虚弹落惊禽。”白虎:饰有白虎图像的军旗。《礼记·曲礼上》:“行,前朱鸟而后玄武,左青龙而右白虎。”陈澔集说:“朱鸟、玄武、青龙、白虎,四方宿名也,以为旗章。” ㊾旋风:形容迅疾的动作。 ㊿罄室:犹倾家。倾囊:谓尽出所有。卷土:卷地皮,谓搜夺无遗。 (51)垂年:生命将尽之年,晚年。汉刘向《列女传·梁夫人嫕》:“父既湮没,不可复生,母垂年七十,弟棠等远在绝域,不知死生。” (52)蓬子:蓬蒿之实。《新唐书·食货志》:“自关东至海大旱,冬蔬皆尽,贫者以蓬子为面,槐叶为齑。” (53)荻:多年生草本植物,与芦同类,生长在水边,根茎都有节似竹,叶抱茎生,秋天生紫色或白色、草黄色花穗。唐白居易《琵琶行》诗:“浔阳江头夜送客,枫叶荻花秋瑟瑟。”

妾闻此老伤心语,竟日阑干泪如雨。[1]
出门惟见乱枭鸣,[2]更欲东奔何处所?
仍闻汴路舟车绝,[3]又道彭门自相杀。[4]
野色徒销战士魂,[5]河津半是冤人血。[6]
适闻有客金陵至,见说江南风景异。[7]
自从大寇犯中原,[8]戎马不曾生四鄙。[9]
诛锄窃盗若神功,[10]惠爱生灵如赤子。[11]
城壕固护敩金汤,[12]赋税如云送军垒。[13]
奈何四海尽滔滔,[14]湛然一境平如砥。[15]
避难徒为阙下人,[16]怀安却羡江南鬼。[17]

愿君举棹东复东，[18]咏此长歌献相公。[19]

【注释】

①竟日：终日，整天。阑干：纵横散乱貌。汉赵晔《吴越春秋·勾践入臣外传》："王与夫人叹曰：'吾已绝望，永辞万民，岂料再还，重复乡国。'言竟掩面，涕泣阑干。" ②枭：鸟名，猫头鹰一类的鸟，亦为鸟纲鸱鸮科各种鸟的泛称。唐白居易《凶宅》诗："枭鸣松桂枝，狐藏兰菊丛。" ③汴路：陈寅恪《韦庄秦妇吟校笺》："汴路，即汴宋路。《白氏长庆集》四十四《杭州刺史谢上表》云：'属汴路未通，聚襄汉路赴任。'"舟车：船和车，代指交通。汉司马相如《难蜀父老》："夷狄殊俗之国，辽绝异党之域，舟车不通，人迹罕至。" ④彭门：地名。唐崔致远《桂苑笔耕集》卷八《泗州于涛常侍》："况属彭门叛乱，仍当汴路艰难。" ⑤野色：原野或郊野的景色。唐白居易《冀城北原作》诗："野色何莽苍，秋声亦萧疏。" ⑥河津：河边的渡口。北周庾信《春赋》："三日曲水向河津，日晚河边多解神。"这里当指汴河之津。 ⑦见说：告知，说明。晋张华《博物志》卷三："牵牛人乃惊问曰：'何由至此？'此人见说来意，并问此是何处。" ⑧大寇：这里是对黄巢起义军的贬称。 ⑨戎马：战乱，战争。北齐颜之推《颜氏家训·风操》："汝曹生于戎马之间，视听之所不晓，故聊记，以传示子孙。"四鄙：四方边境地区。唐陆贽《贞元九年冬至大礼大赦制》："五稼屡丰，四鄙不扰。" ⑩诛锄：除灭，诛杀。汉陆贾《新语·慎微》："今上无明王圣主，下无贞正诸侯，诛锄奸臣贼子之党，解释疑滞纰缪之结。"神功：神灵之功。唐杜牧《洛阳》诗："文争武战就神功，时似开元天宝中。" ⑪惠爱：犹仁爱。《韩非子·奸劫弑臣》："哀怜百姓不忍诛罚者，此世之所谓惠

爱也。”赤子：婴儿。《书·康诰》：“若保赤子，惟民其康乂。”孔颖达疏：“子生赤色，故言赤子。” ⑫城壕：亦作“城濠”，护城河。唐李白《寻鲁城北范居士失道落苍耳中见范置酒摘苍耳作》诗：“城壕失往路，马首迷荒陂。”敩(xiào)：效法，模仿。北齐颜之推《颜氏家训·序致》：“魏晋已来所著诸子，理重事复，递相模敩，犹屋下架屋、床上施床尔。”金汤：“金城汤池”的省称，金属造的城，沸水流淌的护城河，形容城池险固。《后汉书·光武帝纪赞》：“金汤失险，车书共道。”李贤注：“金以喻坚，汤取其热。” ⑬赋税：田赋和捐税的合称。《管子·山至数》：“古者轻赋税而肥籍敛。”如云：形容盛多。《诗·郑风·出其东门》：“出其东门，有女如云。”毛传：“如云，众多也。”军垒：军营周围的防守工事。《国语·吴语》：“今大国越录，而造于弊邑之军垒。” ⑭四海：犹言天下，全国各处。《史记·高祖本纪》：“大王起微细，诛暴逆，平定四海，有功者辄裂地而封为王侯。”滔滔：盛大，普遍。《诗·大雅·江汉》：“江汉浮浮，武夫滔滔。”孔颖达疏：“滔滔然多而广大者，令之顺此东流以行征伐。” ⑮湛然：安然貌。《云笈七签》卷六二：“譬如婴儿居胎中，湛然不动。”砥：质地较细的磨刀石。《书·禹贡》：“砺砥砮丹。”孔传：“砥细于砺，皆磨石也。” ⑯阙下：宫阙之下，借指帝王所居的宫廷。《史记·梁孝王世家》：“于是梁王伏斧质于阙下，谢罪，然后太后、景帝大喜，相泣，复如故。” ⑰怀安：归向德政而安居乐业。《史记·孝景本纪论》：“汉兴，孝文施大德，天下怀安。” ⑱举棹：犹举楫，即行船。唐李峤《和杜学士旅次淮口阻风》诗：“迎风欲举棹，触浪反停桡。” ⑲相公：旧时对宰相的敬称。《文选·王粲〈从军诗〉之一》：“相公征关右，赫怒震天威。”李善注：“曹操为丞相，故曰相公也。”王国维《秦妇吟跋》：“则此诗乃(韦)庄投献江南某帅者。考斯时周宝以镇海军节度使同平章事镇润州，则相公谓周宝也。”

【品评】

这首《秦妇吟》是我国诗史上极富盛名的文人长篇叙事诗。俞平伯先生称赞她“不仅超出韦庄《浣花集》中所有的诗，在三唐歌行中亦为不二之作”。早在其诞生的晚唐时期，民间就广为流传，并被制作成幛子悬挂；与白居易被称为“长恨歌主”相似，韦庄亦被呼为“秦妇吟秀才”，成为文坛佳话。然而，由于诗作当中出现了诸如“内库烧为锦绣灰，天街踏尽公卿骨”这样反映乱世惨状的句子，引起公卿贵族的愤怒，作者向各地收回抄本，晚年一直讳言此诗，“他日撰家戒，内不许垂《秦妇吟》幛子，以此止谤”（孙光宪《北梦琐言》）。后来，此诗不载于《浣花集》，宋、元、明、清各代亦徒知其名，不见其诗。所幸1900年在甘肃敦煌石窟内发现了唐代《秦妇吟》写本，这首失传千年的叙事长诗才得以重见天日。

唐僖宗广明元年（880）冬，黄巢农民起义军攻陷长安，占领都城长达三年之久。农民起义军与唐朝官军展开了激烈的征战，广大人民遭受到巨大的灾难和惨重的牺牲。韦庄本人因应举羁留长安，在战乱中与亲人一度失去联系，又多日卧病，亲身经历了这一场人间的浩劫，目击了漫长苦难生涯中的种种不幸。他逃离长安后，经过一段时间的酝酿，于中和三年（883）在东都洛阳创作了这首叙事长诗。作者采用代言体的手法，通过一位身陷战乱复又逃离的长安妇女“秦妇”之口，向途中邂逅的路人倾诉黄巢农民起义军攻入长安、促使唐王朝日趋瓦解以及起义军在各路藩镇围攻下逐渐陷入窘境的社会现实，再现了秦中经历兵燹之后城市、乡村凋敝破败、民不聊生的惨状。

整首诗歌共二百三十八句、一千六百六十六字，总体可以分成四个段落。

第一段从开头至“妾亦与君停玉趾”，计十六句，是全诗的引子，叙述作者在洛阳城外与一位从长安逃离出来的“秦妇”相遇，请其自述遭遇。

第二段从“前年庚子腊月五”到“天街踏尽公卿骨”，计一百三十句，层层深入地叙写农民军攻入长安城后的情形。作为一位封建知识分子，韦庄怀有坚定的忠君思想，在这场时代动荡中，他完全站在李唐王朝的立场，对农民起义军抱着十分仇视的态度。因此，他在这一段中用了大量篇幅叙述农民军攻入长安后引起的骚动和破坏。这一段又可以分成六个层次：

从“前年庚子腊月五”到“已见白旗来匝地”十六句为第一层，描写广明元年十二月五日农民军攻入京城的情况。

从“扶羸携幼竞相呼”到“妖光暗射台星坼”十六句为第二层，描写起义军入城后兵荒马乱的情形。百姓东躲西藏，朝廷官员四处逃散。“秦妇”的东西南北邻里遭到烧杀掳掠，几乎无一幸免。仿佛世界的末日到来，整个长安城就只有杀声与哭声。

从“家家流血如泉沸”到“六亲自此无寻处”四十二句为第三层。重点叙写妇女所遭受的怵目惊心的兵灾战祸。其中“家家流血”四句总体概叙：家家流血，处处冤声，连小女孩都被抛弃。“东邻有女”以下三十二句，分别描写四邻妇女的受难情况：东邻美女被掳掠；西邻、南邻少女死于刀下，北邻少妇被火烧死。“妾身幸得”六句则交代“秦妇”自己被军人胁迫，做了从妇。通过这些女子的种种遭遇，描绘出战乱时代长安女子的不幸命运,谴责了社会动荡给广大人民所造成的巨大灾难。

从"一从陷贼经三载"到"暮见喧呼来酒市"十八句为第四层。描写"秦妇"被迫嫁给黄巢部下军人之后的生活,以及她所看到的新贵们的种种情况。其中"还将短发戴花簪,不脱朝衣缠绣被。翻持象笏作三公,倒佩金鱼为两史"等句,运用漫画笔墨,把起义军将领迷恋富贵安乐、忙于加官进爵的得意忘形的丑态刻画得入木三分,由此流露出作者对其无比仇视、极尽嘲讽的态度。

从"一朝五鼓人惊起"到"又道官军悉败绩"十八句为第五层。描写起义军与唐朝官军展开拉锯战,长安城内风声鹤唳,人民盼望唐朝官军前来收复失地,以及事与愿违的无奈与失落。

从"四面从兹多厄束"到"天街踏尽公卿骨"二十句为第六层。补叙起义军攻陷长安城后造成的巨大劫难:"长安寂寂今何有,废市荒街麦苗秀",从坊市到宫室,从树木到建筑,往昔的繁华荡然无存:"昔时繁盛皆埋没,举目凄凉无故物。"尤其是最后两句"内库烧为锦绣灰,天街踏尽公卿骨",语句悲愤沉痛,蕴含着作者对农民起义军的切齿仇恨,以及对于统治秩序惨遭破坏、践踏的无限感伤。

《秦妇吟》之所以成为晚唐时代的一部"诗史",其价值不仅在于形象描绘出黄巢军队的祸乱,表达诗人的刻骨痛恨;更在于其全面深刻地刻画出战乱时代各个阶层的众生相,流露出作者丰富复杂的内心世界和社会认识。从"来时晓出城东陌"到"夜宿霜中卧荻花"七十句为第三段,写秦妇东奔途中所见所闻所感,将批判的锋芒指向了李唐王朝的官军和割据的军阀。这一段可以分成四个层次:

从“来时晓出城东陌”到“行人夜宿墙匡月”八句是第一层。写秦妇逃出长安后一路所见所闻:到处都有军人巡逻,四周杳无人烟,当年的台殿楼阁皆已荒弃颓败,整个风光宛如冷寂的塞上荒漠。这就形象地展现了残酷战争给社会所造成的巨大破坏。

从“明朝晓至三峰路”到“何须责望东诸侯”二十四句为第二层,写秦妇东行途径华阴县的情况。这里诗人指责“金天神”受民香火,不仅不能替百姓消灾免祸,相反还要差遣“魔鬼”来“诛剥生灵”;他还将“金天神”与“东诸侯”联系起来,讽刺了潼关以东的那些节度使拥兵自重,对起义军束手无策,却纵容部下残害百姓,从中包含着诗人的斥责和批判。

从“前年又出杨震关”到“夜插金钗唯独行”十句为第三层。描写秦妇在路上踽踽独行,到处都是死一般的沉寂,甚至比战争纷扰的场面还要可怕。这些描写较之汉魏古诗“出门无所见,白骨蔽平原”(王粲《七哀诗》)这类诗句更富表现力,渲染出一种极其肃杀恐怖的气氛。

从“明朝又过新安东”到“夜宿霜中卧荻花”二十八句为第四层。借新安老翁之口,对唐军的罪恶进行痛心疾首的控诉:他们的罪恶更甚于黄巢,如后世所谓“寇来如梳,兵来如篦”。“千间仓兮万斯箱,黄巢过后犹残半”,而官军打仗畏首畏尾,搜刮百姓却是风卷残云、不遗馀力:“入门下马若旋风,罄室倾囊如卷土。”沿途村庄都被洗劫一空,顿使“千万家”百姓陷于绝境,被迫过着“寻蓬子”为食、“卧荻花”为被的非人生活。可见,唐军官兵们抢劫民间财物之凶狠远远胜过黄巢军队。

诗歌还隐约透露出唐朝军队杀人甚至活卖人肉的勾当。据《旧唐书·黄巢传》记载,“时京畿百姓皆寨于山谷,累年废耕耘。贼坐空城，赋输无人，谷食腾踊。米斗三十千。官军皆执山寨百姓鬻于贼为食人，获数十万”。《秦妇吟》则写道：“尚让厨中食木皮，黄巢机上刲人肉”、“夜卧千重剑戟围，朝餐一味人肝脍。”而这些人肉从哪儿来的呢？诗中借华岳山神的引咎自责来影射讽刺山东藩镇便透露了个中消息：“闲日徒歆奠飨恩，危时不助神通力。……寰中箫管不曾闻，筵上牺牲无处觅。旋教魇鬼傍乡村，诛剥生灵过朝夕。”俞平伯先生对此分析道：

> “筵上牺牲”指三牲供品；“无处觅”，就得去找；往哪里找？乡村，史所谓“山寨百姓”是也。“诛剥”，杀也。“诛剥生灵过朝夕”，以人为牲也，直译为白话，就是靠吃人过日子。以上云云正与史事相符。黄巢破了长安，珍珠宝贝有的是——秦妇以被虏之身犹曰“宝货虽多非所爱”，其他可知——却是没得吃。反之，在官军一方，虽乏金银，“人”源不缺。“山中更有千万家”，新安如是，长安亦然。以其所有，易其所无，于是官军大得暴利。（《读陈寅恪〈秦妇吟校笺〉》）

正因为如此，诗歌异常深刻地揭露出唐朝官军、藩镇军阀残害人民的罪恶本质。

从“妾闻此老伤心语”直到最后，计二十二句，为第四段。写秦妇通过道听途说，对比较平静的江南寄寓一丝希望。诗歌反映唐末节度使们为扩张势力范围，互相争夺厮杀，唯有镇海军节度使周宝犹能保境安民。诗人面谀周宝，只是以此献礼，以图在其幕中谋得一个栖身之地而已。倒是“仍闻汴路舟车绝”四句，确系诗人耳闻目睹的惨状，颇能道破造成唐末大乱的祸根在于藩镇贪得无厌的野心。

综上所述，《秦妇吟》是一首时空跨度大、内容丰富、思想深刻的具有强烈现实主义的诗篇。韦庄用自己的诗笔形象展现出唐末时代画卷，总结国运衰颓的本质原因，在继承杜甫“三吏三别”、白居易《长恨歌》等前代传统的基础上，为唐代叙事诗树立了第三座丰碑，堪称古代叙事诗的重要代表作。

韦庄词选

浣溪沙

惆怅梦馀山月斜，孤灯照壁背窗纱，[1]小楼高阁谢娘家。[2]　　暗想玉容何所似，一枝春雪冻梅花，满身香雾簇朝霞。[3]

【注释】

①背：背部对着。《周礼·秋官·司仪》："不正其主面，亦不背客。"这里指人面壁望灯，而背向纱窗。　②谢娘：见温庭筠《更漏子》（柳丝长）注释④。　③簇：簇拥，丛聚。朝霞：初升太阳照映的云彩。这里比喻女子所穿的衣服如朝霞一般清新艳丽、光彩照人。三国魏曹植《洛神赋》："远而望之，皎若太阳升朝霞。"

【品评】

此词抒写对美人的思念之情。

上片描绘梦醒之后的所见所思。山月斜照，孤灯照壁，渲染着凄清的环境氛围，并且由此引发出对所爱美人（"谢娘"）的想往与思念。他背灯伫立，内心深处蕴含无限悲郁之情。

下片驰骋想象，从"暗想"中幻化出佳人的天生丽质和绰约风姿。唐圭璋先生认为“端已写人，不似飞卿就人一一刻画，而只是为约略写出一美人丰姿绰约之状态”(《词学论丛·温韦词之比较》)。词人以冰雪中的梅花隐喻女子高洁雅致，用“香雾簇朝霞”显出女子明丽动人。这样的比喻创造出奇幻飘逸、遗貌取神的独特风韵，所以周济《介存斋论词杂著》评论韦词“清艳绝伦，初日芙蓉春月柳，使人想见风度”。

浣溪沙

夜夜相思更漏残，伤心明月凭栏干，想君思我锦衾寒。① 咫尺画堂深似海，② 忆来惟把旧书看，③ 几时携手入长安？

【注释】

①“想君”句：意谓作者想象对方正在对自己思念之极，夜不能寐。 ②咫尺：形容距离近。《左传·僖公九年》：“天威不违颜咫尺。”咫：周制八寸曰咫，合今市尺六寸二分二厘。③旧书：旧日的书信。

【品评】

此词抒写相思之情。

上片开头描写词人因为思念情人而彻夜难眠。但是他并没有完全沉浸其中，而是设身处地，推己及人，想到思念的对方也正在惦念自己，同样是那么形单影只、孤枕难眠。这种“从对面着笔”的写法，古已有之，例如王维《九月九日忆山东兄弟》：“遥知兄弟登高处，遍插茱萸少一人。”杜甫《月夜》：

“香雾云鬟湿，清辉玉臂寒。何时倚虚幌，双照泪阑干?”韦庄在这里采用了此类表现手法，体贴入微地表达出深厚的相思情意，从而获得了加倍的抒情效果。整个上片缘情造景，因景生情，不着痕迹地完成了三句两折的意脉变换，一气流贯，极尽委曲宛转之致。

下片直抒思念之情。“咫尺画堂深似海”，暗用唐代诗人崔郊“侯门一入深似海，从此萧郎是路人”(《赠婢》)的典故，感叹情人之间的离别之苦。“忆来惟把旧书看”，通过寻常的生活细节描写，表达出相忆之深浓。同上片的“想君”句一样采用白描手法，具有异曲同工之妙。汤显祖评《花间集》卷一指出：“‘想君’、‘忆来’二句，皆意中意、言外言也。水中着盐，甘苦自知。”最后以情结尾，慨叹旧约难践、相见无期，字里行间充满无限怅惘，更有馀音不尽、馀味无穷的审美情趣。

唐圭璋先生评析此词“从己之忆人，推到人之忆己，又从相忆之深，推到相见之难。文字全用赋体白描，不着粉泽，而沉哀入骨，宛转动人。南唐二主之尚赋体，当受韦氏之影响”(《词学论丛·唐宋两代蜀词》)。

菩萨蛮

红楼别夜堪惆怅，[①] 香灯半卷流苏帐。[②] 残月出门时，美人和泪辞。[③] 琵琶金翠羽，[④] 弦上黄莺语。[⑤] 劝我早归家，绿窗人似花。[⑥]

【注释】

①红楼：指富贵人家女子的住房。唐白居易《秦中吟》："红楼富家女，金缕绣罗襦。"别夜：指离别前夜。堪：不堪，难以忍受。 ②香灯：闺中的灯。流苏帐：饰有流苏的帷帐。流苏，用彩色羽毛或丝线等制成的穗状垂饰物，常饰于车马、帷帐等物上。 ③和泪：含泪。 ④金翠：黄金和翠玉制成的饰物。《文选·曹植〈洛神赋〉》："戴金翠之首饰，缀明珠以耀躯。"李善注引司马彪《续汉书》："太皇后花胜上为金凤，以翡翠为毛羽，步摇贯白珠八。" ⑤"弦上"句：形容琵琶声音宛转动人，如黄莺的啼鸣。 ⑥绿窗：绿色纱窗，代指女子居室。唐李绅《莺莺歌》："绿窗娇女字莺莺，金雀娅鬟年十七。"

【品评】

此词深情地追忆当年与心上人离别的场景。

上片开头两句交代离别的地点、时间以及环境，富丽的红楼、摇曳的烛光、温馨的流苏帐，一切都使得即将远别的词人难以割舍。"残月"二句描写两人离别时刻的情状，更加渲染出依依不舍的痛苦情怀。"和泪辞"三字，令人不由得想象出美人离别时分，泪流满面、"梨花一枝春带雨"的动人情态，增强了深浓的感染力量。花间词人牛希济《生查子》词上片同样描写清晨情人离别的感人画面："春山烟欲收，天淡稀星小。残月脸边明，别泪临清晓。"残月映照下女子晶莹的泪珠，令人无限悲怆，与韦庄此词具有异曲同工之妙。

下片将镜头由"出门时"拉回到"出门前"，拍摄下青年男女凄然话别的场景。"琵琶"两句描写美人弹奏琵琶，将一腔离愁别恨倾注在这错杂纷繁的琵琶声中。最后两句则是男性词人从这"弦上黄莺语"中听出来的女子依依难舍的情意，这琵琶声声，就像是美人多情的叮咛嘱咐：希望情郎千万早日归来，不要让绿窗之下的如花美眷久居空闺、望穿秋水。生如春花之烂漫，春花是美好的，但是花期是短暂的，容易随着凄风冷雨而零落衰残，今日的烂漫春花转瞬之间就会成为明日黄花，这个女子也会“等到那花儿也谢了”。这两句由音乐触发心境，又由心境构造形象，在极其清丽凄美的画面之中，传递出极其愁怨感伤的情意。

此词抒写男女离别之情，语短情长，真切感人。谭献《词辨》卷一评之曰：“亦填词中《古诗十九首》，即以读《十九首》心眼读之。”

菩萨蛮

人人尽说江南好，① 游人只合江南老。②
春水碧于天，画船听雨眠。　垆边人似月，③ 皓腕凝霜雪。④ 未老莫还乡，还乡须断肠。⑤

【注释】

①江南：指长江以南的地区。各时代的含义有所不同：汉以前一般指今湖北省长江以南部分和湖南省、江西省一带；后来多指今江苏、安徽两省的南部和浙江省一带。韦庄唐末躲避战乱，曾浪游江南各地。　②游人：流民，指无田可耕、流离失所的人。《新唐书·韩琬传》：“夫流亡之人非爱羁旅、忘桑梓也，敛重役亟，家产已空，邻伍牵连，遂为游人。”只合：只应，本来就应该。唐薛能《游嘉州后溪》诗：“当时诸葛

成何事？只合终身作卧龙。”老：终老，度晚年。 ③垆边人：指站在酒垆边卖酒的女子，化用汉代才女卓文君的典故。卓文君为四川临邛富商卓王孙之女，善弹琴。丧夫后家居，与才子司马相如相恋，追随相如私奔到成都。不久，又偕相如同返临邛，并为相如当垆卖酒。垆，古代酒店里安放酒瓮的炉形土台，借指酒店。汉辛延年《羽林郎》诗：“胡姬年十五，春日独当垆。”人似月：指人的风度如明月般爽朗。 ④皓腕：洁白的手腕，多用于女子。三国魏曹植《洛神赋》：“攘皓腕于神浒兮，采湍濑之玄芝。” ⑤须：一定，必然。

【品评】

此词描写江南风物之美，用以反衬作者忧时伤乱之痛、思乡怀归之情。

上片开头两句从他人口中介绍江南之好，“只合”二字，无限凄怆，意谓天下丧乱，游人漂泊，虽有乡而不得归返，惟有羁滞江南，以待终老。接下来四句描写江南的自然美景使人悠闲自在，而垆边美女的秀色更加令人流连忘返。但是，末句则从反面衬托出游子有家难归的苦衷，情意婉转，哀伤之至。正如王粲《登楼赋》所言：“虽信美而非吾土兮，曾何足以少留！”

全词不加雕饰，一气直下，临了却反跌出“还乡须断肠”的悲恸，似直而纡，似达而郁，以直笔写曲情，弥觉深切感人。陈廷焯评之云：“一幅春水画图。意中是乡思，笔下却说江南风景好，真是泪溢中肠，无人省得。结言风尘辛苦，不到暮年，不得回乡，预知他日还乡必断肠也。”（《云韶集》卷一）谭献《词辨》卷一亦称：“强颜作欢快语，怕肠断，肠亦断矣。”

菩萨蛮

如今却忆江南乐，[①] 当时年少春衫薄。[②]
骑马倚斜桥，满楼红袖招。[③] 翠屏金屈
曲，[④] 醉入花丛宿。[⑤] 此度见花枝，[⑥] 白头誓
不归。

【注释】

①却忆：反想，回忆。 ②春衫薄：形容春衫飘逸之姿。 ③红袖：指美女。唐元稹《遭风》诗："唤上驿亭还酩酊，两行红袖拂尊罍。"这里指妓女。 ④翠屏：绿色屏风。南朝梁江淹《丽色赋》："紫帷铃匝，翠屏环合。"金屈曲：指屏风上可折叠的环钮，弯曲自如。 ⑤花丛：这里指妓院。 ⑥花枝：喻指佳人美姬。

【品评】

此词追忆当年冶游江南的艳遇。

词人把自己打扮成人见人爱、到处眠花宿柳的青春偶像，这当然也是文学家所做的白日梦。他回忆自己当年青春倜傥，风度翩翩，惹来满楼红袖的倾情爱慕，进一步渲染放浪形骸的欢畅，表明繁丽江南的令人沉醉。但是，结末两句"此度见花枝，白头誓不归"，则笔锋陡转。每一个游子都眷恋自己的故乡，然而这里却说"誓不归"，蕴含深重的无奈怨叹，暗点出中原板荡、故乡难回的悲痛。

作品以乐景衬哀情，用笔极为直率，而其中正有无限转

折的深意。词言江南之乐，则家乡之苦可想而知，所以陈廷焯评之曰："风流自赏，决绝语正是凄楚语。"(《云韶集》卷一)

菩萨蛮

劝君今夜须沉醉，樽前莫话明朝事。①珍
重主人心，酒深情亦深。　须愁春漏短，②
莫诉金杯满。③遇酒且呵呵，④人生能几何？

【注释】

①樽：盛酒器。唐李白《前有樽酒行》之一："春风东来忽相过，金樽渌酒生微波。"　②春漏：春日的更漏，多指春夜。唐韦应物《听莺曲》："还栖碧树锁千门，春漏方残一声晓。"　③莫诉：意即不要拒绝，不要推辞。　④呵呵：笑声。唐寒山《诗》之五六："含笑乐呵呵，啼哭受殃抉。"

【品评】

身处晚唐五代乱世之间的文士不乏纵酒醉欢的颓放之举，他们藉酒浇愁，以牢骚之言、颓放之行表露自己内心的苦闷，折射出乱世的悲哀。韦庄在诗歌中常常自比为刘伶，如"伯伦嗜酒还因乱，平子归田不为穷"(《将卜兰芷村居留别郡中在仕》)、"刘伶避世唯沉醉，宁戚伤时亦浩歌"(《云散》)等，在忧伤里寻求解脱，于失意中寻求豁达；而其根本目的仍在于表达出时世乱离、怀才不遇的感伤。

此词借他人之酒杯浇自己之块垒，两用"须"、"莫"二字，催促纵酒之乐；在故作旷达和充满空虚之感的"呵呵"笑声中，表露出强自挣扎、强颜欢笑的沉痛心绪，外表虽作旷达之语，实则蕴含无限悲郁，生发出令人颤栗的悲剧力量。这是含泪的狂喜！即如李冰若《栩庄漫记》评论道：“五代十国，乱靡有定，割据一方之主，尚才振拔有为者。其学士大臣亦复流连光景，极意闺帷。故《花间集》中不少颓废自放之词，于顾氏又何怪焉？”

菩萨蛮

洛阳城里春光好，洛阳才子他乡老。[1]柳暗魏王堤，[2]此时心转迷。[3]　桃花春水渌，[4]水上鸳鸯浴。凝恨对残晖，[5]忆君君不知。

【注释】

①洛阳才子：原指汉贾谊，因其是洛阳人，少年有才，故称。语出晋潘岳《西征赋》：“终童山东之英妙，贾生洛阳之才子。”后泛称洛阳有文学才华的人。这里为词人自称。韦庄经黄巢之乱，于中和三年(883)在洛阳作《秦妇吟》诗，一时名声大噪，时人称之为“《秦妇吟》秀才”。②魏王堤：唐时名胜之一。洛水流于洛阳城内，过皇城端门，经尚善、旌善两坊之北，南溢为池，贞观中赐魏王泰，故名魏王池。有堤与洛水相隔，名魏王堤。唐白居易《魏王堤》诗：“何处未春先有思？柳条无力魏王堤。”③迷：迷惘。④渌(lù)：水清澈貌。唐柳宗元《田家》诗之三：“蓼花被堤岸，陂水寒更渌。”⑤凝恨：凝聚愁恨。凝，谓精力专注或注意力集中。汉张衡《思玄

赋》："默无为以凝志兮，与仁义乎逍遥。"残晖：犹残照。南朝梁范云、何逊《范广州宅联句》："昔去雪如花，今来花似雪。濛濛夕烟起，奄奄残晖灭。"

【品评】

此词借对东都洛阳风物名胜的深情追忆，表达耐人寻味的故国乡关之思。

上片开头以乐景衬哀情，通过简单的语句复叠，追忆洛阳大好春色，流露出作者终老他乡的悲怨。接下来四句具体设想洛阳魏王堤上绿柳成荫的繁盛，桃花春水、鸳鸯对浴的和美；然而景物越是美好，就越引发出异乡游子的无限凄楚，所以一个"迷"字就点出了词人内心的迷惘和惆怅。

韦庄善以凄婉之语抒发凝重之情，于词内出现了大量以"夕阳"为代表的一系列衰残意象，如"宫殿欲黄昏"、"钟鼓正是黄昏"等，隐寓着大唐帝国日薄西山的悲惨命运，流露出末世文人面对国破家亡，一切美好都将不复存在的凄怨心态。尤其是此词结末两句"凝恨对残晖，忆君君不知"，无限低回，语重心长，以"残晖"象喻唐昭宗被胁迫迁都洛阳、唐王朝国运衰微，曲折地表达出对故国、故乡甚至君王的拳拳之思、叹惋之情，以及词人自身诸多难以剖白的痛苦隐衷，朴厚沉郁，令人心恻！

应天长

别来半岁音书绝，一寸离肠千万结。难
相见，易相别，又是玉楼花似雪。　　暗相

思，无处说，惆怅夜来烟月。想得此时情切，
泪沾红袖黦。[1]

【注释】

①黦(yuè)：出现污迹，玷污。晋周处《风土记》："梅雨沾衣服皆败黦。"

【品评】

此词描摹情人别后相忆。

上片写一对情人离别之后，音信杳然，女子离肠万结，表达凄寂落寞之情。此后三句相见的艰难对照相别的匆匆，映衬出人生离别的无奈和感伤；"玉楼花似雪"，触景生情，引发对于往日相见缠绵的追忆，越发突显此刻孤身独处的寂寥。

下片抒写女子对远方行人的日夜相思之情。末句言情之所及，神态更显凄楚动人。明人徐士俊评曰："以末一字而生一首之色。"（卓人月《古今词统》卷六）作者以不常用的"黦"字细描红袖因沾湿泪水而变成黄黑之色，既给人以生巧新颖的审美感受，也使此类闺阁情词涂抹上了一层黯淡哀婉的感情色彩。因此，王士禛评之曰："《花间》字法，最著意设色，异纹细艳，非后人纂组所及。如'泪沾红袖黦'……山谷所谓古蕃锦者，其殆是耶？"（《花草蒙拾》）

荷叶杯

绝代佳人难得，倾国，[1]花下见无期。一双愁黛远山眉，[2]不忍更思惟。[3]　闲掩翠

屏金凤，④残梦，罗幕画堂空。碧天无路信难通，惆怅旧房栊。⑤

【注释】

①倾国：形容女子极其美丽。唐玄宗《好时光》词：“莫倚倾国貌，嫁取个、有情郎。” ②愁黛：犹愁眉。唐吴融《玉女庙》诗：“愁黛不开山浅浅，离心长在草萋萋。”远山眉：形容女子秀丽之眉。晋葛洪《西京杂记》卷二：“文君姣好，眉色如望远山，脸际常若芙蓉。” ③思惟：思量，思念。 ④翠屏金凤：指饰有金凤凰图案的屏风。 ⑤房栊：泛指房屋。《文选·张协〈杂诗〉之一》：“房栊无行迹，庭草萋以绿。”李周翰注：“栊亦房之通称。”

【品评】

此词抒写对旧日美姬（绝代佳人）的思念。

上片回忆她倾国倾城的妆容。开头三句以舒缓的笔触，刻画女子绝代风华；然而“花下见无期”，则渗透着欢情不再的怅惘。词人一直念念不忘当日美人那温婉哀戚的神态：“一双愁黛远山眉。”不由得痛定思痛，不堪回首。“不忍更思惟”，简直是凄然欲绝！

下片表达人去楼空的感伤。词人残梦醒来，百无聊赖，万念俱灰，独自徘徊在旧日的闺帷房栊，寻找心灵的慰藉；最后感叹碧天无路，音信难通，哀痛之深，催人泪下。

据宋人杨湜《古今词话》记载，韦庄有宠姬，资质艳丽，兼善词翰。蜀主王建闻之，托以教内人为词，强夺而去。韦庄追念悒怏，作《荷叶杯》、《小重山》、《谒金门》诸词，情意凄怨，人相传播。其姬后闻之，遂不食而卒。这一本事尽管未必可靠,也不会是空穴来风。

此词通过“见无期”、“画堂空”、“信难通”等句的无奈喟叹,触发了旧情难觅、物是人非的强烈悲怆,融入作者自身真实的感情经历,表现出属于他自己的、个性化的独特感受。

荷叶杯

记得那年花下,深夜,初识谢娘时。水堂西面画帘垂,① 携手暗相期。② 惆怅晓莺残月,③ 相别,从此隔音尘。④ 如今俱是异乡人,相见更无因。⑤

【注释】

①水堂:临水的厅堂。唐王建《送吴谏议上饶州》诗:“净扫水堂无侍女,下街唯共鹤殷勤。” ②相期:期待,相约。③晓莺残月:指拂晓。 ④音尘:音信,消息。《文选·谢庄〈月赋〉》:“美人迈兮音尘阙,隔千里兮共明月。”张铣注:“音信复阙。” ⑤无因:无所凭借,没有机缘。南朝宋谢惠连《雪赋》:“怨年岁之易暮,伤后会之无因。”

【品评】

此词纯用白描手法,追忆前欢,抒发离别相思之苦。

上片回忆当年两人邂逅、相约的情事。往日的时间、地点、情景,都历历在目,记忆犹新,突现这份情爱确实刻骨铭心,永难忘怀。深夜花下的相识,充满着青春的悸动;他们携手而立、温情缱绻,共同期待幸福美好的未来。

下片开头两句刻画青年男女的凄然相别，“足抵柳屯田‘杨柳岸、晓风残月’一阕”（李冰若《栩庄漫记》）。“从此”以下三句抒写别后的怀念之情，倾吐相见无因之恨，沉着凄楚，情何以堪！作品今昔对照，语浅情深，充分体现出韦词清空善转、情真意深的艺术风格。

清平乐

春愁南陌，[①]故国音书隔。[②]细雨霏霏梨花白，燕拂画帘金额。[③]　尽日相望王孙，尘满衣上泪痕。谁向桥边吹笛，驻马西望销魂。[④]

【注释】

①南陌：南面的道路。南朝梁沈约《临高台》：“所思竟何在，洛阳南陌头。”　②故国：故乡，家乡。唐曹松《送郑谷归宜春》诗：“无成归故国，上马亦高歌。”　③金额：金饰的匾额。　④驻马：使马停下不走。唐蒋吉《高溪有怀》诗：“驻马高溪侧，旅人千里情。”销魂：谓灵魂离开肉体。这里形容极其哀愁。南朝梁江淹《别赋》：“黯然销魂者，唯别而已矣。”

【品评】

此词抒写游子思乡之情。

上片由“春愁南陌”领起，既点明了春天的季节与郊野的地点，又为全篇定下了“愁”的感情基调。“故国音书隔”，交代生“愁”的原因。接着“细雨”二句因情观景，外在春景自然映衬着词人凄苦的心迹。

过片突现漂泊江湖的游子形象，充溢着颠沛流离的困顿和疲惫，应该说是作者人生体验的真实写照。结尾两句以声传情，写游子春夜闻笛、驿站销魂，笔致灵婉，意境渺远，与李白《春夜洛城闻笛》一诗“此夜曲中闻折柳，何人不起故园情”的描写，具有异曲同工之妙。

清平乐

野花芳草，寂寞关山道。① 柳吐金丝莺语早，惆怅香闺暗老。 罗带悔结同心，② 独凭朱栏思深。梦觉半床斜月，小窗风触鸣琴。

【注释】

①关山：关隘山岭。《乐府诗集·横吹曲辞五·木兰诗一》：“万里赴戎机，关山度若飞。” ②结同心：旧时用锦带编成的连环回文样式的结子，用以象征坚贞的爱情，称“同心结”。南朝梁武帝《有所思》诗：“腰中双绮带，梦为同心结。”

【品评】

这是一首描写思妇伤春念远的佳作。

上片“起笔冷，清绝孤绝”（陈廷焯《云韶集》卷二四），描摹关山道上漫长寂寥的景象。这应是出自思妇的想象，牵挂此刻所爱之人羁旅行役的苦况，从对面着笔，更加显出女子体贴入微的深情。三、四句描写生意盎然的春光春景，触动起闺中女儿的惆怅之情。“早”与“老”形成对照，充满了盛年虚度、美人迟暮的感伤。

下片进一步展示其惆怅若失、幽思难禁的心绪。“悔结同心”云云，即如唐人王昌龄《闺怨》诗所云：“闺中少妇不知愁，春日凝妆上翠楼。忽见陌头杨柳色，悔教夫婿觅封侯。”这里的“悔”，实为一时激愤之语，而非决绝之辞，表达出更为深致的相思之情。“独凭朱栏思深”，刻画孤独思妇的寂苦形象。结尾两句写女子梦觉而风琴触绪，斜月在窗，写来悲楚欲绝。李商隐《夜半》诗有云：“三更三点万家眠，露欲为霜月堕烟。斗鼠上堂蝙蝠出，玉琴时动倚窗弦。”极写静夜景致。然而韦庄此处“小窗风触鸣琴”，透过清寂物象的刻画，更能寄寓痴迷如醉的凄苦心境，声情绵邈，含蓄空灵。

清平乐

莺啼残月，绣阁香灯灭。[1] 门外马嘶郎欲别，正是落花时节。　　妆成不画蛾眉，含愁独倚金扉。[2] 去路香尘莫扫，扫即郎去归迟。[3]

【注释】

①香灯：闺中的灯。　②金扉：华贵的门户。汉王延寿《鲁灵光殿赋》：“遂排金扉而北入，霄蔼蔼而晻暧。”　③“去路”二句：古代民间习俗，凡家中有人出门，是日家人忌扫门户，否则行人将无归期。唐李白《长干行二首》其一：“门前迟行迹，一一生绿苔。苔深不能扫，落叶秋风早。”

【品评】

此词赋咏少妇别夫时的依依深情以及离别之后的愁思冥想。

上片写别时情景。“莺啼残月”、“落花时节”，点出离别的时间与季节，描摹青年男女分别时无限感伤的境况，使人倍觉凄怆。特别是“门外”二句与温庭筠《菩萨蛮》“门外草萋萋，送君闻马嘶”二句，意正相似，“情与时会，倍觉其惨”（汤显祖评《花间集》卷一）。

下片绘别后情状。“不画蛾眉”、“香尘莫扫”，极写女子百无聊赖、惘然若失的愁苦，从中蕴含着对远行郎君的急切思念。尤其是最后两句，借用民间习俗刻画人物心理，更能突显出女主人公痴迷郁苦的心境。她的美好青春也就在这香尘遍地的凝视中、思极天涯的痴想中悄然逝去。

望远行

欲别无言倚画屏，含恨暗伤情。谢家庭树锦鸡鸣，[1]残月落边城。[2]　人欲别，马频嘶，绿槐千里长堤。出门芳草路萋萋，云雨别来易东西。[3]不忍别君后，却入旧香闺。

【注释】

①锦鸡：一种鸟。形状与雉鸡相似，雄的头上有金色的冠毛，颈橙黄色，背暗绿色，杂有紫色，尾巴很长；雌的羽毛暗褐色。多饲养来供玩赏。　②边城：这里泛指远方的城市。　③东西：各奔东西。唐杜甫《无家别》诗：“我里百馀家，世乱各东西。”

【品评】

此词描写女子与情郎离别的情景。

上片写临别时的景物环境和人物的情态心理。女子倚屏无语的黯然神伤，折射出内心的苦楚；鸡鸣、月落之景更令人心如刀绞，悲怨凄凉。

过片描写别时场面，“马频嘶”，增添凄厉的伤别气氛，映衬出此时此刻青年男女纷乱、急切的怨别之情。“绿槐千里长堤”，造成视觉的远境，情郎由此踏上了漫漫征程，芳草萋萋越发形象地比喻离愁别恨的绵绵不尽。“云雨别来易东西”直抒胸臆，点明词旨，宣泄出欢情已逝、劳燕分飞的愁怨。结尾两句复归寂寞，描写女子送别之后默默地踱回香闺，简单的动作刻画，语淡而情深，内心的郁苦可想而知。张炎曾云：“末句最当留意，有有馀不尽之意始佳。当以唐《花间集》中韦庄、温飞卿为则。”（《词源》卷下）韦庄此词结句，将“剪不断、理还乱”的愁绪和对情郎的怀念表达得情致深婉，馀韵悠然。

谒金门

春漏促，① 金烬暗挑残烛。② 一夜帘前风撼竹，梦魂相断续。　有个娇娆如玉，③ 夜夜绣屏孤宿。闲抱琵琶寻旧曲，远山眉黛绿。

【注释】

①春漏：春日的更漏，多指春夜。　②金烬：指灯烛的灰烬。唐徐坚《孤烛叹》：“玉盘红泪滴，金烬彩光圆。”　③娇

娆:柔美妩媚。唐韩偓《意绪》诗:“娇娆意态不胜羞,愿倚郎肩永相著。”

【品评】

此词抒写女子香闺寂寞之情。

上片着意描写春夜里的景致。“春漏促”、“风撼竹”的声响运用,不仅渲染了夜尽侵晓时分凄清的环境氛围,而且映衬出独守空闺的女主人公纷乱不宁的心绪。

下片正面描写女子的形象和活动。她娇娆如玉,却夜夜孤宿;她凄寂无聊,只好闲抱琵琶独自排遣。“夜夜绣屏孤宿”、“闲抱琵琶寻旧曲”两句,将女子的凄惨与无聊刻画得极其深致。“寻旧曲”三字,既充满了对往昔美满生活的回味,又映衬着眼前形影相吊的痛楚。最后一句细摹女子的眉饰,却又潜藏情思,含蕴不尽,馀味无穷。

谒金门

空相忆,无计得传消息。[1]天上嫦娥人不
识,[2]寄书何处觅。[3]　　新睡觉来无力,不忍
把伊书迹。[4]满院落花春寂寂,断肠芳草碧。

【注释】

①无计:无法。　②嫦娥:神话中的月中女神。南朝宋颜延之《为织女赠牵牛》诗:“婺女俪经星,姮娥栖飞月。”③寄书:传递书信。北周庾信《竹杖赋》:“亲友离绝,妻孥流转;玉关寄书,章台留钏。”　④把:握,执。这里指把玩、欣

赏。伊:她,指作者所思念的女子。书迹:笔迹,墨迹。《晋书·刘超传》:“书迹与帝手笔相类。”

【品评】

此词似为悼念亡姬之作。

上片起调以简驭繁,点醒题旨,着一“空”字笼罩全篇。然后多层次地抒写其人去楼空、不堪回首的悲慨。“天上嫦娥”二句托意神话传说,表达出天人永隔的痛楚。

下片写其思极而睡,醒来不忍再读伊人旧日的情书。词人平素思念亡姬,总是“忆来惟把旧书看”(《浣溪沙》),希冀从旧日温情的书信中唤起一些美好的回忆,暂时得到一丝感情的慰藉。“把伊书迹”四字娟秀,语淡而悲,蕴含无限郁塞之苦;而“不忍”二字尤妙,渲染出刻骨铭心的伤痛悲楚。结末两句以景结情,通过春暮落红遍地的萧瑟,越加深沉地寄寓着断肠寂寥之情,含不尽之意见于言外。

谒金门

春雨足,① 染就一溪新绿。② 柳外飞来双羽玉,③ 弄晴相对浴。④　　楼外翠帘高轴,⑤ 倚遍栏干几曲。云淡水平烟树簇,⑥ 寸心千里目。⑦

【注释】

①足:多。唐李白《荆州歌》:“白帝城边足风波,瞿塘五月谁敢过。”　②新绿:指开春后新涨的绿水。宋周邦彦《满

庭芳》词："人静乌鸢自乐，小桥外，新绿溅溅。" ③羽玉：指鸥鹭一类的水鸟。 ④弄晴：指禽鸟在初晴时鸣啭、戏耍。⑤轴：卷起。唐韦瓘《周秦行记》："太后遣轴帘。" ⑥烟树：云烟缭绕的树木、丛林。南朝宋鲍照《从登香炉峰》诗："青冥摇烟树，穹跨负天石。" ⑦寸心：指心。旧时认为心的大小在方寸之间，故名。唐杜甫《偶题》诗："文章千古事，得失寸心知。"

【品评】

这首词抒写闺中相思。

上片描写春景，景中含情。韦庄词中的白描，不同于温庭筠词静态物象的堆砌，而是更加具有生动性、形象性。此处写充足的春雨使得春溪涨绿，水鸟飞来，在晴朗的天气中嬉戏游乐。杜牧《齐安郡后池绝句》中"尽日无人看微雨，鸳鸯相对浴红衣"，描摹双双对对的浴水鸳鸯，在池塘里自由自在地游来游去，与此词有异曲同工之妙；而且"晴"又与"情"谐音双关，富有情意。春天到来，万象更新，南朝诗人谢灵运曾有"池塘生春草，园柳变鸣禽"(《登池上楼》)的名句。韦庄此词上片整个画面充溢着绿的韵致，"染就"二字将春雨写得富有情致和灵气，形成动态化的美感。沈际飞《草堂诗馀正集》评价道："'染就'句丽，说得双羽有情。""柳外飞来双羽玉"，绿色的杨柳与白色的鸥鹭相互辉映，再加上"弄晴相对浴"的动作描写，立刻增添了无穷的清新生气。

下片转写思妇情态。她在雨霁放晴之际，将翠帘高高卷起，倚栏远眺，盼望情郎归来。南朝乐府民歌《西洲曲》中描写女子高楼远望的动人画面："鸿飞满西洲，望郎上青楼。楼高望不见，尽日栏干头。栏干十二曲，垂手明如玉。"这里同样表现其登楼远眺的痴迷情态。结末两句描绘苍远悠渺的画面，表现思妇目极千里的深远情思。

由此观之，作品上、下片之间构成了微妙的对照关系，上片之春日丽景，本可唤起女子赏春愉悦之情；然而由于其内心充满离愁别绪，春色愈浓愈丽，则其寂寥孤凄之感愈为强烈。正如明人周珽所云："卷帘倚栏，睹溪鸟双双对浴，因起闺人之想，心目之间，何能自堪。"（周敬《删补唐诗选脉笺释会通评林》卷六十）

江城子

恩重娇多情易伤，漏更长，①解鸳鸯。②朱唇未动，先觉口脂香。③缓揭绣衾抽皓腕，移凤枕，枕潘郎。④

【注释】

①漏更长：即更漏长。 ②解鸳鸯：即解去鸳鸯带。鸳鸯，指绣有鸳鸯花纹并用金、银等镶嵌的衣带。 ③口脂：化妆用的唇膏，口红。唐张鷟《游仙窟》："艳色浮妆粉，含香乱口脂。" ④潘郎：指晋潘岳。岳少时美容止，故称。《晋书·潘岳传》："（潘）岳美姿仪，辞藻绝丽，尤善为哀诔之文。少时常挟弹出洛阳道，妇人遇之者，皆连手萦绕，投之以果，遂满车而归。"南朝陈徐陵《洛阳道》诗之一："潘郎车欲满，无奈掷花何。"后世常用以代指貌美的情郎。

【品评】

此词赋咏男女欢爱。

开头一句直揭出青年男女的缱绻深情,“非于情中极有阅历者不能道”(李冰若《花间集评注》引况周颐语)。随后逐层描摹女子轻解罗带、口脂泛香,尽显出柔婉娇美的风韵,浓情蜜意中,带有强烈的女性诱惑,令檀郎神魂颠倒。特别是缓抽皓腕,让情郎枕靠,依偎缠绵,柔情万千,更加细腻传神地刻画出体贴温柔的美人形象。

作品巧妙地利用《江城子》词调的结构特征,通过长短句式的精心搭配,造成舒缓悠扬的表情效果。汤显祖评《花间集》卷一指出:“(此词)全篇摹画乐境而不觉其流连狼藉,言简而旨远矣。”

江城子

髻鬟狼藉黛眉长,① 出兰房,② 别檀郎。③
角声呜咽,星斗渐微茫。④ 露冷月残人未起,
留不住,泪千行。

【注释】

①髻鬟:古代妇女发式,将头发环曲束于顶。唐孟浩然《美人分香》诗:“髻鬟垂欲解,眉黛拂能轻。”狼藉:纵横散乱貌。 ②兰房:犹香闺。旧时妇女所居之室。《文选·潘岳〈哀永逝文〉》:“委兰房兮繁华,袭穷泉兮朽壤。”吕延济注:“兰房,妻尝所居室也。” ③檀郎:晋朝美男子潘岳小字檀奴,后因以“檀郎”为妇女对夫婿或所爱慕的男子的美称。唐

温庭筠《苏小小歌》:“吴宫女儿腰似束,家在钱塘小江曲。一自檀郎逐便风,门前春水年年绿。” ④微茫:隐约模糊。

【品评】

此词承接前作情事,抒写情侣欢会结束之后的别离之苦。李冰若《栩庄漫记》指出:“韦相《江城子》二首,描写顽艳,情事如绘,其殆作于江南客游时乎?”

起首即突现出残妆狼藉的女子,经过昨夜极尽欢乐的缠绵,面临即将与情郎离别的惨局,她百无聊赖,心情沉重。此时,角声呜咽,星斗微茫,露冷月残,种种景象都渲染着别后的凄凉。结末两句再度描摹女子热泪千行的形象,宣泄出无法遏止的深悲巨痛。

河　传

何处,烟雨。①隋堤春暮,②柳色葱茏。③画桡金缕,④翠旗高飐香风,⑤水光融。　青娥殿脚春妆媚,⑥轻云里,绰约司花妓。⑦江都宫阙,⑧清淮月映迷楼,⑨古今愁。

【注释】

①烟雨:濛濛细雨。南朝宋鲍照《观漏赋》:“聊弭志以高歌,顺烟雨而沉逸。” ②隋堤:隋炀帝大业元年(605),开凿通济渠,引洛水等入黄河;又引黄河入汴水,经泗水达淮河;又开邗沟,自山阳至扬子入长江。渠广四十步,旁筑御道,并植杨柳,世称隋堤。唐韩琮《杨柳枝》诗:“梁苑隋堤事

已空，万条犹舞旧春风。” ③葱茏：犹朦胧。唐元稹《会真诗》：“遥天初缥缈，低树渐葱茏。” ④画桡（ráo）：有画饰的船桨。唐方干《采莲》诗：“指剥春葱腕似雪，画桡轻拨蒲根月。”这里代指画船。金缕：指柳条。唐戴叔伦《长亭柳》诗：“雨搓金缕细，烟袅翠丝柔。” ⑤飐（zhǎn）：风吹物使颤动摇曳。 ⑥青娥殿脚：唐颜师古《大业拾遗记》：“帝（指隋炀帝）御龙舟，……每舟择妙丽长白女子千人，执雕板镂金楫，号为殿脚女。”后因以“青娥殿脚”指挽舟美女。 ⑦绰约：柔婉美好貌。《庄子·逍遥游》：“肌肤若冰雪，绰约若处子。”司花妓：即“司花女”。唐颜师古《隋遗录》卷上：“长安贡御车女袁宝儿，年十五，腰肢纤堕，呆冶多态。帝（指隋炀帝）宠爱之特厚。时洛阳进合蒂迎辇花……帝命宝儿持之，号曰司花女。”后用以指管理百花的女神。 ⑧江都：隋炀帝行宫所在地，故址在今江苏省扬州市。 ⑨清淮：指淮水。迷楼：隋炀帝所建楼名，故址在今江苏省扬州市西北郊。唐冯贽《南部烟花记·迷楼》：“迷楼凡役夫数万，经岁而成。楼阁高下，轩窗掩映，幽房曲室，玉栏朱楯，互相连属。帝（指隋炀帝）大喜，顾左右曰：‘使真仙游其中，亦当自迷也。’故云。”

【品评】

此词咏史怀古，笔调苍凉，陈廷焯评之曰：“《浣花集》中，此词最有骨。”（《云韶集》卷一）

全词以“何处”领起，以隋堤暮春杨柳堆烟、画桡轻泛、香风四溢的繁盛景象，勾起对当年隋炀帝乘龙舟游幸江都盛况的生动想象，字里行间充满着豪奢华贵的气象。但是“江都宫阙，清淮月映迷楼”，由古到今，喧寂陡转，感慨一时，涕泪千古。最后以“古今愁”三字结之，化实为虚，顿生盛衰易位、兴亡变幻的悲叹，笔致空灵，寄意深远。

河　传

春晚，风暖。锦城花满，[1]狂杀游人。玉鞭金勒，[2]寻胜驰骤轻尘，[3]惜良辰。　翠娥争劝临邛酒，[4]纤纤手，拂面垂丝柳。归时烟里，[5]钟鼓正是黄昏，暗销魂。[6]

【注释】

①锦城：锦官城的简称，故址在今四川省成都市南。成都旧有大城、少城。少城古为掌织锦官员之官署，因称锦官城，后用作成都的别称。唐杜甫《春夜喜雨》诗：“晓看红湿处，花重锦官城。”　②玉鞭金勒：指华贵的车马。勒，带嚼子的马络头。　③寻胜：游赏名胜。唐李复言《续玄怪录·张逢》：“策杖寻胜，不觉极远。”驰骤：驰骋，疾奔。《韩非子·外储说右下》：“造父御四马，驰骤周旋，而恣欲于马。”轻尘：尘土。尘土质轻，易于飞扬，故称。唐温庭筠《题李处士幽居》诗：“水玉簪头白角巾，瑶琴寂历拂轻尘。”　④翠娥：指美女。唐李白《忆旧游寄谯郡元参军》诗：“翠娥婵娟初月辉，美人更唱舞罗衣。”临邛酒：《史记·司马相如列传》：“相如与（文君）俱之临邛，尽卖其车骑，买一酒舍沽酒，而令文君当垆。相如身自著犊鼻裈，与保庸杂作，涤器于市中。”后因以为典，亦泛指酒。临邛，在今四川省邛崃市。　⑤归时烟里：春游归去时已暮霭沉沉。　⑥暗销魂：黯然销魂，谓神色惨淡沮丧。

南朝梁江淹《别赋》:“黯然销魂者,唯别而已矣。”

【品评】

此词摄取春暖花开时节,描绘成都花市盛况,表现青年男女踏青欢会的情事。面对花团锦簇的繁盛春景,游人如痴如醉,惜时如金,“狂杀”二字写尽人们纵情冶游狂欢之乐。下片写翠蛾劝酒的多情旖旎,“纤纤手”三字更显女性的缠绵,令人目眩神迷,为之沉醉。

作品风情如画,形象地展现了天府之国富庶繁丽的经济生活、纵情欢游的节令风物和城市习俗。“归时烟里”三句,尤能融景入情,化热为冷,耐人寻味,意蕴悠长。

河　传

锦浦,①春女。②绣衣金缕,雾薄云轻。花深柳暗,时节正是清明,雨初晴。　玉鞭魂断烟霞路,莺莺语,一望巫山雨。③香尘隐映,④遥见翠槛红楼,⑤黛眉愁。

【注释】

①锦浦:指流经四川成都的锦江。传说蜀人织锦濯其中,则锦色鲜艳;濯于他水,则锦色暗淡,故称。　②春女:怀春的女子。春,指男女情欲。《淮南子·缪称训》:“春女思,秋士悲,而知物化矣。”《诗·豳风·七月》“女心伤悲”汉郑玄笺:“春女感阳气而思男,秋士感阴气而思女,是其物化,所以悲也。”　③巫山雨:即巫山云雨,指男女合欢。巫山,在今重

庆市巫山县东。北与大巴山相连，形如“巫”字，故名。长江穿流其中，形成三峡。传说巫山神女曾与楚王欢会，自称旦为朝云，暮为行雨，后遂用为男女幽会的典实。　④香尘：芳香之尘，多指女子之步履而起者。语出晋王嘉《拾遗记·晋时事》：“（石崇）又屑沉水之香如尘末，布象床上，使所爱者践之。”　⑤翠槛（jiàn）：绿色的栏干。槛，栏干。《楚辞·九歌·东君》：“暾将出兮东方，照吾槛兮扶桑。”洪兴祖补注：“槛，栏也。”

【品评】

此词赋咏清明时节锦浦春女的游乐风情。

上片描绘锦江水滨的明丽风光，“花深柳暗”、“雨初晴”，映衬出清新、繁丽的景致。游春女子绣衣艳丽、鬓发如云，尽显绰约的风姿。

下片触景生情，引发女子内心的感怀。“玉鞭”三句隐含着一段风流伤心的往事，寄寓旧情不再的怅惘。结末三句望中抒怀，流露出游春女子内心的感伤郁苦。

全词上片写景，下片抒情，以乐景衬悲情，倍增其悲。

天仙子

深夜归来长酩酊，①扶入流苏犹未醒。②醺醺酒气麝兰和。③惊睡觉，④笑呵呵。长道人生能几何。⑤

【注释】

①酩酊(mǐng dǐng):大醉貌。唐白居易《效陶潜体诗》其四:“是时连夕雨,酩酊无所知。” ②流苏:借指饰有流苏的帷帐。 ③醺醺:酣醉貌。麝兰:麝香和兰香。 ④觉(jiào):睡醒,清醒。《庄子·齐物论》:“俄然觉,则蘧蘧然周也。” ⑤长道:拉长了声音感叹地说。

【品评】

这首词描写公子归来的酩酊醉态。

关于这首词,有些学者认为是西蜀文人沉醉歌楼酒馆,痛享现世人生的生活写照。其实,这里貌似旷达、逸乐,实则无比绝望,反映出一个满怀愤懑而又故作达语的酒客复杂的心理特征。他的长醉不醒,只能是为摆脱现实苦闷而作的挣扎;他的“长道人生能几何”,就是面对“伤时伤事更伤心”的苦短人生作出的结论;再联系韦庄的身世,这正是他悲叹身世、感怀不遇心境的真实写照。

天仙子

蟾彩霜华夜不分,① 天外鸿声枕上闻。
绣衾香冷懒重熏。② 人寂寂,叶纷纷,才睡依
前梦见君。③

【注释】

①蟾彩:月色,月光。《后汉书·天文志》刘昭注:“羿请无死之药于西王母,姮娥窃之以奔月。……姮娥遂托身于

月，是为蟾蜍。”后用以代指月亮。霜华：即霜花。霜为粉末状结晶，花指物之微细者，故称。 ②香冷：古代富贵人家晚上把被子罩在香炉上烘熏，使其暖和且有香味。词中写道：熏过的香被已经冷下来了，暗示闺妇长夜难眠。 ③依前：照旧，仍旧。

【品评】

此词抒写闺妇秋思怀人之情。

首句写景，点明季节与时间，也铺垫出一个凄清冷寂的境界。次句镜头转入室内，描写闺妇独凭枕上，聆听着天外嘹唳的鸿声。鸿声既是写实，又语意双关，象喻着对远方音信的期待，同时也是以声传情，渲染着凄苦的环境氛围。“绣衾香冷”一句递进一层，弥觉情致缠绵，低回欲绝。“冷”、“懒”二字透露了女主人公孤寂慵懒的情怀。结末三句醒而复睡，依旧梦之，寄寓“长毋相忘”之意，如真似幻，情意凄婉。陈廷焯《词则·别调集》卷一评之曰：“端已词时露故君之思，读者当会意于言外。”

天仙子

梦觉云屏依旧空，[①] 杜鹃声咽隔帘栊。
玉郎薄幸去无踪。[②] 一日日，恨重重，泪界莲腮两线红。[③]

【注释】

①云屏：有云形彩绘的屏风，或用云母作装饰的屏风。

唐刘长卿《昭阳曲》："芙蓉帐小云屏暗，杨柳风多水殿凉。" ②玉郎：旧时女子对丈夫或情人的爱称。唐李贺《染丝上春机》诗："彩线结茸背复叠，白袷玉郎寄桃叶。"薄幸：即"薄倖"，旧时女子对所欢的昵称，犹冤家。宋周紫芝《谒金门》词："薄倖更无书一纸，画楼愁独倚。" ③泪界：泪水双流在脸上形成的印迹。界，分划。晋孙绰《游天台山赋》："赤城霞起而建标，瀑布飞流以界道。"莲腮：美丽如莲花的腮颊。清孔尚任《桃花扇·寄扇》："樱唇上调朱，莲腮上临稿。"

【品评】

此词赋咏离别相思之情。

开头描摹闺房环境，"空"、"咽"二字透露出凄清的氛围，隐寓女主人公郁苦的心绪。"玉郎薄幸去无踪"是女子直抒怨忿，宣泄出无限悲情。"一日日，恨重重"，通过叠字的运用，尽显其度日如年的惨况、深重难释的怅恨。"泪界莲腮两线红"，细摹女子令人怜爱的凄美面容：如莲花一般秀美的脸庞流下两行带着胭脂的眼泪。不仅"界"字用得尖新鲜活，而且刻画人物形象清艳如画。宋人宋祁受其影响，用"泪落胭脂，界破蜂黄浅"（《蝶恋花》）刻画女子面容，遂成名句。

王国维《人间词话》指出："端己词情深语秀，虽规模不及后主、正中，要在飞卿之上。"这篇作品运密入疏，寓浓于淡，透过细致的白描，烘托出深挚的离情。

天仙子

金似衣裳玉似身,[①] 眼如秋水鬓如云。霞裙月帔一群群。[②] 来洞口,[③] 望烟分,刘阮不归春日曛。[④]

【注释】

①“金似”句:即“衣裳似金身似玉”。 ②霞裙月帔(pèi):以云霞为裙,明月为披肩,借指仙女或美女。 ③洞口:这里指神仙洞府之口。 ④刘阮:东汉刘晨和阮肇的并称。相传永平年间,刘、阮至天台山采药迷路,遇二仙女,蹉跎半年始归。时已入晋,子孙已过七代。后复入天台山寻访,旧踪渺然。见南朝宋刘义庆《幽明录》。后用为游仙或男女幽会的典故。曛:昏暗。南朝梁庾肩吾《和刘明府观湘东王书》:“峰楼霞早发,林殿日先曛。”

【品评】

此词以浓艳的笔墨描绘仙女的容貌与情态。

开头两句受到李白《清平调》诗句“云想衣裳花想容”的影响,运用四个比喻,刻画仙女美姿,“皆提空写人,潇洒出尘之态,与飞卿所写矜贵雍容之态,各不相同”(唐圭璋《词学论丛·温韦词之比较》)。接下来数句交代诸位仙女的行踪,她们似乎都凭倚洞口,极目远眺,内心充满着期待。最后才揭示“谜底”,透露出她们对情郎的深切思念和企盼。“曛”字炼得极妙,创造出了悠渺迷惘的意韵。

此词所写其实是晚唐女冠的生活状态。女冠仙凡兼具的身份及其美丽的容貌姿态，高雅而又绮艳的妆饰打扮，清丽而不失馨香的宫观居室环境，都使词作带上了空灵缥缈的情趣和韵致，产生出迷离惝恍、如诗如梦的艺术效果。

喜迁莺

街鼓动，禁城开，①天上探人回。②凤衔金榜出云来，③平地一声雷。④　莺已迁，龙已化。⑤一夜满城车马。家家楼上簇神仙，⑥争看鹤冲天。⑦

【注释】

①禁城：宫城。南朝宋颜延之《拜陵庙作》诗：“夙御严清制，朝驾守禁城。”　②“天上”句：指应考举人入朝看榜归来。唐徐夤《放榜日》诗：“喧喧车马欲朝天，人探东堂榜已悬。”　③凤衔：即凤凰衔书，谓传达皇帝诏令，公布本科新登进士名册。　④平地一声雷：指特大喜讯。　⑤莺迁：《诗·小雅·伐木》：“伐木丁丁，鸟鸣嘤嘤。出自幽谷，迁于乔木。”嘤嘤为鸟鸣声。自唐以来，常以嘤鸣出谷之鸟为黄莺，故以“莺迁”指登第，或为升擢、迁居的颂词。龙化：如龙兴起，发迹飞腾。《隋书·音乐志中》：“神心有应，龙化无待。义征九服，仁兵告凯。”　⑥神仙：这里指美女。唐代进士科放榜时，富贵人家即忙于从中择婿。　⑦鹤冲天：喻进士及第者从此一步登天。唐韦庄《癸丑年下第献新先辈》诗：“千炬火中莺出谷，一声钟后鹤冲天。”

【品评】

此词当作于唐昭宗乾宁元年(894),五十九岁的韦庄进士及第。

上片以浓墨重彩着力表现科举之日举子等待放榜的热闹场景。“平地一声雷”,形象刻画男子乍听及第佳讯之际,内心极度狂喜的情态。这突如其来的喜讯,终于让他多年的艰辛有所收获,恍惚之间产生飘飘欲仙的感觉。

下片描摹新科进士簪花游街拜府之时被众人争睹的自我陶醉。结末两句极尽张扬之势,主人公志得意满,获得了极大的精神满足。

作品画面频转,热闹非凡,活灵活现地展示出一个神气十足、洋洋自得、踌躇满志的新科进士形象,以及纷繁喧嚣的现世风情。

思帝乡

春日游,杏花吹满头。陌上谁家年少,①足风流。②妾拟将身嫁与,③一生休。④纵被无情弃,⑤不能羞!⑥

【注释】

①陌:道路。《文选·沈约〈学省愁卧〉》诗:“秋风吹广陌,萧瑟入南闱。”李善注引《广雅》:“陌,道也。”年少:犹少年。《三国志·蜀书·先主传》:“好交结豪侠,年少争附之。” ②足:很,非常。风流:洒脱放逸,风雅潇洒。唐牟融《送友人》诗:“衣冠重文物,诗酒足风流。” ③妾:古代女子对自己

的谦称。将身嫁与:把自己嫁给他。 ④一生休:一生满足。休:喜悦,欢乐。《诗·小雅·菁菁者莪》:"既见君子,我心则喜。……既见君子,我心则休。" ⑤纵:纵然,即便。 ⑥不能羞:不以为害羞,不会后悔。

【品评】

此词大胆爽直地倾吐了少女对意中情郎全心相许、至死无休的执著痴情。

它与温庭筠同类题材词作《南歌子》(手里金鹦鹉)相比,具有本质的差异。温词是以"貌"(服饰)取人,韦词则因"神"(风流)相悦。温词中女子"偷眼暗形相",然后心里犯嘀咕:"不如从嫁与,作鸳鸯。"女子的心态是羞涩而难以言表的,体现了温词内敛含蓄的审美旨归。韦庄词中则是女子主动去寻觅足风流的少年郎,接着就决心"将身嫁与,一生休"。非但如此,"纵被无情弃",她也在所不惜,死心塌地,终身不悔。如此的大胆追求,酣畅爽朗,具有极大的外向性的感发力量,给人以强烈的情感刺激,正如清人贺裳《皱水轩词筌》所云:"小词以含蓄为佳,亦有作决绝语而妙者,如韦庄'谁家年少,……'之类是也。"

在花间词人里,韦庄特别能够借助结构的跳荡来表现劲直真挚的个性。此词炽热的激情犹如突奔的地火喷薄而出,一发而不可阻挡。富有质感的字面和句式产生一股喷涌之势,有力地表现了期待之真诚迫切和奉献之彻底坚决,"爽隽如读北朝乐府'阿婆不嫁女,那得孙儿抱'"(李冰若《栩庄漫记》)。结末三字格外斩钉截铁,干脆决绝,即便被情郎抛弃也在所不惜、绝不后悔。这种揭响入云的结构方式产生了劲直之力,它来自时间和生命的撞击,聚集着作者刹那间最真实的感情、最深刻的感受,显现出永恒的生命力。

女冠子

四月十七,正是去年今日。别君时。忍泪佯低面,①含羞半敛眉,② 不知魂已断,空有梦相随。除却天边月,没人知。

【注释】

①佯:假装。 ②敛眉:皱眉。北周庾信《伤往》诗之一:“见月长垂泪,花开定敛眉。”

【品评】

此词抒写女子追忆去年今日与情人离别时的依依难舍之情。离别的时间记得那样具体,离别的场景仿佛就在眼前,足见其刻骨铭心的真情厚意。下片直抒胸臆,寄情于梦,托思于月,皆一往情深,凄婉感人。

韦庄擅长使用勾勒之法,呈现出鲜明的画面,使得人物的神态、心境等都显得格外细腻明晰,此词“忍泪佯低面,含羞半敛眉”即是典型。少女别离时分,竭力克制,忍住眼泪夺眶而出,仍然担心自己的伤感会被情郎发觉,令对方伤感,于是低下脸来。但是这“半敛眉”的情态造型,恰恰将女子此刻复杂的悲绪刻画得淋漓尽致,正如范仲淹《御街行》词里所写的那样:“都来此事,眉间心上,无计相回避。”以及李清照《一剪梅》词中的“此情无计可消除,才下眉头,却上心头”。韦庄敏锐地捕捉到如此细微隐秘的镜头,刹那间织入了深情,也抓住了永恒。唐圭璋《词学论丛·温韦词之比较》评之曰："纯用白描，明晰如话，而自情深一往。此类抒情之词，求之于飞卿词中，不得而见也。"

"黯然销魂者，唯别而已矣！"（江淹《别赋》）离别时刻极其细微动作的刻画，往往令人在记忆中魂牵梦绕，引发出人性的感动和共鸣，所以他一直记得"四月十七，正是去年今日"。现代抒情诗人徐志摩的名作《沙扬娜拉——赠日本女郎》写道："最是那一低头的温柔，/像一朵水莲花不胜凉风的娇羞，/道一声珍重，道一声珍重，/那一声珍重里有蜜甜的忧愁——/沙扬娜拉！"两篇诗作相隔千年，而其情感的体验、表达的方式竟有惊人的相似，同样表现了典型情境中的典型神态，生发出激荡人心的抒情魅力。

女冠子

昨夜夜半，枕上分明梦见。语多时。依旧桃花面，[1]频低柳叶眉。[2]　半羞还半喜，欲去又依依。觉来知是梦，[3]不胜悲。

【注释】

①桃花面：原指隋文帝宫中的一种梳妆样式。唐宇文士及《妆台记》："隋文宫中梳九真髻红妆，谓之桃花面。"后泛指美人容貌。　②柳叶眉：形似柳叶细长秀美之眉。　③觉（jiào）来：醒后。

【品评】

此词描写男子别后梦中的思念，短短四十一个字，却转出了四层感情的境界。

首先，由思而入梦，即含有现实当中无法相见的悲绪。梦里欢会时的绵绵情语，使情感结构产生一个回荡。“依旧桃花面，频低柳叶眉”，款款深情，自然流露。

下片转写梦中的依依惜别，虽有感伤仍复甜蜜，因为它依然笼罩在朦胧的梦境当中，故而充满着缠绵和柔情。梦醒时分，一切的温馨和缱绻统统失落，哪怕是梦中的别离也留它不住，故而末尾的“不胜悲”直抒悲怨，深切感人。如此跳荡的结构不但叙述了曲折的情事，扣合着情感的律动，也增强了词作的故事特性和整体活力。

韦庄词的结构具有清空善转的特性，正如王国维区别温、韦词风所云：“‘画屏金鹧鸪’，飞卿语也，其词品似之。‘弦上黄莺语’，端己语也，其词品亦似之。”（《人间词话》）温庭筠词所展现的是较为板滞的平面，而韦词所描绘的却是富有生气、善于变化的立体画面，从而创造出灵动跳跃的美感。

小重山

一闭昭阳春又春。[1]夜寒宫漏永，[2]梦君恩。卧思陈事暗销魂。[3]罗衣湿，红袂有啼痕。[4]　歌吹隔重阁。[5]绕庭芳草绿，倚长门。[6]万般惆怅向谁论？凝情立，[7]宫殿欲黄昏。

【注释】

①昭阳:汉宫殿名。后泛指后妃所住的宫殿。《三辅黄图·未央宫》:“武帝时,后宫八区,有昭阳……等殿。”这里指前蜀后宫。春又春:谓年复一年。 ②宫漏:古代宫中计时器,用铜壶滴漏,故称宫漏。唐白居易《同钱员外禁中夜直》诗:“宫漏三声知半夜,好风凉月满松筠。”永:久,长。 ③陈事:往事,旧事。 ④红袂:犹红袖。唐白居易《秦中吟·五弦》:“清歌且罢唱,红袂亦停舞。” ⑤重阍(hūn):重重宫门。《梁书·皇后传·高祖丁贵嫔》:“遗备物乎营寝,掩重阍于窒皇。” ⑥长门:汉宫名。汉司马相如《长门赋》序:“孝武皇帝陈皇后时得幸,颇妒,别在长门宫,愁闷悲思。闻蜀郡成都司马相如天下工为文,奉黄金百斤,为相如、文君取酒,因于解悲愁之辞。而相如为文以悟主上,陈皇后复得亲幸。”后以“长门”借指失宠女子居住的寂寥凄清的宫院。唐杜牧《长安夜月》诗:“独有长门里,蛾眉对晓晴。” ⑦凝情:情意专注。唐李康成《玉华仙子歌》:“转态凝情五云里,娇颜千岁芙蓉花。”

【品评】

此词借陈皇后幽居冷宫故事,抒写失宠者的不幸遭遇和内心凄苦。

上片刻画长夜漫漫,多年失宠的女子空房独守,卧思往昔的得宠,对比今日的孤寂,不禁黯然销魂,泪湿罗衣。

下片转写远处宫中传来的歌吹之乐,与女子倚门怨叹、凝情悄立形成鲜明的对照,形象地揭示出宫女满腹幽怨、无限惆怅、孤苦无告的心境,情辞凄怨,寄托遥深。

此词表面描写汉代陈皇后退居长门故事，实则乃是韦庄代自己被王建强夺的姬人抒情，流露出无限思念怨苦之意。“宫殿欲黄昏”，寓情于景，何等凄绝！